BESTSELLER

Sherrilyn Kenyon es una de las voces más frescas, imaginativas y originales del género romántico. Su serie de los Cazadores Oscuros se ha convertido en un auténtico fenómeno: se publica ya en veintiocho países, lleva vendidos doce millones de ejemplares y ha entrado en las listas de best sellers de *The New York Times*, *Publisher's Weekly* y *USA Today*. Sherrilyn Kenyon vive en las afueras de Nashville. Conoce bien a los hombres: creció entre ocho hermanos, está casada y tiene tres hijos varones. Para combatir el exceso de testosterona a su alrededor cuenta con la mejor arma, el sentido del humor. Su pasión es escribir, y publica sus novelas con su propio nombre o con el seudónimo Kinley MacGregor. Hasta la fecha se han publicado en España ocho novelas de los Cazadores Oscuros: *Placeres de la noche*, *El abrazo de la noche*, *Bailando con el diablo*, *El beso de la noche*, *El juego de la noche*, *Disfruta de la noche*, *Pecados de la noche* y *Desnuda la noche*, así como la precuela de la serie, *Un amante de ensueño*.

Biblioteca

SHERRILYN KENYON

Disfruta de la noche

Traducción de
Ana Isabel Domínguez Palomo y
María del Mar Rodríguez Barrena

DEBOLS!LLO

Título original: *Seize the Night*

Primera edición en Debolsillo: mayo, 2009

© 2005, Sherrilyn Kenyon
© 2008, Random House Mondadori, S. A.
  Travessera de Gràcia, 47-49. 08021 Barcelona
© 2008, Ana Isabel Domínguez Palomo y
  María del Mar Rodríguez Barrena, por la traducción

Printed in Spain – Impreso en España

ISBN: 978-84-8450-351-4 (vol. 793/1)
Depósito legal: B-13621-2009

Fotocomposición: Anglofort, S. A.

Impreso en Litografía Rosés, S.A.
Progrés, 54-60. Gavà (Barcelona)

P 803514

Para mis fans y mis amigos, que me han ayudado a seguir adelante contra viento y marea; y en particular para las chicas de RBL y para todos aquellos que dedican parte de su tiempo a visitar el sitio web Dark-Hunter.com y sus foros. No tengo palabras para expresar lo mucho que vuestro apoyo significa para mí.

Para Kim y Nancy, gracias por el duro trabajo que hacéis en mi nombre. Jamás me cansaré de agradecéroslo.

Para mi marido y mis hijos, que me quieren a pesar de mi desmedida imaginación y, sobre todo, para mi madre, que me mimó cuando era pequeña. Te echo de menos, mamá, ahora y siempre. Os quiero mucho a todos. ¡Un abrazo!

Prólogo

—Feliz cumpleaños, Agripina —dijo Valerio al tiempo que dejaba una solitaria rosa roja a los pies de la estatua de mármol que ocupaba un lugar sagrado en su hogar.

No era nada comparado con el lugar sagrado que la mujer ocupó en su corazón en vida. Un lugar que todavía ocupaba... pese a los dos mil años transcurridos.

Cerró los ojos y sintió el agónico dolor de su ausencia. El agónico dolor de la culpa que lo embargaba al recordar que los últimos sonidos que escuchó como mortal fueron sus desgarradores sollozos y sus gritos mientras le pedía que la ayudase.

Incapaz de respirar, extendió un brazo y tocó una de sus manos. El mármol era duro. Frío. Inconmovible. Cualidades que Agripina nunca tuvo. En una vida marcada por la más estricta formalidad y la crueldad más absoluta, ella había sido su único refugio.

Y todavía la quería por la ternura que le había ofrecido.

Aferró la delicada mano de piedra con ambas manos y apoyó la mejilla contra la fría palma.

Si le concedieran un deseo pediría poder recordar su voz.

Sentir el cálido roce de sus dedos en los labios.

Sin embargo, el paso del tiempo le había arrebatado todo salvo la agonía que él mismo le había ocasionado. De buena gana moriría otras diez mil veces con tal de librarla del dolor de aquella noche.

Por desgracia, no había forma de retroceder en el tiempo. No había forma de obligar a las Parcas a que deshicieran lo que habían hecho y así concederle a Agripina la felicidad que merecía.

Del mismo modo que no había nada que pudiera llenar el doloroso vacío que sentía desde que ella murió.

Apretó los dientes mientras se apartaba de la estatua y se percató de que la llama imperecedera que ardía junto a ella estaba chisporroteando.

—No te preocupes —le dijo a la imagen de Agripina—. No te dejaré en la oscuridad. Te lo prometo.

Se lo había prometido en vida y jamás había roto la promesa, ni siquiera después de su muerte. Durante más de dos mil años había mantenido esa luz junto a la estatua, a pesar de que él mismo se veía obligado a vivir en la oscuridad que a ella tanto aterraba.

Atravesó el solárium hasta el alargado aparador de estilo romano donde guardaba el aceite. Cogió la botella y regresó junto a la estatua. Acto seguido, se subió al pedestal y vertió lo que quedaba de aceite en el candil.

En esa posición, su cabeza estaba a la misma altura que la de Agripina. El escultor al que le había encargado el trabajo siglos atrás había logrado plasmar cada ángulo y cada hoyuelo de su precioso rostro. Pero era en su memoria donde veía el tono rubio de su cabello. El verde intenso de sus ojos. Agripina poseía una belleza inmaculada.

Dejó escapar un suspiro mientras le acariciaba la mejilla y bajó del pedestal. No tenía sentido demorarse en el pasado. A lo hecho, pecho.

Había jurado proteger a los inocentes. Defender a la Humanidad y asegurarse de que a ningún otro hombre le arrebataban la luz de su alma tal como a él se la habían arrebatado.

Tras comprobar que la llama permanecería encendida hasta la noche siguiente, inclinó la cabeza a modo de respetuosa despedida.

—Te quiero —susurró.

Unas palabras que ojalá hubiera tenido el valor de confesar en voz alta cuando Agripina aún vivía.

1

—¡Me importa una mierda si me arrojan al agujero más apestoso que encuentren para toda la eternidad! Este es mi sitio y nadie va a echarme de aquí. ¡Nadie!

Tabitha Devereaux inspiró hondo y se mordió la lengua para no discutir mientras intentaba abrir las esposas con las que su hermana Selena se había encadenado a la verja de hierro forjado que rodeaba la famosa Jackson Square. Selena se había metido la llave en el sujetador y ella no tenía ganas de buscarla...

Estaba segura de que las detendrían por hacer algo así, incluso en Nueva Orleans.

Menos mal que a mediados de octubre y dada la hora que era (estaba anocheciendo) no había mucha gente en la calle, aunque estaban llamando la atención de los pocos transeúntes que pasaban por allí. Pero no le importaba. Estaba acostumbrada a que la gente la mirase y la tachara de excéntrica. Incluso de loca.

Se enorgullecía de ambas cosas. También se enorgullecía de estar disponible para los amigos y la familia en momentos de crisis. Y en ese preciso momento su hermana estaba desquiciada, más o menos como cuando Bill, su marido, sufrió un accidente de coche que estuvo a punto de costarle la vida.

Intentó forzar las esposas. Lo último que deseaba era que detuviesen a Selena...

Otra vez.

Su hermana intentó apartarla, pero como Tabitha se negó a moverse, le dio un mordisco.

Se apartó de un respingo mientras soltaba un grito y sacudía la mano en un intento por aliviar el dolor. Entretanto, Selena, que no parecía en absoluto arrepentida de lo que acababa de hacer, se repantingó en los escalones de piedra que conducían a la plaza. Llevaba unos vaqueros desgastados y un enorme jersey azul marino que saltaba a la vista que era de Bill. Sorprendentemente, la trenza con la que había recogido su larga melena rizada seguía intacta. Nadie reconocería a Madame Selene, apodo con el que la conocían los turistas, si no fuera por el enorme cartel que sujetaba con las manos y que rezaba: «Las personas con poderes psíquicos también tenemos derechos».

Selena llevaba luchando desde que habían aprobado la estúpida y disparatada ley que prohibía echar las cartas a los turistas en la plaza. Esa misma tarde la policía había tenido que sacarla a la fuerza del ayuntamiento por protestar, de modo que acabó en la plaza, encadenada no muy lejos del lugar donde montaba el tenderete para leer el futuro a los turistas.

Era una lástima que no viera su propio futuro con tanta claridad como Tabitha lo estaba viendo en esos momentos. Como no se soltara de la puñetera verja, iba a pasar la noche en la cárcel.

Sin embargo, no dejaba de agitar el cartel, presa de los nervios y de la ira. Era imposible hacerla entrar en razón. Claro que ya estaba acostumbrada. Los arrebatos emocionales, la terquedad y la locura eran el pan de cada día en su familia debido a la mezcla de sangre cajún y rumana.

—Vamos, Selena —rogó en un intento por calmarla—. Ya ha anochecido. No querrás servir de cebo a los daimons, ¿verdad?

—¡No me importa! —replicó antes de sorber por la nariz y hacer un puchero—. Los daimons no devorarán mi alma porque no me quedan ganas de vivir. Quiero que me devuelvan mi casa. Este es mi sitio y no pienso moverme de aquí. —Acompañó cada palabra de la última frase con un golpe del cartel sobre las piedras.

—De acuerdo. —Tabitha soltó un suspiro contrariado y se sentó junto a su hermana, lo bastante lejos como para que no volviera a darle un mordisco. No iba a dejar que se quedase allí sola. Y mucho menos en ese estado.

Si los daimons no la atacaban, lo haría algún ladrón.

De modo que allí se quedaron sentadas... y menudo cuadro formaban: ella, vestida de negro de los pies a la cabeza, con el pelo recogido con un pasador de plata; y Selena, agitando el cartel cada vez que pasaba alguien por la zona peatonal a fin de que firmara su petición para cambiar la ley.

—Hola, Tabby, ¿qué pasa?

Era una pregunta retórica. Saludó a Bradley Gambieri, uno de los guías que acompañaban a los turistas por las rutas vampíricas del Barrio Francés. Iba en dirección a la oficina de información turística con un montón de octavillas en la mano; ni siquiera se detuvo. Pero miró a Selena con el ceño fruncido, tras lo cual ella le soltó un epíteto muy imaginativo al ver que pasaba de largo sin firmar la petición.

Menos mal que ya las conocía y no se lo tendría en cuenta...

Ellas conocían a casi todas las personas que frecuentaban el Barrio Francés. Habían crecido allí y revoloteaban por la plaza desde la adolescencia.

Aunque las cosas habían cambiado con los años. Habían abierto y cerrado algunas tiendas. El Barrio Francés era mucho más seguro en ese momento de lo que lo había sido a finales de los ochenta y principios de los noventa. Sin embargo, había cosas que no cambiaban. La panadería, el Café Pontalba, el Café Du Monde y el Corner Café seguían en el mismo sitio. Los turistas aún se congregaban en Jackson Square para admirar la catedral y contemplar boquiabiertos a los extravagantes personajes que habitaban la zona... y los vampiros y los ladrones seguían pululando por las calles en busca de víctimas fáciles.

A Tabitha se le erizó el vello de la nuca.

De forma instintiva, movió la mano hacia el estilete de diez centímetros que llevaba oculto en la caña de la bota mientras observaba a los pocos transeúntes que se dejaban ver durante el mes de octubre.

Era una cazavampiros autodidacta desde hacía trece años. Y uno de los pocos seres humanos de Nueva Orleans que sabía qué ocurría de verdad cuando caía la noche en la ciudad. Sus enfrentamientos con los malditos le habían dejado cicatrices tanto externas como internas. Había consagrado su vida a asegurarse de que jamás hicieran daño a nadie mientras ella estuviera de guardia.

Era un juramento que se tomaba muy en serio; mataría a cualquiera si se veía obligada a hacerlo.

Sin embargo, cuando clavó los ojos en el hombre alto que apareció en esos momentos por la esquina del Presbiterio, se relajó. El recién llegado, que desprendía un extraño magnetismo erótico, llevaba una mochila negra colgada al hombro.

Habían pasado unos meses desde la última vez que estuvo en la ciudad. Y la verdad era que lo había echado de menos, mucho más de lo que debería.

En contra de su voluntad y de su sentido común, había dejado que Aquerón Partenopaeo se colara en su resguardado corazón. Pero, en fin... era muy difícil no adorar a Ash.

Era imposible no reparar en el modo tan sensual en el que caminaba; todas las mujeres que se hallaban en la plaza, salvo la histérica Selena, quedaron hipnotizadas por su presencia. Se detuvieron para verlo pasar como si las dirigiera una fuerza invisible. No había nadie tan sexy como él.

Lo rodeaba un aura salvaje y peligrosa; además, por su forma de andar, saltaba a la vista que tenía que ser increíble en la cama. Era algo que se sabía sin más y que provocaba en una mujer la misma sensación que una buena taza de chocolate caliente.

Con sus dos metros y cinco centímetros de estatura, Ash siempre destacaba entre la multitud. Al igual que Tabitha, iba vestido de negro.

Llevaba una camiseta de Godsmack bastante ancha por fuera de los pantalones, aunque de todas formas quedaba claro que tenía un cuerpo de infarto. Los pantalones de cuero, hechos a medida, se ceñían a un culo que pedía a gritos un buen magreo.

Pero ni se le ocurriría hacerlo. De un modo indefinible, Ash dejaba muy claro que debías dejar las manos quietecitas si querías seguir respirando.

Tabitha sonrió al fijarse en sus botas. Tenía debilidad por la ropa gótica alemana. Esa noche llevaba unas botas de motero negras con nueve hebillas en forma de murciélago.

Se había dejado el pelo suelto. Su larga melena negra enmarcaba a la perfección un rostro de increíble belleza, pero que al mismo tiempo resultaba muy masculino. Inmaculado. Había algo en él que revolucionaba al instante todas sus hormonas.

No obstante, y a pesar de su atractivo sexual, también lo rodeaba un aura peligrosa y letal que le impedía pensar en él como en algo más que un amigo.

Era su amigo desde que lo conoció en la boda de su hermana gemela Amanda tres años atrás. Desde entonces sus caminos se habían cruzado cada vez que pasaba por Nueva Orleans; él la ayudaba a hacer frente a los depredadores que pululaban por la ciudad.

Se había convertido en un miembro más de la familia, sobre todo porque solía quedarse en casa de su gemela y, de hecho, era el padrino de la hija de Amanda.

Ash se detuvo junto a ella y ladeó la cabeza. Como llevaba gafas de sol no supo si la miraba a ella o a Selena. Aunque era evidente que la situación le resultaba cómica.

—Hola, guapetón —lo saludó. Sonrió al darse cuenta de que la camiseta de Ash era un tributo a la canción de los Godsmack titulada «Vampiros». Muy apropiada, ya que Ash era un ser inmortal con colmillos y todo—. Bonita camiseta.

Él pasó por alto el cumplido mientras se quitaba la mochila del hombro y las gafas de sol, dejando al descubierto unos extraños y turbulentos ojos plateados que parecían brillar en la oscuridad.

—¿Cuánto tiempo lleva Selena esposada a la verja?

—Una media hora. Me pareció que debía quedarme con ella para evitar que se convirtiera en carne de daimon.

—Ojalá —refunfuñó la aludida. Alzó la voz y abrió los brazos en cruz—. ¡Aquí estoy, vampiros, venid y acabad con mi sufrimiento!

Semejante despliegue de histrionismo hizo que Ash y ella intercambiaran una mirada entre risueña e irritada.

Ash se sentó junto a Selena.

—Hola, Lanie —la saludó en voz baja mientras colocaba la mochila entre los pies.

—Vete, Ash, no pienso marcharme hasta que deroguen esa ley. Mi lugar está en esta plaza. Crecí aquí.

Ash le dio la razón con un gesto de la cabeza.

—¿Dónde está Bill?

—¡Es un traidor! —masculló Selena.

Tabitha respondió a la pregunta.

—Probablemente siga en el juzgado, poniéndose hielo en cierta parte del cuerpo después de que Selena le diera una patada y lo acusara de ser «el hombre que la coarta».

Las facciones de Ash se suavizaron como si la idea le hiciera gracia.

—Se lo merecía —se defendió Selena—. Me dijo que la ley es la ley y que tenía que acatarla. ¡Y una mierda! No pienso moverme de aquí hasta que la cambien.

—Pues entonces vamos a estar aquí un buen rato —replicó su hermana con sorna.

—Tú puedes hacer que deroguen la ley —dijo Selena volviéndose hacia Ash—, ¿verdad?

El aludido se recostó contra la verja sin contestar.

—No te acerques mucho, Ash —le advirtió Tabitha—, le ha dado por morder.

—Pues ya somos dos —replicó él con cierta sorna al tiempo que mostraba los colmillos—, pero no sé por qué me da en la nariz que mi mordisco puede resultar más doloroso.

—No tiene gracia —protestó Selena, enfadada.

—Vamos, Lanie —le dijo Ash, echándole un brazo por los hombros—, sabes que esto no cambiará nada. Tarde o temprano aparecerá un poli y...

—Y lo atacaré.

Ash la abrazó con más fuerza.

—No puedes atacar a los polis por hacer su trabajo.

—¡Sí puedo!

A pesar de los gritos de Selena, él siguió hablándole sin perder la paciencia.

—¿Es lo que realmente quieres hacer?

—No, quiero que me devuelvan mi tenderete —contestó con la voz rota por la pena.

Ver así a su hermana encogió el corazón a Tabitha.

—Mi tenderete no hacía daño a nadie. Este es mi sitio. ¡Llevo montándolo aquí desde 1986! No es justo que me obliguen a irme porque esos estúpidos artistas están celosos. Además, ¿quién quiere sus asquerosos cuadros del Barrio Francés? Son gilipollas. ¿Qué sería de Nueva Orleans sin sus médiums? Otra aburrida ciudad para turistas, ¡nada más!

Ash la acunó para consolarla.

—Los tiempos cambian, Selena. Yo lo sé muy bien, te lo aseguro, y a veces es mejor así. Por mucho que quieras detener el tiempo, seguirá su camino sin más.

Tabitha percibió la tristeza de su voz mientras consolaba a su hermana. Ash llevaba vivo más de once mil años. Recordaba Nueva Orleans desde que era apenas un pueblo. Es más, seguramente la recordaba desde antes de que existiera en ella ningún tipo de civilización.

Si alguien sabía de cambios, ese era Aquerón Partenopaeo.

Ash enjugó las lágrimas de Selena y le giró el rostro para que mirase el edificio que había al otro lado de la calle.

—¿Sabes que ese edificio está en venta? «Boutique del Tarot de Madame Selene». ¿Qué te parece?

—Sí, claro, como si pudiera pagarlo —rezongó—. ¿Sabes cuánto vale una propiedad aquí?

Ash se encogió de hombros.

—El dinero no es un problema para mí. Dilo y es tuyo.

Selena parpadeó varias veces como si no diera crédito a lo que estaba escuchando.

—¿De verdad?

Él asintió con la cabeza.

—Podrías poner un cartel aquí mismo para indicar a los turistas dónde está tu tienda, y allí leer su futuro a placer.

Consciente de que por fin, y gracias a Ash, se atisbaba una solución para la locura transitoria de su hermana, Tabitha se echó hacia delante para mirar a Selena a los ojos.

—Siempre has dicho que te gustaría tener un lugar donde no te mojes cuando llueve.

Selena carraspeó mientras sopesaba la idea.

—Sería agradable mirar la calle desde el interior.

—Sí —convino ella—. Ya no te congelarás en invierno ni te asarás en verano. Temperatura regulada todo el año. No tendrás que llevar tus cosas en un carrito y montar el tenderete todos los días. Incluso podrías tener uno de esos sillones de masaje de La-Z-Boy en la trastienda, por no hablar de todo tipo de barajas de tarot. Tia se pondría verde de envidia... ya sabes que está loca por montar una tienda más cerca de la plaza. Piénsatelo.

—¿Lo quieres? —preguntó Ash.

Selena asintió con la cabeza, entusiasmada.

Ash sacó el móvil y marcó un número.

—Hola, Bob —dijo tras una breve pausa—, soy Ash Partenopaeo. Hay un edificio en venta en Saint Anne Street con Jackson Square... Sí, ese mismo. Lo quiero. —Miró a Selena con una media sonrisa—. No, no necesito verlo. Pero quiero las llaves mañana por la mañana. —Se apartó el móvil de la boca—. ¿A qué hora puedes quedar con él mañana, Selena?

—¿A las diez?

Ash repitió la hora.

—Sí. La escritura irá a nombre de Selena Laurens. Yo me pasaré mañana por la tarde para arreglar el pago. Estupendo. Buenas noches. —Una vez que colgó, volvió a guardar el teléfono en el bolsillo.

—Gracias —dijo Selena con una sonrisa.

—No hay de qué. —En cuanto se puso en pie, las esposas se soltaron tanto de la verja como de la muñeca de Selena.

¡Impresionante!, exclamó Tabitha para sus adentros. Los poderes de ese hombre daban miedo. Aunque no sabía si estaba más impresionada porque hubiera abierto las esposas sin despeinarse siquiera o porque se hubiera gastado un par de millones sin inmutarse.

Ash tendió la mano a Selena y la ayudó a ponerse en pie.

—Tú asegúrate de tener en la tienda muchas cosas brillantes para que Simi las compre cada vez que te hagamos una visita.

Tabitha se echó a reír por la mención del demonio de Ash... o lo que fuese, porque todavía no tenía claro si Simi era su novia. Esos dos tenían una relación muy rara.

Simi exigía y Ash complacía sin rechistar.

A menos que el demonio quisiera matar a alguien para comérselo. Esa era la única situación en la que había visto que Ash se mantenía firme frente al demonio, cuya existencia ocultaba a los ojos de casi todos sus Cazadores de la Oscuridad. Ella la conocía porque solía acompañarlos cuando iban al cine.

Por alguna razón, a Ash le encantaba el cine y durante los dos últimos años siempre habían ido juntos. Sus películas preferidas eran las de terror y las de acción. Sin embargo, Simi tenía un gusto exigente y poco usual, así que lo obligaba a ver películas «de chicas» que a él le solían aburrir.

—¿Dónde te has dejado a Simi esta noche? —le preguntó.

Ash se pasó una mano por el tatuaje con forma de dragón que lucía en su brazo.

—Está por aquí. Pero es demasiado temprano para ella. No le gusta salir al menos hasta las nueve. —Volvió a colgarse la mochila al hombro.

Selena se puso de puntillas y tiró de él para poder abrazarlo.

—Compraré toda la bisutería de Kirks Folly solo para Simi.

Ash sonrió y le dio unas palmaditas en la espalda.

—A partir de ahora, nada de esposas, ¿vale?

Selena se apartó.

—Bueno, Bill dejó caer que podía seguir protestando después en nuestro dormitorio, y estoy en deuda por la patada, así que...

Ash se echó a reír mientras Selena recogía las esposas del suelo.

—Y te preguntas por qué estoy majara... —dijo Tabitha mientras su hermana se metía las esposas en el bolsillo trasero del pantalón.

Ash se colocó de nuevo las gafas de sol, cubriendo así esos extraños y turbadores ojos plateados.

—Por lo menos es divertida.

—Y tú, demasiado generoso. —Pero eso era lo que más le gustaba de él. Ash siempre veía el lado bueno de las personas—. ¿Qué planes tienes para esta noche? —le preguntó mientras Selena doblaba el cartel que ella misma había escrito.

Antes de que pudiera responder, una enorme Harley negra apareció por Saint Anne Street. Cuando llegó al cruce con Royal Street, el motorista se detuvo y apagó el motor. Tabitha lo observó. Era un tipo alto, delgado y vestido de cuero negro de los pies a la cabeza; sostenía la moto entre los muslos sin esfuerzo aparente mientras se quitaba el casco.

Para su sorpresa, descubrió que era una chica negra y no un hombre. Dejó el casco sobre el depósito y se desabrochó la chupa. Era una belleza de piel mulata, delgada pero fuerte, y con un cutis perfecto. Llevaba el pelo peinado con multitud de trencitas recogidas en una coleta.

—Aquerón —dijo la recién llegada con acento caribeño—, ¿dónde puedo dejar mi moto?

Ash señaló hacia Decatur Street, la calle que tenía a la espalda.

—Hay un aparcamiento público al otro lado de Jackson Brewery. Déjala allí, yo te espero aquí.

La mujer miró a Tabitha antes de desviar la vista hacia Selena.

—Son amigas —le explicó Ash—. Tabitha Devereaux y Selena Laurens.

—¿Las cuñadas de Kirian?

Ash asintió con la cabeza.

—Soy Janice Smith —se presentó la mujer—. Encantada de conocer a unas amigas de los Hunter.

Supo al instante que era una referencia velada a los Cazadores Oscuros, los guerreros inmortales que, como Janice, Ash y anteriormente Kirian patrullaban la noche en busca de vampiros, demonios y dioses descontrolados.

Janice puso en marcha su moto y desapareció por la calle.

—¿Una nueva Cazadora? —preguntó Selena, adelantándose a Tabitha.

Ash asintió con la cabeza.

—Artemisa la trasladó desde los Cayos de Florida para ayudar a Valerio y a Jean-Luc. Esta es su primera noche, así que creí oportuno hacerle de guía.

—¿Necesitas ayuda? —preguntó Tabitha.

—No, tranquila. Pero intenta no volver a apuñalar a Jean-Luc si te lo encuentras de nuevo.

La referencia a su primer encuentro con el Cazador Oscuro que en otros tiempos había sido pirata le arrancó una carcajada. La noche era muy oscura y Jean-Luc la había agarrado por detrás en un callejón mientras ella acechaba a un grupo de daimons. Solo se había fijado en los colmillos y en su altura, de modo que lo había atacado.

El Cazador aún no la había perdonado.

—No puedo evitarlo. Todos los tíos con colmillos parecéis iguales en la oscuridad.

Ash sonrió.

—Sí, sé a qué te refieres. Las personas con alma también parecéis iguales en la oscuridad.

Tabitha meneó la cabeza, pero siguió riéndose. Cogió a su hermana por la cintura y echó a andar hacia Decatur, donde Selena había dejado su jeep, cruzado en mitad de la calle.

No le llevó mucho tiempo dejar a su hermana en casa, donde Bill parecía no estar seguro de si su esposa le daría otra patada o no. En cuanto se aseguró de que su hermana estaría bien... y Bill también, regresó al Barrio Francés para comenzar la ronda en busca de daimons.

Era una noche relativamente tranquila. Siguió su recorrido habitual: se detuvo primero en el Café Pontalba, donde recogió cuatro platos de frijoles con arroz y otras tantas Coca-Colas para después dirigirse a un callejón que daba a Royal Street, lugar en el que se congregaban muchos sin techo. Desde que se habían aprobado las leyes en contra de los vagabundos y los sin techo, estos no eran tan visibles. Habían pasado, al igual que los vampiros a los que perseguía, a esconderse entre las sombras, donde se les olvidaba.

Sin embargo, ella sabía dónde estaban y jamás se permitiría olvidar su existencia.

Dejó la comida en un bidón oxidado y se volvió para marcharse.

En cuanto llegó al final del callejón, oyó que varias personas se apresuraban a coger la comida.

—Esto... si queréis un trabajo...

Sin embargo, desaparecieron antes de que pudiera terminar la frase.

Suspiró y enfiló Royal Street. No podía salvar el mundo, lo sabía, pero al menos podía asegurarse de que algunas personas que pasaban hambre tuvieran comida.

Deambuló por las calles desiertas mientras miraba los escaparates de las joyerías.

—Hola, Tabby, ¿has matado algún vampiro últimamente?

Cuando alzó la vista, vio que Richard Crenshaw caminaba hacia ella. Era uno de los camareros del Mike Anderson's Seafood, emplazado a escasa distancia de su tienda, y tenía la mala costumbre de pasarse por allí cuando salía de trabajar para ligar con las *strippers* que le encargaban trajes a medida.

También tenía la mala costumbre de burlarse de ella, como

estaba haciendo en esos momentos. Le daba igual. La mayoría de la gente lo hacía. De hecho, casi todo el mundo creía que estaba loca. Incluso su familia se había reído de ella durante años... hasta que su hermana gemela se casó con un Cazador Oscuro y se enfrentó a un vampiro que estuvo a punto de acabar con su vida.

De repente su familia se dio cuenta de que sus historias sobre seres sobrenaturales no habían sido alucinaciones ni invenciones suyas.

—Sí —le respondió—, pulvericé a uno anoche.

Richard puso los ojos en blanco y se rió de ella mientras se alejaba.

—De nada, gilipollas —masculló ella. El daimon al que había matado rondaba por el callejón trasero del restaurante, donde Richard sacaba la basura antes de salir del trabajo. Si no lo hubiera matado, posiblemente Richard estaría muerto a estas horas.

Qué más daba... No quería que nadie le agradeciera lo que hacía y tampoco lo esperaba, la verdad.

Siguió andando por la calle con una sensación de extrema soledad. Ojalá pudiera vivir ajena a todo lo que merodeaba en la oscuridad.

El problema era que lo sabía. Lo sabía, y por ello tenía que elegir entre ayudar a la gente o darle la espalda. Jamás se le ocurriría dar la espalda a alguien que necesitase ayuda. Sus poderes eran demasiado angustiosos en determinadas ocasiones. Sentía el dolor de los demás con más intensidad que el propio.

Eso era lo que la había atraído de Ash en un principio. A lo largo de esos tres años, Ash le había enseñado algunos trucos para bloquear las emociones que le inspiraban los demás y concentrarse en las suyas. Había sido un regalo del cielo y la había ayudado más que ninguna otra persona a seguir cuerda. Aun así, esos trucos no la bloqueaban por completo.

En ocasiones, las emociones la superaban. Los sentimientos eran tan intensos que la desequilibraban y la instaban a desahogarse verbalmente para librarse de la presión a la que la sometían.

De modo que allí estaba, en otra solitaria noche por las calles de la ciudad mientras arriesgaba su vida por personas que se reían de ella.

Las patrullas eran mucho más divertidas cuando la acompañaban sus amigos.

Se obligó a no recordar a Trish y a Alex, que habían muerto en acto de servicio. Pero fue inútil. Se le llenaron los ojos de lágrimas mientras se tocaba la protuberante cicatriz que Desiderio le había dejado en la mejilla. Un daimon psicópata de la peor calaña que había intentado matar a su hermana gemela y a su cuñado por todos los medios. Por suerte, Amanda y Kirian habían sobrevivido. Pero ojalá hubiera muerto ella en lugar de sus amigos. No era justo que hubieran pagado un precio tan alto cuando había sido ella quien los convenció para que la ayudaran.

¡Dios!, exclamó para sus adentros. ¿Por qué no había cerrado la boca y había dejado que vivieran sus vidas tranquilos y ajenos a la realidad?

Por ese motivo empezó a luchar sola. Jamás volvería a pedirle a nadie que arriesgara su vida para hacer lo mismo que ella.

El resto del mundo podía elegir.

Ella no.

Aminoró el paso al notar un conocido hormigueo en la espalda.

Daimons...

Estaban detrás de ella.

Se volvió, se arrodilló y fingió que se ataba los cordones de las botas, pero todos sus sentidos estaban pendientes de las seis sombras que se acercaban a ella...

Valerio se dio unos tirones en el guante de su mano derecha para colocárselo bien mientras caminaba por una calle casi desierta. Como de costumbre, iba impecablemente vestido con un abrigo negro y largo de cachemira, un jersey de cuello vuelto también negro y unos pantalones de pinzas del mismo color. A diferencia de la mayoría de los Cazadores Oscuros, él no era un bárbaro vestido de cuero. Era el epítome del refinamiento. De la buena educación. De la buena cuna. Su familia pertenecía a uno de los linajes patricios más antiguos y respetados de Roma. Como antiguo general romano cuyo padre había sido un respetado senador, habría seguido gustosamente los pasos de su progenitor si las Parcas, o las Moiras como las llamaban los griegos, no hubieran intervenido.

Sin embargo, eso pertenecía a un pasado que se negaba a recordar. Agripina era la única excepción a esa regla. Era lo único que recordaba de su vida como mortal.

Era lo único que merecía la pena recordar de su vida como mortal.

Hizo una mueca y se concentró en otras cosas mucho menos dolorosas. El frío presagiaba la llegada del invierno. Claro que no se podía decir que en Nueva Orleans hubiera invierno, sobre todo si lo comparaba con los que había pasado en Washington D.C.

Sin embargo, conforme pasaban los años, su cuerpo se aclimataba a la temperatura de Nueva Orleans y el airecillo que corría esa noche le resultaba ligeramente frío.

Se detuvo cuando sus sentidos de Cazador Oscuro detectaron la presencia de un daimon. Ladeó la cabeza y aguzó el oído, que era más fino de lo habitual.

Escuchó unas carcajadas masculinas. Y después oyó algo rarísimo...

—Reíros, gilipollas. Pero quien ríe el último, ríe mejor, y yo me partiré el culo esta noche.

Se desató una pelea.

Valerio dio media vuelta y volvió sobre sus pasos.

Se internó en la oscuridad hasta dar con una puerta entreabierta que conducía a un patio.

Allí dentro había seis daimons que luchaban contra una humana.

La macabra belleza de la lucha lo hechizó. Uno de los daimons se abalanzó sobre la mujer por la espalda. Esta lo lanzó por encima de su hombro con un elegante movimiento antes de clavarle una larga daga de hoja negra en el pecho. El daimon se desintegró en una nube de polvo dorado.

Acto seguido, se volvió para enfrentarse a otro daimon. Se pasaba la daga de una mano a otra con una pericia que detonaba su experiencia en defenderse de los no-muertos.

Dos daimons se abalanzaron sobre ella. Consiguió esquivarlos, pero un tercero anticipó su movimiento y la agarró.

Sin apenas pestañear, la mujer se llevó las piernas al pecho, obligando al daimon a soportar todo su peso y haciendo que acabara postrado de rodillas. Sin pérdida de tiempo, ella se puso en pie y se giró para apuñalar al daimon por la espalda.

No quedó ni rastro de él.

Por regla general, el resto de los daimons habría huido. Pero los cuatro que quedaban no lo hicieron. En cambio, hablaron entre ellos en un idioma que hacía mucho que no escuchaba: griego antiguo.

—Esta niñata no es tan pánfila como para tragarse eso, gilipollas —replicó la mujer en un griego perfecto.

Valerio estaba tan sorprendido que ni siquiera podía moverse. No había visto nada semejante en dos mil años. Ni siquiera las amazonas habían tenido una guerrera como la que se enfrentaba a aquellos daimons en esos momentos.

De repente, se vio un fogonazo detrás de la mujer. Una luz muy brillante que lanzaba turbulentos destellos. En el patio penetró una ráfaga de aire helado un momento antes de que aparecieran seis daimons más.

Aquella aparición, mucho más extraña que la presencia de la guerrera, lo dejó petrificado.

Tabitha se volvió muy despacio para enfrentarse a los recién llegados.

Me cago en la puta, pensó. Solo había visto algo como aquello en otra ocasión.

Los recién llegados la miraron y se echaron a reír.

—Me das pena, humana.

—Y más que te va a dar —replicó ella, lanzándole la daga al pecho.

El daimon movió la mano y repelió el ataque antes de que la hoja lo rozara siquiera. Después estiró el brazo hacia ella. Algo invisible pero muy doloroso le golpeó el pecho y la arrojó de espaldas al suelo, donde se quedó aturdida y asustada.

A su cabeza acudieron los espantosos recuerdos de la noche que murieron sus amigos. Los espantosos recuerdos de la lucha con los spati, que los habían vencido sin despeinarse siquiera...

No, no, no.

Estaban muertos. Kirian los había matado a todos.

El pánico que se había apoderado de ella aumentó mientras intentaba ponerse en pie.

Estaba mareada y no veía bien.

Valerio ya estaba corriendo por el callejón cuando vio caer a la mujer.

El daimon más alto, que era más o menos de su estatura, se echó a reír.

—Muy amable por parte de Aquerón mandarnos un juguete.

—Los juguetes son para los niños y los perros —replicó, sacándose las dos espadas retráctiles del abrigo y extendiendo las hojas—. Ahora que sé en qué categoría meteros, os enseñaré lo que hacíamos los romanos con los perros rabiosos.

Uno de los daimons sonrió.

—¿Los romanos? Según mi padre, morían chillando como cerdos. —Y tras eso, lo atacó.

Valerio se apartó de un salto y lo atacó con la espada. El daimon sacó una espada de la nada y detuvo el golpe con la habilidad de un hombre que llevaba años practicando.

Los otros daimons lo atacaron a la vez.

Valerio dejó caer sus espadas y extendió los brazos, accionando de ese modo los mecanismos que llevaba sujetos a las muñecas. Unas puntas de flecha se clavaron en el pecho del daimon más alto y en el del que acababa de hacer aparecer la espada.

A diferencia de la mayoría de los daimons, no se desintegraron al instante. Lo miraron con los ojos como platos antes de estallar.

Sin embargo, otro daimon aprovechó su distracción para coger una de las espadas y atacarlo por la espalda. Siseó de dolor antes de volverse y darle un codazo en la cara.

La mujer, que ya se había puesto en pie, mató a otros dos daimons mientras él se encargaba del que lo había herido.

Valerio no sabía qué había pasado con los demás y la verdad era que le costaba trabajo moverse por el espantoso dolor de la espalda.

—¡Muere, maldito daimon! —dijo ella un segundo antes de apuñalarlo en el pecho.

Volvió a sacar la daga al instante.

El insoportable dolor hizo que Valerio siseara y se tambaleara hacia atrás. Se llevó las manos al pecho, incapaz de pensar.

Tabitha se mordió el labio, aterrada al ver que el hombre retrocedía pero no se desintegraba.

—Mierda —murmuró al tiempo que corría hacia él—. Por favor, dime que eres un Cazador Oscuro herido y que no acabo de cargarme a un contable o a un abogado.

El hombre cayó de bruces al suelo.

Tabitha lo hizo rodar hasta que quedó de espaldas y comprobó su pulso. Tenía los ojos entrecerrados, pero no hablaba. Apretaba los dientes con fuerza mientras gemía.

Todavía no sabía a quién había apuñalado por error y eso la aterraba. Con el corazón desbocado, le subió el jersey negro para ver la grave herida que le había provocado en el pecho.

Y entonces vio lo que había esperado ver...

Tenía la marca del arco y la flecha sobre la cadera derecha.

—Gracias a Dios... —susurró, aliviada. Era un Cazador Oscuro y no un desafortunado mortal.

Cogió el móvil y llamó a Aquerón para decirle que uno de sus hombres estaba herido, pero no contestó.

De modo que hizo ademán de llamar a su hermana Amanda, pero recobró el sentido común. Solo había cuatro Cazadores Oscuros en la ciudad: Ash, que los dirigía; Janice, a quien había conocido hacía poco; el que fuera capitán pirata, Jean-Luc, y...

Valerio Magno.

Era el único Cazador Oscuro de Nueva Orleans a quien no conocía en persona. Y era el enemigo jurado de su cuñado.

Cortó la llamada antes de terminar de hacerla. Kirian mataría a ese hombre sin pensárselo, con lo que se ganaría la ira de Artemisa. En respuesta, la diosa acabaría con él, y eso era lo último que quería. Amanda se moriría si le pasaba algo a su marido.

Pensándolo bien, si la mitad de lo que Kirian contaba de ese hombre y de su familia era cierto, debería dejarlo allí tirado y dejarlo morir.

El problema era que Ash jamás la perdonaría si le hacía eso a uno de sus hombres. Además, no podía dejarlo allí; ni siquiera ella era tan desalmada. Le gustase o no, le había salvado la vida y estaba obligada a devolverle el favor.

Hizo una mueca al darse cuenta de que tendría que llevarlo a un lugar seguro. Pero era demasiado corpulento para poder hacerlo sola. Marcó otro número y esperó a que le respondiera una voz con seductor acento cajún.

—Hola, Nick, soy Tabitha Devereaux. Estoy en el viejo patio de Royal Street con un herido y necesito ayuda. ¿Te apetece ser mi caballero de brillante armadura esta noche y echar una mano a esta damisela en apuros?

La risa de Nick Gautier resonó al otro lado de la línea.

—*Chère,* ya sabes que siempre estoy dispuesto. Estaré allí en un instante.

—Gracias —dijo antes de darle la dirección exacta y colgar.

Nick había nacido y crecido en Nueva Orleans como ella y lo conocía desde hacía años, ya que frecuentaban los mismos bares y restaurantes. Por no mencionar que había llevado a algunas de sus novias a comprar algunos de los modelitos más descarados que Tabitha vendía en su sex shop, La Caja de Pandora.

Nick, un sinvergüenza encantador, era uno de los hombres más guapos que había visto en su vida. Siempre llevaba el pelo castaño oscuro un poco largo, de modo que caía sobre sus ojos, tan azules y seductores que deberían ser declarados ilegales.

En cuanto a su sonrisa...

Ni siquiera ella era inmune.

Tres años atrás se había quedado de piedra al descubrir en la boda de su hermana que trabajaba para los no-muertos. Corrían un montón de rumores sobre las actividades de Nick. Todos los que vivían en el Barrio Francés sabían que estaba forrado y que no tenía un trabajo fijo. Cuando lo vio hacer de padrino en la boda de Kirian, se quedó boquiabierta.

Pero desde entonces habían forjado una extraña alianza como compañeros de borracheras y de correrías, ya que ambos vivían para hacer la vida imposible a los Cazadores Oscuros. Era muy agradable poder hablar con alguien que supiera que los vampiros existían y que entendía a la perfección los peligros a los que se enfrentaba cada noche.

Se sentó en la acera para esperarlo. Valerio seguía sin moverse. Ladeó la cabeza para estudiar al responsable de todos los males de Kirian, que decía que Valerio y su familia habían sido los mayores cabrones de toda Roma.

Habían matado y violado a cualquier cosa que se cruzara en su camino mientras asolaban la antigua Europa. No habría dado tanto crédito a los cuentos de Kirian de no ser porque otros Cazadores Oscuros se lo habían confirmado.

Por lo que sabía, Valerio no caía bien a nadie.

A nadie.

Pero allí en el suelo, respirando con dificultad, no parecía tan malvado.

Tal vez porque estaba prácticamente muerto.

En realidad estaba muerto, punto. Pero seguía respirando. La luz de la luna, que lo iluminaba de perfil, creaba algunas sombras sobre su rostro y dejaba a la vista los desgarrones de su ropa. Todavía sangraba, pero como Tabitha sabía que la pérdida de sangre no acabaría con él, se quedó donde estaba en lugar de intentar detener la hemorragia del pecho.

—¿Cómo moriste? —susurró. Kirian no lo sabía, y a pesar de todo lo que había leído sobre la Antigüedad, el nombre de Valerio apenas se mencionaba. A pesar de la brutalidad de la que Kirian lo acusaba, Valerio Magno no era más que una breve reseña en los libros de Historia.

—¿Tabby, estás ahí?

Suspiró aliviada al escuchar la voz de Nick. Menos mal que vivía a poco más de tres manzanas de allí y sabía darse prisa cuando hacía falta.

—Estoy aquí detrás.

Vestido con unos vaqueros desgastados y una camisa azul de manga corta, Nick se reunió con ella, pero soltó un taco cuando vio quién estaba tendido en el suelo.

—Estás de coña, ¿no? —masculló después de que le pidiera que la ayudase a levantar a Valerio—. No le mearía encima aunque estuviera ardiendo.

—¡Nick! —exclamó, sorprendida por el rencor que destilaba su voz. Por regla general, el cajún era uno de los tíos más enrollados del mundo—. Eso sobraba.

—Vale, lo que tú digas. Pero veo que no has llamado a Kirian para que te ayude. ¿Por qué? ¿Tal vez porque os mataría a los dos?

Se vio obligada a controlar su genio, ya que Nick se cabrearía todavía más si le decía que se estaba comportando como un crío.

—Vamos, Nick, no seas así. Yo tampoco quiero ayudarlo, pero Ash no contesta al teléfono y parece que nadie lo aprecia mucho.

—Evidentemente. Porque todo el mundo, menos tú, utiliza el cerebro. Deja que se pudra en la calle.

Se puso de pie y se enfrentó a Nick con los brazos en jarras.

—Perfecto. Pues explícale tú a Ash por qué uno de sus Cazadores ha acabado muerto. Y apáñatelas cuando se cabree. Yo me lavo las manos.

Nick la miró con los ojos entrecerrados.

—Eres un coñazo, Tabby. ¿Por qué no has llamado a Eric para que te ayude?

—Porque es incómodo pedirle un favor a un ex que está felizmente casado, ¿vale? No sé por qué se me ocurrió que mi buen amigo Nick no me daría la brasa, pero ya veo que me he equivocado.

Nick hizo una mueca exagerada al escucharla.

—Odio con todas mis fuerzas a este tío, Tabitha. Conozco a Kirian desde hace demasiado tiempo y le debo demasiado para ayudar al nieto del hombre que lo crucificó.

—Pero no somos responsables de lo que hagan nuestros familiares, ¿o sí?

Vio cómo Nick apretaba los dientes.

Su padre había sido un asesino convicto que murió en una revuelta en la cárcel. Era del dominio público que ese hombre era un reincidente que había estado entrando y saliendo de la cárcel por los peores delitos durante toda la infancia de Nick. Él mismo estaba a punto de seguir los pasos de su padre cuando Kirian apareció en escena y lo salvó.

—Eso es un golpe bajo, Tabby, bajísimo.

—Pero es verdad. Ahora, si no te importa, olvida que es un capullo y ayúdame a llevarlo a casa, ¿vale?

Nick gruñó antes de acercarse a ellos.

—¿Sabes dónde vive?

—No, ¿y tú?

—En algún lugar de Garden District. —Sacó el móvil y marcó un número. Pasado un minuto, soltó un taco—. Otto, contesta al teléfono. —Otro taco, colgó y la fulminó con la mirada—. Cuando el escudero de un Cazador no contesta el teléfono para salvarlo, es que la cosa no tiene remedio.

—Tal vez Otto esté ocupado.

—O tal vez tenga poderes psíquicos.

—Nick...

Nick guardó el móvil, se agachó, se echó a Valerio sobre el hombro y atravesó el patio en dirección a la calle donde había aparcado el Jaguar. Dejó caer al Cazador en el asiento del copiloto sin muchos miramientos.

—¡Cuidado con la cabeza! —masculló ella al ver que no evitaba que se diera un buen golpe contra el lateral del coche.

—Ni que fuera a matarlo... Además, ¿qué le ha pasado?

—Lo he apuñalado.

Nick parpadeó antes de echarse a reír.

—Sabía que me caías bien por algo. ¡Joder, estoy deseando contárselo a Kirian! Va a partirse el culo.

—Sí, en fin... Mientras tanto, será mejor que llevemos a Valerio a mi casa y que me des el número de Otto para volver a llamarlo.

—Pues tendrás que decirme cómo voy a llevarlo a tu casa cuando Bourbon Street se cierra al tráfico al anochecer.

Ella puso los ojos en blanco.

—De acuerdo, pero me debes una bien gorda —refunfuñó Nick.

—Claro, lo que tú digas. Pero mueve el culo, escudero.

Nick renegó entre dientes antes de rodear el coche y subirse.

Como era un biplaza, ella tuvo que ir andando al lugar de encuentro, que no era otro que su tienda. Estaba caminando entre el gentío que abarrotaba Bourbon Street cuando sintió que algo malvado la rozaba psíquicamente.

Se volvió y escudriñó los alrededores, pero no vio nada.

Aun así, lo presentía.

—Algo malvado se acerca... —musitó, parafraseando el título de su libro preferido de Ray Bradbury.

Y algo en su interior le decía que era muchísimo más malévolo que cualquier otra cosa a la que se hubiera enfrentado hasta ese momento.

2

Valerio se despertó al oír que alguien estaba canturreando.

¿Canturreando?

Abrió los ojos, esperando encontrarse en su cama y en su casa. En cambio, descubrió que estaba en una cama con dosel de madera tallada y cortinas de terciopelo color borgoña.

La voz que escuchaba procedía de su izquierda. Volvió la cabeza y se quedó pasmado por lo que vio.

Era...

En fin, en un primer momento le pareció una mujer altísima. Rubia y de pelo largo, llevaba un jersey de lana rosa de manga corta y unos chinos. El único problema era que la «mujer» tenía unos hombros tan anchos como los suyos y la nuez muy pronunciada.

Estaba sentada en una mecedora, hojeando el número de otoño de *Vogue* y vio que llevaba las uñas pintadas con un brillante esmalte de color rojo sangre. Unas uñas que bien podrían ser garras. Alzó la mirada de la revista y dejó de canturrear.

—¡Vaya! ¡Estás despierto! —exclamó entusiasmada, al tiempo que se ponía en pie y rodeaba la cama. Cogió con torpeza lo que parecía ser un walkie-talkie de la mesita de noche y pulsó el botón con mucho cuidado para no romperse una uña—. Tabby, don Sexy está despierto.

—Vale, Marla, gracias.

Aunque le sonaba vagamente esa voz, cuando intentó recordar de dónde, no pudo identificarla.

—¿Dónde estoy? —preguntó.

En el infierno parecía la respuesta más apropiada. Sin embargo, tanto su dolorido cuerpo como la habitación en penumbra, con un mobiliario que era una curiosa mezcla de antigüedades y piezas modernas, le indicaban que ni siquiera el infierno podía ser ni tan malo ni tan hortera.

—No te muevas, encanto —le dijo la desconocida, que seguía gesticulando y revoloteando alrededor de la cama—. Tabby no tardará en llegar. Me dijo que no te dejara ir a ninguna parte. Así que no lo hagas.

Antes de que pudiera preguntar quién era la tal Tabby, otra mujer entró en tromba en la habitación.

También era alta, pero, a diferencia de la primera, era delgada, casi escuálida, aunque tenía un cuerpo fibroso, como si hiciera pesas. Llevaba el pelo cobrizo recogido en una larga coleta y tenía el pómulo izquierdo desfigurado por una horrible cicatriz.

Valerio se quedó petrificado al ver a la guerrera de la noche anterior. Los recuerdos acudieron en tropel a su mente, incluido el momento en el que ella lo apuñalaba en el pecho... Detalle que recordó porque llevaba un enorme cuchillo de carnicero en la mano derecha.

—¡Tú! —gritó en tono acusatorio, y se alejó hacia el otro extremo de la cama.

La mujer dio un respingo antes de volverse hacia la tal Marla y empujarla en dirección a la puerta.

—Gracias, Marla. Te agradezco mucho que le hayas echado un ojo.

—Cuando quieras, corazón. Si necesitas cualquier cosa, solo tienes que decírmelo.

—Lo haré. —La empujó suavemente para que saliera y cerró la puerta en cuanto lo hizo—. Hola —le dijo a él.

Valerio miró el cuchillo que llevaba en la mano y acto seguido desvió la vista hasta la herida de su pecho, que ya estaba sanando.

—¿Qué, has venido para rematarme?

Ella frunció el ceño.

—¿Qué...? —preguntó a su vez mientras desviaba la mirada hacia el cuchillo que sostenía—. ¡Ah, esto! No. Lo de anoche fue un accidente, de verdad.

Tabitha dejó el cuchillo sobre el tocador y se volvió para mirar a Valerio. Tenía que admitir que estaba guapísimo acostado en su cama. Sus rasgos parecían esculpidos por un maestro. Y ese cuerpo...

Ningún hombre debería estar tan bueno.

Por eso había pasado la noche en el despacho de la planta baja y por eso, cuando amaneció, le pidió a Marla que lo vigilara.

Dormido era una tentación casi irresistible. Parecía relajado y muy dulce.

Incitante.

Despierto parecía peligroso.

E igualmente incitante.

Tenía que reconocer que el gusto de Artemisa en lo que a los hombres se refería era exquisito; además, por lo que sabía y según le había contado Amanda, no existía ningún Cazador Oscuro feo.

Claro que no podía culpar a Artemisa por ello. Si hubiera que elegir hombres para crear un ejército personal, ¿qué mujer no escogería a los más altos y guapos?

Eso también explicaba por qué Aquerón era su líder...

Sí, ser una diosa tenía sus ventajas. Debía de ser increíble controlar toda esa deliciosa testosterona.

Y Valerio era un espécimen de Cazador Oscuro de primera categoría, sentado en su cama con un brazo divinamente formado doblado sobre el colchón y el resto de su cuerpo casi desnudo ante sus ojos. Parecía un animal salvaje dispuesto a atacar.

Pero estaba confuso. Sus emociones se lo decían. También estaba enfadado, aunque no tenía muy claro por qué.

—Aquí estás a salvo —le aseguró, acercándose a la cama—. Sé qué eres y me he asegurado de que todas las ventanas estén cubiertas.

—¿Quién eres? —preguntó él con cierto recelo en la voz.

—Tabitha Devereaux —contestó.

—¿Eres escudera?

—No.

—Entonces ¿cómo sabes...?

—Soy amiga de Aquerón.

La respuesta lo enfureció.

—¡Estás mintiendo! —Se puso de pie al punto y maldijo cuando se dio cuenta de que estaba completamente desnudo.

Tabitha se mordió el labio para contener el gemido que estuvo a punto de soltar al contemplar ese suculento despliegue de piel desnuda. Tenía que reconocerlo, los Cazadores Oscuros estaban para mojar pan.

Valerio agarró la sábana para cubrirse con ella.

—¿Dónde está mi ropa? —preguntó con la voz más arrogante que había oído en su vida.

No era de extrañar que Nick y los demás lo pasaran mal con él. Ese cuerpo masculino desprendía arrogancia y superioridad por todos sus poros. Era obvio que estaba acostumbrado a dar órdenes, cosa que tenía sentido, habida cuenta de su pasado como general romano.

Por desgracia, ella no estaba acostumbrada a seguir las órdenes de nadie, y mucho menos si procedían de un hombre.

—¿No te llega la camisa al cuerpo? —le preguntó, y se echó a reír por aquella broma tan mala—. Tu ropa está en la tintorería. La traerán en cuanto esté lista.

—¿Y mientras tanto?

—Te quedas desnudo.

Vio cómo se le tensaba la mandíbula como si no diera crédito a lo que estaba escuchando.

—¿Cómo dices?

—Lo que has oído. Que te quedas desnudo. —Guardó silencio a causa de la pecaminosa imagen que se le pasó por la cabeza—. No me negarás que un hombre desnudo, guapo y en mi cama... es un sueño hecho realidad. Si te portas bien y haces lo que te diga, quizá consigas algunos beneficios... interesantes —le dijo, arqueando las cejas.

Vio cómo se tensaba el puño que sostenía la sábana alrededor de su cintura. Percibió que, aunque estaba ofendido, la situación le resultaba graciosa.

—En fin, eres romano. Podrías hacerte una toga con la sábana —sugirió, ladeando la cabeza.

Valerio sintió el apremiante impulso de resoplar. Si fuera un plebeyo, tal vez habría cedido a la tentación.

Esa era la mujer más extraña que había conocido en su vida.

—¿Cómo sabes que soy romano?

—Ya te lo he dicho, conozco a Ash y al resto de su tropa de merodeadores nocturnos. —Le lanzó una mirada traviesa—. Vamos, enróllate la sábana como si fuera una toga, hazlo por mí. Intenté hacerme una cuando estaba en la universidad, pero acabó en el suelo en mitad de la fiesta. Menos mal que mi compañera de habitación todavía estaba lo bastante sobria para recogerla y echármela por encima antes de que los chicos de la fraternidad se abalanzaran sobre mí.

Escuchó que un reloj de cuco daba la hora a su espalda. Se volvió para mirarlo y frunció el ceño cuando vio que el «pájaro» tenía una cresta roja al estilo mohawk.

Y un parche en el ojo.

—¿Verdad que es un puntazo? —le preguntó ella—. Lo compré en Suiza. Pasé un año estudiando allí.

—Fascinante —respondió él—. Y, ahora, si te largas...

—Oye, para el carro, amigo. Ni soy tu criada ni permitiré que uses ese tono conmigo, ¿*capisci*?

—*Saeva scaeva* —murmuró entre dientes.

—*Saeve puer* —replicó ella.

Valerio la miró boquiabierto.

—¿Acabas de insultarme en latín?

—Tú me has insultado primero. Aunque no creas que me ofende que me llamen «demonio deslenguado». En realidad, es casi un cumplido, pero no suelo quedarme callada cuando me insultan.

Estaba impresionado, aunque le pesara. Había pasado mucho tiempo desde la última vez que se topó con una mujer que supiera hablar su lengua materna. Desde luego que no le hacía ni pizca de gracia que lo hubiera llamado «niño maleducado», pero una mujer tan inteligente como para hablar latín ganaba puntos a sus ojos.

Además, llevaba una eternidad sin encontrarse con alguien que no lo tratara con desdén. Sus réplicas no eran hirientes. Al contrario, estaba discutiendo con él como si no se tomara las cosas a pecho.

Qué extraordinario...

Qué novedoso...

Y qué alarmante...

De repente, la sintonía de *En los límites de la realidad* resonó por toda la casa.

—¿Qué es eso? —le preguntó un tanto inquieto. Tal vez había entrado en los dominios de Rod Serling sin darse cuenta.

—El timbre. A lo mejor son los de la tintorería con tu ropa.

—¡Tabby! —gritó Marla desde el otro lado de la puerta del dormitorio—. Es Ben con tus cosas.

Ese comportamiento tan vulgar hizo que Valerio se crispara.

—¿Ese tío siempre grita de esta manera? —preguntó.

—Oye, no te pases —respondió ella—. Marla es una de mis mejores amigas y como se te ocurra insultarla o seguir refiriéndote a ella en masculino, te clavaré el cuchillo, y no precisamente en el pecho. —Sus ojos descendieron de forma muy elocuente hasta su entrepierna.

La amenaza hizo que la mirara con los ojos como platos. ¿Qué tipo de mujer decía algo así a un hombre?

Sin embargo, Tabitha salió del dormitorio antes de que pudiera replicarle.

Se quedó donde estaba, atónito y sin saber qué hacer. Ni qué pensar. Se acercó al tocador donde había dejado el cuchillo. A su lado vio su cartera, sus llaves y su móvil.

Cogió el teléfono y llamó a Aquerón, que contestó de inmediato.

—Necesito ayuda —le dijo por primera vez en dos mil años. Aquerón soltó un gruñido por lo bajo.

—¿Ayuda con qué? —preguntó con marcado acento y voz somnolienta, como si acabara de despertar de un profundo sueño.

—Estoy en casa de una loca que dice conocerte. Tienes que sacarme de aquí ahora mismo. Cueste lo que cueste.

—Es mediodía, Valerio. Deberíamos estar durmiendo. —Hizo una pausa—. De todas formas, ¿dónde estás?

Echó un vistazo por la habitación. Había un sinfín de collares de cuentas del Mardi Gras colgados del espejo de tres cuerpos del antiguo tocador. En lugar de una alfombra persa había... una especie de callejero gigantesco, a todas luces ideado para que los niños jugaran. Había partes del dormitorio decoradas con un gusto impecable y otras que eran, simple y llanamente, espeluznantes.

Su mirada se detuvo un instante en lo que parecía ser un altar de vudú.

—No lo sé —contestó—. En el exterior hay mucho tráfico y una música infernal, y aquí dentro hay un reloj de cuco con una cresta mohawk, un travesti y una lunática armada con un cuchillo.

—¿Por qué estás en casa de Tabitha? —preguntó Aquerón.

La pregunta lo dejó pasmado. ¿Realmente la conocía?

Sabía que el atlante era un poco excéntrico, pero hasta ese momento lo había tenido por un hombre con sentido común que no se mezclaba con humanos de baja ralea.

—¿Cómo dices?

—Relájate —respondió Aquerón mientras bostezaba—, estás en buenas manos. Tabby no te hará daño.

—¡Me ha apuñalado!

—Joder —replicó el atlante—, le dije que no apuñalara a más Cazadores. Me revienta que haga eso.

—¿Que te revienta? ¡Soy yo quien tiene una herida infectada!

—¿En serio? —le preguntó Aquerón—. Nunca he visto a un Cazador Oscuro con una herida infectada. Al menos no que se vea.

El retorcido sentido del humor del atlante le hizo apretar los dientes.

—No tiene gracia.

—Sí, ya lo sé. Pero mira el lado bueno: eres el tercer Cazador Oscuro al que apuñala. A veces se emociona un poco y se deja llevar.

—¿Que se deja llevar? ¡Esa mujer es una amenaza!

—¡Qué va! Es una tía legal. A menos que seas un daimon, porque en ese caso ríete tú de Santippe...

Lo dudaba mucho. Hasta la griega más insufrible de la Antigüedad debía de ser más contenida que Tabitha.

La puerta se abrió y por ella apareció la susodicha con su ropa envuelta en una bolsa de plástico.

—¿Con quién hablas? —preguntó.

—Salúdala de mi parte —dijo Aquerón al punto.

En esa ocasión Valerio sí que resopló. No podía creer lo que estaba sucediendo. No podía creer que esos dos se conocieran tan bien.

Observó a Tabitha mientras ella colgaba su ropa en el pomo del armario.

—Saludos de parte de Aquerón.

Ella se acercó para colocarse frente a él, se inclinó hacia delante y alzó la voz con la intención de que Aquerón la escuchara.

—¡Hola, guapetón! ¿No tendrías que estar durmiendo?

—Debería, sí... —contestó el atlante.

—No lo llames «guapetón» —la reprendió Valerio con firmeza.

Tabitha resopló. Como si fuera un caballo.

—En fin, entiendo que tú no lo llames «guapetón» porque... no sé, quedaría un poco raro. Pero yo se lo digo siempre.

Sus palabras lo dejaron horrorizado.

¿Sería...?

—No, no es mi novia —respondió Aquerón como si pudiera leer sus pensamientos—. Eso lo dejo para algún pobre desgraciado.

—Tienes que ayudarme —insistió, aferrando con más fuerza la sábana al tiempo que se alejaba de Tabitha, aunque ella lo siguió por la habitación.

—De acuerdo. Presta atención, porque ahí va un consejo que puede serte de mucha utilidad. ¿Tienes por ahí tu carísimo abrigo de cachemira?

No atinaba a comprender de qué podía servirle el abrigo, pero a esas alturas estaba dispuesto a hacer cualquier cosa.

—Sí.

—Pues no le quites el ojo de encima. Marla debe de tener tu talla y no me sorprendería que quisiera mangártelo si lo ve. Tiene una especie de obsesión fetichista con los abrigos y las chaquetas, sobre todo si son de hombre. La última vez que estuve ahí, se agenció mi chupa favorita.

Eso lo dejó boquiabierto.

—¿Cómo has acabado mezclándote con drag queens?

—Tengo muchos amigos interesantes, Valerio; algunos incluso son gilipollas integrales.

La respuesta lo crispó.

—¿Eso lo dices por mí?

—No. Pero me parece que estás un poco tenso y eso no te conviene. Si ya te has tranquilizado, me gustaría volver a dormir.

Y colgó.

Valerio se quedó plantado con el móvil en la mano y la impresión de que Aquerón acababa de dejarlo a la deriva en aguas infestadas de tiburones.

Y justo delante tenía uno, a punto de devorarlo.

Que Júpiter lo ayudara...

Tabitha recogió la almohada del suelo y la colocó de nuevo en la cama. Se detuvo al ver a Valerio de espaldas. Joder, ese tío tenía el mejor culo que había visto en su vida. Deberían estamparle «Calidad Suprema» con letras bien grandes. Le costó horrores no acercarse para magrearlo un poco, pero su postura rígida y tensa la frenó.

La postura y la infinidad de cicatrices que tenía en la espalda. Como si alguien lo hubiera golpeado sistemáticamente.

Pero ¿quién se habría atrevido a hacer algo así?

—¿Estás bien? —le preguntó al ver que se acercaba al tocador para dejar el móvil.

Vio que se pasaba la mano por el pelo mientras suspiraba.

—¿Cuánto queda hasta la puesta de sol?

—Unas cinco horas. —Sabía que seguía enfadado y confuso—. ¿Quieres volver a la cama y dormir?

Él la fulminó con una mirada amenazadora.

—Quiero irme a casa.

—Sí, bueno, te habría llevado a casa anoche si Otto hubiera cogido el teléfono.

—He prescindido del chucho un tiempo por mal comportamiento —replicó Valerio entre dientes. De repente, se puso pálido.

Percibió que se apoderaba de él un repentino temor, seguido de un dolor tan intenso que hasta ella dio un respingo.

—¿Qué te ocurre? —le preguntó.

—Tengo que volver a casa de inmediato.

—Bueno, a menos que mantengas una relación especial con Apolo de la que yo no esté al tanto, tienes las mismas posibilidades de irte ahora que las que yo tengo de ganar la lotería, que serían mucho mayores si Ash me dijera alguna vez los putos números. Es un egoísta, nunca los comparte.

Tabitha sintió que una oleada de desesperación lo consumía. Se acercó a él de forma instintiva y le tocó el brazo con delicadeza.

—No te preocupes, de verdad. Te llevaré en cuanto oscurezca.

Valerio clavó la mirada en la mano que tenía sobre el bíceps. Ninguna mujer lo había tocado así desde hacía siglos. No había carga sexual en el gesto. Era reconfortante. La mano de alguien que le ofrecía consuelo.

Alzó la vista y se encontró con unos ojos azules de mirada abrasadora. De mirada penetrante, inteligente y, sobre todo, tierna. La ternura no era algo a lo que estuviera acostumbrado.

A la mayoría de la gente le bastaba una mirada para odiarlo con todas sus fuerzas. Durante su etapa como humano lo había atribuido a su origen patricio y a la fama de crueldad que se habían ganado a pulso los hombres de su familia.

Durante su etapa como Cazador Oscuro lo atribuía a su condición de romano y, puesto que Grecia y Roma habían pasado siglos luchando hasta que por fin los griegos se postraron de rodillas, era de esperar que estos lo odiaran. Por desgracia, tanto los griegos como las amazonas eran muy elocuentes a la hora de expresar sus opiniones y tardaron muy poco tiempo en poner al resto de los Cazadores Oscuros y a los Escuderos en contra de los pocos romanos que había entre sus filas.

A lo largo de los siglos se había convencido de que no necesitaba ningún compañero de armas e incluso obtenía una perversa satisfacción cada vez que les recordaba sus patricios orígenes romanos.

No había pasado ni un año de su renacimiento cuando aprendió a atacar antes de que lo atacaran.

Por fin adoptó la compostura y la gravedad que su padre había intentado inculcarle con el látigo durante su niñez.

Sin embargo, toda esa compostura desaparecía bajo la ternura de la reconfortante caricia de esa mujer.

Tabitha tragó saliva al percibir la corriente que pasaba entre ellos. Esa mirada oscura e intensa la atravesó y, por primera vez, no lo hizo con expresión acusadora ni crítica. Podría decirse que era casi tierna, y la ternura era algo inesperado en un hombre con la reputación de Valerio.

Le acarició la cicatriz del pómulo con los dedos. En sus ojos no hubo rastro del rechazo que provocaba en la mayoría de los hombres. Al contrario, la siguió con los dedos con delicadeza.

—¿Qué te pasó? —le preguntó.

Un accidente de tráfico, estuvo a punto de soltar. Había utilizado esa mentira durante tanto tiempo que ya casi le salía de forma mecánica. Francamente, era muchísimo más fácil pronunciar esa mentira que cargar con la verdad.

Sabía lo desfigurada que estaba su cara. Su familia no tenía ni idea de cuántas veces los había oído hablar de su cicatriz sin que ellos se enteraran. De cuántas veces había escuchado a Kirian decirle a Amanda que él pagaría la operación de cirugía estética.

El problema era que a Tabitha le aterraban los hospitales desde que su tía murió por las complicaciones de una simple tonsilectomía. Jamás se sometería a una operación por el simple hecho de no ser tan guapa como antes. Si el resto del mundo no soportaba mirarla, era problema suyo. A ella le daba exactamente igual.

—Fue un daimon —contestó en voz baja—. Me dijo que quería dejarme un recuerdo especial para que nunca lo olvidara.

Vio que sus palabras provocaban un tic en su mentón y percibió la ira que lo invadía.

—Y la verdad es que lo logró —siguió ella, tragándose el nudo que tenía en la garganta—. Pienso en él cada vez que me miro al espejo.

La mano de Valerio descendió hasta su cuello y se posó sobre la cicatriz que le había dejado el mordisco de uno de los daimons. Si Kirian no hubiera acudido al rescate, probablemente habría muerto aquella noche.

—Lo siento —susurró él.

Estaba segura de que no pronunciaba esa frase con frecuencia.

—No pasa nada. Todos tenemos cicatrices. Yo tengo la suerte de que casi todas las mías se ven a simple vista.

La sabiduría de esas palabras lo dejó pasmado. Nunca habría esperado semejante profundidad de pensamiento en una mujer como ella. Sintió el ligero apretón que le dio en la mano antes de que se la apartara del cuello y se alejara de él.

—¿Tienes hambre?

—Estoy famélico —contestó con sinceridad. Al igual que la mayoría de los Cazadores Oscuros, solía hacer tres comidas durante la noche. Una poco después del ocaso, otra sobre las diez o las once de la noche, y la tercera a eso de las tres o las cuatro de la madrugada. Como lo habían herido muy temprano, la noche anterior solo había comido una vez.

—Bien. Tengo la despensa bien provista. ¿Qué te apetece?

—Algo italiano.

Ella asintió con la cabeza.

—Suena bien. Baja cuando te hayas vestido, te estaré esperando. La cocina es la puerta de la izquierda. No abras la de la derecha, la que tiene una pegatina de «Peligro biológico». Es la que lleva a la tienda y entra el sol a raudales. —Hizo además de cerrar la puerta tras ella, pero se detuvo—. Por cierto, creo que sería mejor que guardaras el abrigo en mi armario hasta que te marches. Marla...

—Aquerón ya me ha advertido.

—¡Ah, estupendo! Hasta ahora.

Esperó hasta que se hubo marchado para comenzar a vestirse. Cuando colgó el abrigo en el armario, se llevó una sorpresa al descubrir que Tabitha era tan fanática del negro como él. La única prenda de color que había allí dentro era un deslumbrante vestido de satén rosa que resaltaba enormemente en el mar de oscuridad. Además de una minifalda escocesa roja.

Fue la minifalda lo que le llamó la atención, ya que de repente se le pasó por la cabeza una inesperada imagen de Tabitha ataviada con ella y se preguntó si tendría las piernas bonitas.

Siempre había tenido debilidad por un buen par de piernas de mujer, bien torneadas y suaves. Sobre todo si dichas piernas estaban alrededor de sus caderas...

Su cuerpo se endureció al instante con ese pensamiento. Sin embargo, dio un respingo al caer en la cuenta de que se estaba comportando como un pervertido allí de pie frente a su armario, fantaseando con ella.

Cerró la puerta y salió del dormitorio. El pasillo estaba pintado de un tono amarillo chillón que agredía sus sensibles ojos de Cazador Oscuro. En el otro extremo había una puerta abierta; comprobó que daba paso a un dormitorio muy pulcro y decorado con muy buen gusto. Sobre la cama, una pieza de anticuario, había un vestido plateado de lentejuelas y, a su lado, una recargada peluca morena en la cabeza de un maniquí.

—¡Vaya, hola, cariño! —lo saludó Marla mientras salía de lo que debía de ser un cuarto de baño. Tenía una toalla enrollada en la cabeza, que al parecer llevaba afeitada, y un albornoz rosa—. Tabby está en la planta baja.

—Gracias —replicó, inclinando la cabeza.

—¡Oooh, tienes modales! Menudo cambio para Tabby. Casi todos los hombres que trae a casa son matones sin clase. Salvo ese tal Ash Partenopaeo, que tiene unos modales exquisitos. Aunque es un poco raro. ¿Lo conoces?

—Sí, tengo cierta amistad con él.

Vio que Marla se estremecía.

—¡Oooh, me gusta tu forma de hablar, corazón! Qué pronunciación más exquisita. Será mejor que te vayas, no quiero entretenerte. Bien sabe Dios que si me dejas, te pondría la cabeza como un bombo con mi cháchara.

Se despidió de ella con una sonrisa al ver sus exagerados gestos para ahuyentarlo y cerró la puerta. Marla tenía cierto encanto, por extraño que pareciera.

Bajó una preciosa escalera de madera de cerezo hasta llegar a un pequeño distribuidor. Frunció el ceño al ver la pegatina de «Peligro biológico», que estaba justo donde Tabitha le había dicho. Giró a la izquierda y vio unas cristaleras a las que les iría muy bien una reparación. Tras ellas encontró un comedor con una mesa de madera de estilo rústico y unas cuantas sillas de respaldo alto bastante ajadas.

Las paredes estaban pintadas de un blanco reluciente y de ellas colgaban imágenes en blanco y negro de algunos de los edificios europeos más emblemáticos: la Torre Eiffel, Stonehenge y el Coliseo. Las ventanas estaban protegidas con unas contraventanas negras para impedir el paso de la luz del sol. Emplazado junto a la pared del otro extremo, había un aparador negro atestado de fotos y platos decorativos; en esa amalgama se incluían sendas fotos de Elvis y de Elvira la Vampira en pleno Mardi Gras. Dos antiguos candelabros de plata completaban la decoración en ambos extremos.

Aunque lo más sorprendente de todo era la fotografía que presidía el centro del aparador. En ella estaba Tabitha vestida de novia junto a un hombre cuyo rostro estaba oculto bajo la cabeza recortada de Russell Crowe.

Extendió el brazo para ver el rostro real del novio.

—Aquí estás —dijo Tabitha tras él.

Su voz lo detuvo.

—¿Estás casada? —le preguntó.

Ella frunció el ceño hasta que miró la foto.

—¡Madre mía, qué va! Esa es mi hermana Amanda el día de su boda. La niña de la foto que hay justo al lado es su hija, Marissa.

—¿Tienes una hermana gemela? —le preguntó después de estudiar la foto de la novia. No había diferencia entre ellas salvo por la cicatriz.

—Sí.

—¿Y por qué está casada con Russell Crowe?

Ella se echó a reír.

—¡Ah, eso! Es una forma de meterme con mi cuñado, un estúpido intransigente y estirado.

La miró con cierto recelo.

—Veo que no te cae muy bien.

—La verdad es que lo quiero con locura. Adora a mi hermana y a mi sobrina y, a su modo, es un trozo de pan. Pero, al igual que tú, es demasiado serio. Necesitáis soltaros el pelo y disfrutar un poco más. La vida es demasiado corta... Bueno, tal vez para ti no lo sea, pero sí lo es para nosotros, los mortales.

Aunque debería ser justo lo contrario, esa mujer le resultaba fascinante. Tenía unos gustos horteras y sus modales eran pésimos, pero también poseía un extraño sentido del humor y un encanto más extraño aún. Vio cómo dejaba sobre la mesa un pequeño recipiente del que sobresalía una cuchara y que contenía algo parecido a unos macarrones a la marinara.

—¿Qué es eso? —le preguntó, frunciendo el ceño.

—Raviolis —contestó ella.

La respuesta lo hizo enarcar una ceja.

—Eso no son raviolis.

Tabitha bajó la vista.

—Bueno, en fin. Son precocinados, pero mi sobrina llama ravioli a todo lo que se puede preparar en el microondas. —Le ofreció una silla para que se sentara—. Come.

Parecía horrorizado por lo que le estaba ofreciendo.

—¿Cómo dices? No pensarás que voy a comerme eso, ¿verdad?

—Pues sí. Dijiste que querías algo italiano. Esto es italiano. —Cogió el recipiente y señaló la etiqueta—. ¿Ves? Son recetas del Chef Boyardee. Solo cocina con lo mejor de lo mejor.

Valerio no se había sentido tan horrorizado en toda su vida. Esa mujer debía de estar de guasa.

—No como en recipientes de papel ni con cubiertos de plástico.

—Vaya con don Elegante y sus manías... Siento mucho ofenderte, pero aquí en el planeta Tierra los plebeyos solemos comer lo que tenemos a mano y cuando nos invitan a algo no arrugamos la nariz.

Tabitha cruzó los brazos por delante del pecho y siguió observándolo mientras él se ponía más tieso que un palo. Si las miradas matasen, el recipiente para el microondas estaría hecho añicos a esas alturas.

—Me retiraré hasta que anochezca —dijo Valerio, que inclinó la cabeza con gesto imperioso a modo de despedida y se marchó en dirección a la escalera.

Su reacción la dejó boquiabierta. Estaba realmente ofendido y herido. Aunque eso último no acababa de entenderlo. La ofendida debería ser ella. Cogió el recipiente con la pasta y, tras un suspiro, la probó de camino a la cocina.

Valerio cerró la puerta del dormitorio con suavidad, aunque lo que en realidad deseaba era dar un portazo con todas sus fuerzas. Claro que los patricios no daban portazos... Eso lo hacían los plebeyos. Los patricios mantenían un rígido control sobre sus emociones.

Y no se sentían ofendidos por los insultos de las mujeres sin educación y sin modales.

Había sido una estupidez creer por un momento que ella...

—No necesito caerle bien a nadie —refunfuñó. Jamás le había importado a nadie. ¿Por qué iban a cambiar las cosas a esas alturas de la vida?

Sin embargo, no podía acallar esa parte de sí mismo que ansiaba que alguien le demostrara un poco de ternura, que ansiaba que alguien le dijera a otro: «Saluda a Valerio de mi parte». Aunque solo fuera una vez...

—Eres idiota —masculló, hablando consigo mismo.

«Es mejor despertar temor que simpatía.» Las palabras de su padre todavía resonaban en sus oídos. «La gente no duda en traicionar a alguien que le cae bien, pero nunca traicionará a alguien que le infunde temor.»

Era cierto. El miedo mantenía a la gente a raya. Y él lo sabía mejor que nadie.

Si sus hermanos le hubieran tenido un poco de miedo...

El doloroso recuerdo lo asaltó de repente y echó a andar hacia una silla colocada en un rincón. Estaba situada junto a una librería que contenía una asombrosa cantidad de libros. Frunció el ceño mientras ojeaba los títulos, que iban desde *Los últimos días de Pompeya* o *La vida y la época de Alejandro Magno* hasta la saga de Harry Dresden de Jim Butcher.

Tabitha era una mujer muy peculiar.

Hizo ademán de coger un libro sobre la Antigua Roma y fue entonces cuando se fijó en el cubo de basura que había junto a la silla. Era grande y con tapa, como los que se utilizaban en la cocina, pero lo que le llamó la atención fue la manga negra que asomaba por un lado. Cuando levantó la tapa, descubrió su jersey y su abrigo.

Su sorpresa aumentó al sacar las prendas. Estaban manchadas de sangre y desgarradas. Siguió con el dedo el corte que había dejado la espada del daimon en la parte posterior.

Pero entonces, lo que llevaba puesto...

Se puso en pie y se quitó el jersey de cuello vuelto. Era un Ralph Lauren, idéntico al que llevaba la noche anterior. Solo había una explicación posible.

Tabitha le había comprado ropa nueva.

Se acercó al armario y sacó el abrigo para examinarlo. Antes no se había dado cuenta de que el metal de los botones era de un tono distinto. Salvo por ese detalle, era una réplica idéntica del suyo.

No daba crédito a lo que veía. Solo el abrigo le había costado mil quinientos dólares. ¿Por qué habría hecho ella algo así?

Ansioso por conocer la respuesta, regresó a la planta baja y la encontró cocinando.

Se detuvo un instante en la puerta. Tabitha estaba de perfil. De esa forma, sin verle la horrible la cicatriz del pómulo izquierdo, era una mujer muy hermosa.

Llevaba unos vaqueros negros desgastados y de cintura baja que se ceñían a unas piernas largas y a un culo prieto. La rebeca negra abotonada hasta el cuello que completaba el conjunto dejaba a la vista una buena parte de piel bronceada, incluido el ombligo, donde llevaba un piercing si no le fallaba la vista.

Todavía llevaba el pelo recogido y parecía muy tranquila, descalza delante de la cocina. Un anillo de plata brillaba en uno de los dedos de su pie derecho. Había puesto la radio muy bajito, y se escuchaba «Salt in My Tears» de Martin Briley. Sus caderas se movían al compás de la música con una erótica cadencia que le resultaba mucho más excitante de lo que estaba dispuesto a admitir.

A decir verdad, tuvo que echar mano de todas sus fuerzas para no acercarse a ella, inclinar la cabeza y saborear esa deliciosa piel que lo estaba llamando a gritos.

Era una mujer apasionada que sin duda sabría cómo complacerlo en la cama.

Dio un paso hacia el interior de la cocina y ella reaccionó asestándole una patada... que acertó justo en su entrepierna. Soltó un taco mientras se doblaba a causa del dolor.

—¡Madre mía! —exclamó Tabitha al darse cuenta de que acababa de atacar a su invitado—. ¡Lo siento mucho! ¿Estás bien?

Valerio la fulminó con una mirada amenazadora.

—No —gruñó al tiempo que se apartaba de ella cojeando.

Lo ayudó a acercarse a la silla convertible en escalera.

—Lo siento muchísimo —repitió mientras él se sentaba sin apartar la mano de sus partes nobles—. Debería haberte dicho que no te acercaras a hurtadillas por detrás sin avisarme.

—No estaba acercándome a hurtadillas —protestó él con los dientes apretados—. Estaba andando con normalidad.

—Espera, voy a traerte hielo.

—No hace falta. Lo único que necesito es un minuto sin hablar para poder respirar.

—Tómate todo el tiempo que necesites —le dijo, alzando las manos a modo de rendición.

Valerio pareció reponerse poco a poco, aunque no antes de que el color de su rostro pasara por varias tonalidades de lo más interesantes.

—Gracias a Júpiter que no tenías un cuchillo en la mano —murmuró, tras lo cual dijo más alto—: ¿Tratas a patadas a todos los hombres que vienen a tu casa?

—¡Madre del amor hermoso! ¿Otra vez? —exclamó Marla, que acababa de entrar en la cocina—. Tabby, no entiendo cómo tienes vida amorosa con esa forma de tratar a los hombres.

—Cállate, Marla, no lo he hecho a propósito... esta vez.

Su amiga puso los ojos en blanco mientras sacaba dos latas de Coca-Cola Light del frigorífico. Le ofreció una a Valerio mientras decía:

—Ponte esto donde te duela, cariño. Te ayudará. Y da gracias de que no eres Phil. He oído que tuvieron que operarlo para extraerle los testículos después de que Tabby lo pillara poniéndole los cuernos. —Y dicho esto abrió la lata y se marchó hacia la escalera.

—Se lo merecía —gritó ella para que la oyera—. Tiene suerte de que no se los arrancara.

Valerio no tenía el menor interés por seguir esa conversación. Se puso en pie y dejó la Coca-Cola en la encimera.

—¿Por qué estás cocinando?

Ella se encogió de hombros.

—Como no querías nada precocinado, te estoy haciendo pasta.

—Pero dijiste que...

—Digo muchas cosas que no pienso de verdad.

Siguió observándola mientras apagaba el fuego y llevaba al fregadero la cacerola con el agua hirviendo y la pasta. En ese instante sonó una especie de timbre.

—¿Lo abres, por favor? —le pidió.

—¿El qué? —preguntó él a su vez.

—El microondas.

Echó un vistazo por la cocina. En toda su vida apenas había puesto el pie en una cocina, de modo que no sabía nada acerca de los electrodomésticos y los utensilios que se utilizaban para cocinar. Para eso estaban los criados.

El timbre sonó de nuevo.

Supuso que aquello debía de ser el microondas, de modo que se acercó y lo abrió. En el interior había un cuenco con salsa marinara. Cogió la manopla con forma de pez que descansaba delante del microondas y sacó el cuenco.

—¿Dónde lo pongo?

—En la cocina, por favor.

Cuando lo hizo, Tabitha se acercó con un cuenco lleno de pasta que procedió a cubrir con la salsa.

—¿Mejor? —le preguntó al tiempo que le ofrecía la comida.

Él asintió con la cabeza, pero luego cambió de opinión al ver el contenido del cuenco. Tuvo que parpadear varias veces para asimilar la forma de aquella pasta.

No. Estaba teniendo una alucinación.

¿Eso era un...?

Se quedó boquiabierto al comprender que estaba en lo cierto. Flotando en la salsa marinara había montones de diminutos penes de pasta.

—¡Venga ya! —exclamó Tabitha, irritada—. No me digas que un general romano tiene problemas con un plato de peneronis.

—No esperarás que me coma esto, ¿verdad? —preguntó, horrorizado.

Ella resopló.

—No me vengas con ese aire de superioridad a estas alturas de la película, colega. Da la casualidad de que sé muy bien cómo vivían los romanos. Cómo decoraban sus casas. En Roma había falos por todas partes, así que no pongas esa cara de susto por ver un cuenco de pasta con su forma. Ni que tuviera un carillón colgante con falos en mi casa para ahuyentar a los malos espíritus... pero apuesto lo que quieras a que tú sí lo tenías cuando eras humano.

Era cierto, pero de eso hacía ya siglos... Pensándolo bien, nunca había visto nada parecido a lo que tenía delante.

Ella le ofreció un tenedor.

—No es de plata, sino de acero inoxidable. Pero estoy segura de que te servirá.

Todavía seguía hipnotizado por la pasta.

—¿De dónde has sacado esto? —quiso saber.

—Los vendo en mi tienda y también vendo tetaronis.

—¿Tetaronis?

—No creo que tengas problemas para deducir de qué se trata.

No supo qué decirle. Nunca había probado la comida obscena. Además, ¿qué tipo de tienda vendía esos productos?

—La casa de los Vetti... —dijo ella con los brazos en jarras—. ¿Necesito añadir algo más?

No hacía falta, ya que conocía muy bien la casa pompeyana de la que estaba hablando, así como los indecentes frescos que decoraban sus paredes. Era innegable que su gente había sido bastante explícita en lo concerniente a la sexualidad, pero lo último que esperaba era toparse con algo así en los tiempos que corrían.

—*Non sana est puella* —dijo entre dientes, que traducido sería: «Esta chica está loca».

—*Quin tu istanc orationem hinc veterem antque antiquam amoves, vervex?* —replicó ella en latín. «¿Por qué no dejas de utilizar esa lengua tan arcaica, imbécil?»

Nunca se había sentido tan insultado en la vida... ni se lo había pasado tan bien a la vez.

—¿Cómo has llegado a dominar el latín de ese modo?

La vio sacar el pan del horno.

—Me licencié en Civilizaciones Antiguas y mi hermana Selena hizo el doctorado. Nos gustaba insultarnos en latín cuando estábamos en la universidad.

—¿Selena Laurens? ¿La lunática que lee las cartas del Tarot en un tenderete en Jackson Square?

Ella lo fulminó con la mirada.

—Da la casualidad de que esa colgada es mi queridísima hermana y como vuelvas a insultarla, acabarás cojeando... más que antes.

Valerio tuvo que morderse la lengua mientras echaba a andar hacia la mesa del comedor. Había coincidido con Selena varias veces a lo largo de los últimos tres años, y ninguno de esos encuentros había ido muy bien. La primera vez que Aquerón la mencionó, le entusiasmó la idea de poder hablar con alguien que conociera su cultura y su lengua maternas. Pero en cuanto el atlante los presentó, Selena le echó lo que fuera que estaba bebiendo a la cara y le lanzó todos los insultos aplicables a un ser humano, además de algunos de su propia cosecha, muy imaginativos por cierto.

No entendía por qué esa mujer lo odiaba hasta ese punto. Lo único que ella le dijo fue que era una lástima que no hubiera muerto aplastado y despedazado por una estampida de invasores bárbaros.

Y esa fue una de las muertes más benignas que le deseó...

Si supiera que su muerte fue mucho más humillante y dolorosa que cualquiera de las que ella le había deseado, sin duda alguna se pondría a dar saltos de alegría.

Cada vez que patrullaba por la plaza en busca de daimons, Selena le lanzaba una andanada de insultos, además de todos los objetos que tuviera a mano...

Seguro que vitorearía a su hermana cuando se enterara de que lo había apuñalado. Y después lamentaría que siguiera vivo en lugar de haber acabado muerto en alguna cuneta.

Tabitha se detuvo en el vano de la puerta y observó a Valerio mientras comía en silencio. Estaba sentado con la espalda muy recta y sus modales en la mesa eran impecables. Era la viva imagen de la calma y el saber estar.

Y la viva estampa de alguien muy incómodo de encontrarse en su casa. Y también un poco fuera de lugar.

—Toma —le dijo al tiempo que entraba en el comedor para llevarle el pan.

—Gracias —replicó él mientras lo cogía. Frunció el ceño como si estuviera buscando un plato donde colocarlo. Al final, dejó el pan sobre la mesa y siguió comiendo aquella original pasta.

Se hizo un extraño silencio en la estancia. Tabitha no sabía qué decirle; le parecía muy raro estar al lado de un hombre del que había oído hablar tanto.

En términos nada halagüeños.

Durante las reuniones familiares, su cuñado y el mejor amigo de este, Julian, se pasaban horas despotricando contra Valerio y su familia, y también se pasaban horas rabiando porque Artemisa lo hubiera trasladado a Nueva Orleans movida por el rencor, ya que no le había hecho ni pizca de gracia liberar a Kirian. Tal vez estuvieran en lo cierto. O tal vez la intención de la diosa fuera enfrentar a Kirian con su pasado para que lo superara y lo dejara atrás.

De cualquier forma, quien más parecía sufrir la decisión de

Artemisa era Valerio, que se veía enfrentado constantemente al odio de Kirian y Julian.

Claro que a ella no le parecía tan malo.

Sí, era arrogante y estirado, pero...

Había algo más en él... Lo percibía.

Regresó a la cocina para llevarle algo de beber. Su primer impulso fue ofrecerle agua, pero ya había sido bastante cruel al hacerle los peneronis. Una reacción muy infantil de la que estaba arrepentida. Así que decidió saquear el botellero y eligió algo que sabía que él apreciaría.

Valerio alzó la mirada al darse cuenta de que Tabitha le ofrecía una copa de vino tinto. En un primer momento esperó encontrarse con el sabor áspero y agrio de un tinto barato, pero se quedó muy sorprendido al descubrir un vino con mucho cuerpo e intenso sabor.

—Gracias —le dijo.

—De nada.

Tabitha hizo ademán de apartarse, pero él le cogió una mano y la retuvo.

—¿Por qué me has comprado ropa?

—¿Cómo lo has...?

—Encontré la mía en el cubo de la basura.

Ella hizo una mueca, como si le molestara que la hubiera pillado.

—Joder, tendría que haberlo vaciado.

—¿Por qué querías ocultármelo?

—Porque pensé que no aceptarías la ropa nueva. Era lo menos que podía hacer después de haber colaborado en su destrozo.

La sonrisa de Valerio la desarmó.

—Gracias, Tabitha.

Era la primera vez que pronunciaba su nombre. Ese acento y esa voz tan grave le provocaron un escalofrío. Sin ser consciente de lo que hacía, le acarició una mejilla con la palma de la mano.

Aunque pensaba que él se apartaría, no lo hizo. Se limitó a mirarla con esos insondables ojos negros.

En ese momento fue muy consciente de lo guapo que era. Del sufrimiento que escondía en su interior y que tanto la conmovía. Y antes de pensarlo, inclinó la cabeza y se apoderó de sus labios.

El beso lo pilló totalmente desprevenido. Nunca había estado con una mujer que diera el primer paso y lo besara. Nunca. Sus labios se mostraron atrevidos y exigentes y las sensaciones lo abrasaron como un torrente de lava.

Le tomó la cara entre las manos y le devolvió el beso.

Tabitha gimió mientras disfrutaba del pecaminoso sabor de su general. Le rozó los colmillos con la lengua y sintió un escalofrío. Era un hombre peligroso. Letal.

Prohibido.

Y para una mujer que se enorgullecía de seguir sus propias reglas, esas cualidades aumentaban muchísimo su atractivo.

Le pasó una pierna por encima y se sentó a horcajadas sobre su regazo.

Él no protestó. Se limitó a apartar las manos de la cara para acariciarle la espalda mientras ella le quitaba el cordón de la coleta y soltaba esa abundante melena negra que parecía seda entre sus dedos.

El roce de su erección en la entrepierna avivó aún más su deseo.

Había pasado mucho tiempo desde la última vez que había estado con un hombre. Mucho tiempo desde que sintió un deseo tan intenso como para abalanzarse sobre uno. Pero deseaba a Valerio con todas sus fuerzas, aunque para ella fuese fruta prohibida.

Valerio sentía que todo le daba vueltas mientras los labios de Tabitha le recorrían el mentón, la barbilla y el cuello dejando un reguero de besos a su paso. La calidez de su aliento lo abrasaba. Hacía siglos que no estaba con una mujer que conocía su condición de Cazador Oscuro.

Con una mujer a la que no tenía que besar con mucho cuidado para que no descubriera sus colmillos.

Nunca había estado con una mujer tan fascinante. Con una que lo desafiaba de forma tan abierta. Tan salvaje. No había miedo en ella. No había inhibiciones.

Era impetuosa, apasionada e increíblemente femenina.

Tabitha sabía que no debería estar haciendo aquello. Los Cazadores Oscuros tenían prohibido relacionarse con las humanas. Tenían prohibido establecer vínculos emocionales salvo, quizá, con sus escuderos.

Podría acostarse con él una vez pero después tendría que dejarlo marchar.

Aunque lo más grave era que toda su familia odiaba a ese hombre y ella también debería odiarlo. Debería aborrecerlo. Pero no era así. Había algo en él que le resultaba irresistible.

Lo deseaba en contra del sentido común, en contra de la razón.

Lo que pasa es que tienes un calentón, Tabby, deja que se vaya, le dijo la voz de su conciencia.

Tal vez fuera así de sencillo. Habían pasado tres años desde que cortó con Eric y no había estado con ningún tío en todo ese tiempo. Ninguno le había llamado la atención como para tentarla hasta ese punto.

Bueno, menos Ash, pero a él no le tiraría los tejos ni loca.

Y ni siquiera él la ponía tan a cien como estaba en ese momento. Claro que Ash no cargaba con el sufrimiento interior que notaba en Valerio... O, si lo hacía, lo ocultaba mucho mejor cuando estaba cerca de ella.

Tenía la sensación de que de algún modo Valerio la necesitaba.

Justo cuando estaba a punto de bajarle la cremallera de los pantalones, sonó el teléfono.

Hizo caso omiso de él hasta que escuchó la voz de Marla por el walkie-talkie.

—Tabby, es Amanda. Dice que cojas el teléfono. Ahora.

Soltó un gruñido de frustración y después le dio a Valerio un beso rápido y apasionado antes de levantarse.

—Por favor, no digas nada mientras estoy al teléfono —le pidió.

Desde que Amanda se había casado con Kirian, sus poderes se habían agudizado enormemente, así que si escuchaba la voz de Valerio, sabría al instante de quién se trataba. No le cabía ninguna duda. Y eso era lo último que necesitaba en esos momentos.

Descolgó el teléfono de la cocina.

—Hola, Mandy, ¿qué pasa?

Se volvió para observar a Valerio mientras él recobraba la compostura. Vio que se echaba el pelo hacia atrás y lo recogía de nuevo con el cordoncillo negro que le había quitado. En cuanto cogió el tenedor para seguir comiendo, volvió a adoptar ese aire estirado tan suyo.

Su hermana estaba contándole algo sobre una pesadilla, pero ella siguió pendiente de Valerio hasta que oyó el término «daimon spati».

—Espera, ¿qué has dicho? —le preguntó a Amanda.

—Que he tenido una pesadilla en la que aparecías tú, Tabby. Acababas muy malherida en una pelea. Solo quería asegurarme de que estabas bien.

—Sí, estoy perfectamente.

—¿Seguro? Pareces un poco rara.

—Estaba trabajando y me has interrumpido.

—¡Vaya! —exclamó Amanda, tragándose la mentira, cosa que provocó a Tabitha un sentimiento de culpa instantáneo. No estaba acostumbrada a ocultarle nada a su hermana gemela—. Muy bien. Pues no te entretengo más. Pero prométeme que tendrás mucho cuidado. Tengo un mal presentimiento que no me deja tranquila.

Ella también lo tenía. Era algo indefinible y persistente.

—No te preocupes. Ash está en la ciudad y acaba de trasladar a una nueva Cazadora Oscura. No pasa nada.

—De acuerdo. Sé que te guardarás bien las espaldas. Pero, una cosa...

—¿Qué?

—Deja de mentirme. No me gusta nada.

3

Tabitha colgó el teléfono. La conversación le había dejado una sensación muy extraña. Aunque más lo había sido la intranquilidad de Amanda por lo que podría sucederle. Y eso la afectaba mucho, sobre todo porque ella misma se sentía intranquila.

Ya había estado a las puertas de la muerte en dos ocasiones tres años atrás, cuando Desiderio intentó matar a Amanda y a Kirian. Desde entonces ningún daimon le había hecho el menor rasguño. Principalmente porque había practicado y mejorado su capacidad de observación.

Pero los daimons de anoche...

Habían sido duros de pelar y algunos habían escapado. Aunque seguro que no volvían. La mayoría se largaban de la zona en cuanto se topaban con ella o con alguno de los Cazadores Oscuros. El valor no era precisamente una de sus virtudes. Dado que eran muy jóvenes y su prioridad era seguir con vida, muy pocos querían enfrentarse con el ejército de Artemisa, compuesto por guerreros con cientos, si no miles, de años de experiencia en combate.

Solo Desiderio, que había sido un semidiós, había tenido la fuerza y la estupidez necesarias para enfrentarse a los Cazadores Oscuros.

No, los daimons con los que se había topado la noche anterior se habían largado y a ella no le pasaría nada. Amanda debía de haber tenido una mala digestión, seguro.

Regresó junto a Valerio, que estaba terminando de comer.

—¿Cuáles son tus poderes? —le preguntó.

Su curiosidad pareció sorprenderlo un poco.

—¿Cómo dices?

—Tus poderes de Cazador Oscuro. ¿Incluyen las premoniciones o la precognición?

—No —contestó él antes de tomar otro sorbo de vino—. Al igual que la mayoría de los Cazadores Oscuros romanos estoy un poco (y perdona la vulgaridad de mis palabras) jodido en ese aspecto.

Sus palabras le hicieron fruncir el ceño.

—¿A qué te refieres?

Valerio inspiró hondo antes de contestar:

—A Artemisa no le hacía mucha gracia ser una deidad menor en Roma. De hecho, era reverenciada por los plebeyos, los esclavos y las mujeres. Así que se desquitó con nosotros. Soy más fuerte y más rápido que un humano, pero no tengo los poderes psíquicos que tienen los demás Cazadores Oscuros.

—¿Y cómo te las arreglas para luchar con los daimons?

Valerio se encogió de hombros.

—Igual que tú. Los supero en habilidad.

Sí, tal vez, pero era bastante habitual que ella acabara sangrando después de una pelea. Se preguntó cuántas veces debía de haberle pasado lo mismo a Valerio. Era duro enfrentarse a un daimon siendo un simple mortal.

—No es justo —dijo, furiosa porque Artemisa creara semejante disparidad entre los Cazadores Oscuros. ¿Cómo podía soltarlos así sin más, sabiendo a lo que se enfrentaban?

Joder, Simi tenía razón. Artemisa era una zorra.

Valerio frunció el ceño al escuchar la ira que teñía la voz de Tabitha. No estaba acostumbrado a que la gente se pusiera de su parte. Ni como humano ni como Cazador Oscuro. Siempre le había parecido que su destino era ser un perdedor, tuviera razón o no.

—Hay muy pocas cosas que sean justas. —Apuró el vino, se

levantó e inclinó la cabeza a modo de agradecimiento—. Gracias por la comida.

—De nada, Val.

Se tensó al escuchar el despreciable diminutivo. Los únicos que lo habían utilizado habían sido su hermano Marco y su padre, y solo cuando querían burlarse de él o humillarlo.

—Me llamo Valerio.

Ella le lanzó una mirada burlona.

—No puedo llamarte Valerio. Joder. Suena como una tartana italiana o algo así. Cada vez que lo escucho, me entran ganas de ponerme a cantar: *Volare, oh, oh...* Y luego empiezo a pensar en esa película de Tony Danza, ¿sabes a cuál me refiero? A *Los caballeros de Hollywood...* Mejor no pensarlo siquiera. Así que para conservar la cordura y evitar que esa canción me taladre la cabeza mientras veo a un colgado haciendo cosas indescriptibles en el gimnasio de un instituto, tendrás que ser «Val» o «macizorro».

—Me llamo Valerio y no pienso responder a Val —puntualizó con una mirada furiosa.

Ella se encogió de hombros.

—Vale, macizorro, como tú quieras.

Abrió la boca para protestar, aunque sabía que sería en vano. Tabitha siempre se las ingeniaba para salirse con la suya, con o sin discusión.

—Muy bien —accedió a regañadientes—, toleraré «Val». Pero solo por ti.

—¿A que no duele? —replicó ella con una sonrisa—. Además, ¿por qué odias ese nombre?

—Es vulgar.

Tabitha puso los ojos en blanco.

—Tienes que ser cómico en la cama —replicó con sarcasmo.

—¿Cómo dices? —Sus palabras lo habían dejado pasmado.

—Me estaba imaginando cómo sería hacer el amor con un hombre tan... tieso; claro que... No. No me imagino que un hombre tan digno como tú sea capaz de disfrutar de un buen revolcón.

—Te aseguro que nunca he recibido quejas a ese respecto.

—¿En serio? Pues debes de haberte acostado con mujeres tan frías como una cubitera...

—Me niego a seguir manteniendo esta conversación —dijo al tiempo que se volvía para salir del comedor.

Sin embargo, Tabitha no lo dejó tranquilo y lo siguió hacia la escalera.

—¿Eras igual en Roma? Es que, por lo que he leído, los romanos erais la leche en el terreno sexual.

—Supongo que todo será una sarta de mentiras.

—Así que... ¿siempre has sido tan estirado?

—¿Y a ti qué te importa?

—Me importa porque estoy intentando averiguar qué te hizo ser de este modo.

La respuesta lo dejó atónito.

—Estás tan encerrado en ti mismo que casi no eres humano —siguió ella, que acababa de darle un tirón del brazo para detenerlo.

—No soy humano, señorita Devereaux. Por si no se ha dado cuenta, soy uno de los condenados.

—Cariño, abre los ojos y mira a tu alrededor. Todos estamos condenados de una manera o de otra. Pero una cosa es estar condenado y otra muy distinta, estar muerto. Y tú vives como si estuvieras muerto.

—Es que también lo estoy.

Tabitha recorrió ese pedazo de cuerpo con una mirada sensual.

—Pues para estar muerto, tienes un cuerpo de infarto.

Vio cómo se crispaba su rostro.

—Ni siquiera me conoces.

—Sí, tienes razón. Pero la pregunta es: ¿te conoces tú?

—Yo soy el único que lo hace.

Esa respuesta le dijo todo lo que necesitaba saber sobre él.

Estaba solo.

Sintió el impulso de acercarse a él, pero presentía que debía darle un poco de espacio. Valerio no estaba acostumbrado a interactuar con personas como ella... aunque no era el único, la verdad. Como solía decir la abuela Flora, la vidente gitana de la familia, tenía la costumbre de abalanzarse sobre la gente y arrollarla como si fuera un tren de mercancías.

Suspiró cuando lo vio retroceder otro paso.

—¿Cuántos años tienes?

—Dos mil ciento...

—No —lo interrumpió—. No me refiero a los años como Cazador Oscuro. ¿Cuántos años tenías cuando moriste?

Percibió la intensa oleada de dolor que le causaba su pregunta.

—Treinta.

—¿Treinta? Joder, pues te comportas como una vieja solterona. ¿Es que nadie reía en tu casa?

—No —respondió él—. Las risas estaban prohibidas.

La respuesta la dejó sin aliento a medida que la asimilaba y recordaba las cicatrices que tenía en la espalda.

—¿Siempre?

Val no respondió a la pregunta. En cambio, siguió escaleras arriba.

—Me retiraré hasta la noche.

—Espera —lo llamó al tiempo que subía hacia él y lo rodeaba para cortarle el paso. Se volvió para mirarlo a la cara.

Sentía el torbellino de emociones que giraba en su interior. Dolor. Confusión. Sabía hasta qué punto lo odiaba todo el mundo. Tal vez merecía ese odio, pero ella no lo tenía tan claro.

La gente no se aislaba del mundo sin un motivo. Nadie era feliz siendo tan estoico.

Y en ese momento lo comprendió. Era su mecanismo de defensa. Ella sacaba su lado impulsivo y descarado cuando estaba de mal humor o se sentía incómoda.

Él se volvía frío. Formal.

Esa era su fachada.

—Perdóname si he dicho algo que te haya ofendido. Mis hermanas suelen decirme que he convertido en un arte insultar a los demás.

Vio el asomo de una sonrisa en la comisura de los labios de Val y, si no estaba muy equivocada, su mirada se suavizó un poquito.

—No me has ofendido.

—Menos mal.

Valerio se sentía tentando de quedarse y charlar con ella, pero la mera idea lo incomodaba. Nunca había sido muy conversador. En sus días como mortal sus conversaciones giraban en torno a tácticas militares, filosofía y política. Nunca sobre temas intrascendentes.

Y con las mujeres había conversado mucho menos que con los hombres. Ni siquiera Agripina había hablado de verdad con él. Habían comentado cosas, pero jamás había compartido sus opiniones con él. Se había limitado a darle la razón y a hacer lo que él le decía.

Tenía la impresión de que Tabitha jamás le daría la razón a nadie, aunque fuese ella la equivocada. Parecía llevarle la contraria a todo el mundo por una cuestión de principios.

—¿Eres siempre tan directa? —le preguntó.

Vio que ella esbozaba una amplia sonrisa.

—Es mi forma de ser.

De repente, comenzó a sonar una canción de Lynyrd Skynyrd, «Gimme Three Steps», en la radio.

Tabitha dejó escapar un gritito y bajó corriendo la escalera. En un abrir y cerrar de ojos había subido el volumen y estaba de vuelta.

—Me encanta esta canción —dijo mientras bailaba.

El contoneo de esas caderas que se movían al ritmo de la música hacía que a Valerio le resultara muy difícil prestar atención a otra cosa.

—¡Vamos, baila conmigo! —rogó cuando comenzó el primer solo de guitarra. Subió la escalera y lo cogió de la mano.

—No es música para bailar.

—¡Claro que sí! —insistió ella antes de empezar a cantar el estribillo.

La situación comenzaba a resultarle divertida, muy a pesar suyo. Nunca había conocido a nadie que disfrutara tanto de la vida, que obtuviera tanto placer de algo tan simple.

—Vamos —insistió Tabitha cuando el cantante se detuvo de nuevo—. Es una canción genial. Además, no me negarás que la letra es digna de admiración, ¿verdad? —Le guiñó un ojo.

Él soltó una carcajada.

Tabitha se detuvo de repente.

—¡Madre del amor hermoso, si sabe reírse!

—Sé reírme —convino él alegremente.

Ella lo bajó a rastras de la escalera y comenzó a girar a su alrededor como si él fuera la barra de una *stripper*. En un momento dado se alejó, chasqueó los dedos y se agachó para después levantarse.

—El día menos pensado te quitarás esos zapatos tan pijos y te desmelenarás.

Valerio carraspeó mientras intentaba imaginar algo así. Imposible. En otra época, en su etapa como mortal, hubo un momento en el que tal vez lo habría intentado.

Pero esos días habían quedado atrás.

Siempre que intentaba ser algo distinto a lo que era alguien debía pagar por ello. Así que había aprendido a seguir siendo lo que era y a dejar tranquilos a los demás.

Era lo mejor.

Tabitha se percató de que el semblante de Valerio se tornaba pétreo de nuevo. Suspiró. ¿Qué debía hacer para llegar hasta él? Para ser inmortal, no parecía estar disfrutando mucho de la vida.

Al contrario que Kirian. A pesar de todos sus defectos, en ese sentido no podía criticarlo. El general griego disfrutaba de cada minuto de cada día. Vivía la vida al máximo.

En cambio, Valerio se limitaba a existir.

—¿Qué haces para divertirte? —le preguntó.

—Leo.

—¿Literatura clásica?

—Ciencia ficción.

—¿En serio? —preguntó, sorprendida—. ¿Heinlein?

—Sí. Harry Harrison es uno de mis escritores preferidos. Y también Jim Butcher, Gordon Dickson y C.J. Cherryh.

—¡Vaya! —exclamó, sorprendida—. Me dejas impresionada. Sigue, *Dorsai*.

—Bueno, la verdad es que de Dickson me gustan más *The Right to Arm Bears* y *Wolfling*.

Eso sí que la sorprendió.

—No sé. *Soldado, no preguntes* me parece más de tu estilo.

—Es un clásico, pero los otros dos libros me llegaron más.

Hummm... *Wolfling* trataba de un hombre solo en un mundo extraño, sin amigos ni aliados. Eso confirmaba sus sospechas sobre la vida que había llevado.

—¿Has leído *Hammer's Slammers*?

—De David Drake. Otro de mis preferidos.

—Lógico, tenía que gustarte toda esa parafernalia militar. Burt Cole escribió hace unos años un libro titulado *The Quick*.

—Shaman. Era un héroe bastante complejo.

—Sí, amoral y ético a la vez. Nunca he tenido muy claro de qué lado estaba. Me recuerda a algunos amigos que he hecho a lo largo de los años.

Valerio no pudo contener una sonrisa. Era muy agradable tener a alguien con quien compartir su pequeño secreto. Solo conocía a otra persona que leía ciencia ficción: Aquerón. Pero rara vez hablaban de ello.

—Eres una mujer admirable, Tabitha.

—Gracias —dijo ella en voz baja y con una sonrisa—. Y ahora será mejor que te deje tranquilo para que te acuestes. Estoy segura de que descansar te irá bien.

Se moría de ganas de darle un beso cariñoso en la mejilla, pero no lo hizo. En cambio, lo siguió con la mirada mientras subía la escalera y desaparecía de su vista.

Valerio regresó en silencio al dormitorio de Tabitha. Esa mujer tenía una personalidad tan arrolladora que su simple compañía lo había dejado exhausto.

Se quitó la ropa y la colgó de modo que no se arrugase antes de meterse en la cama para dormir un poco.

Pero el sueño lo eludía. Acababa de notar el perfume que impregnaba las sábanas.

Era el aroma de Tabitha. Cálido, vivaz. Seductor.

Un olor que le provocó una erección inmediata. Se cubrió los ojos con una mano y apretó los dientes. ¿Qué estaba haciendo? Lo último que podía hacer como Cazador Oscuro era mantener una relación con una humana. Y, aunque pudiera hacerlo, era impensable que eligiera a Tabitha Devereaux.

Como amiga de Aquerón, estaba tan fuera de su alcance que debería volver a llamarlo en ese mismo momento y exigirle que lo sacara de allí fuera como fuese.

Pero el atlante los había dejado juntos.

Se dio la vuelta sobre el colchón e hizo todo lo que pudo para no inhalar el perfume de Tabitha ni imaginársela en esa misma cama. Con las piernas desnudas y dobladas...

Soltó un taco y cogió el otro almohadón para abrazarlo. Al levantarlo, vio que bajo él se escondía un minúsculo camisón de seda negra. La imagen de Tabitha vestida con él lo abrasó.

No podía respirar. Antes de ser consciente de lo que hacía, lo cogió y dejó que la fresca seda le acariciara la piel. Se lo llevó a la nariz e inspiró su olor.

No es para ti, pensó.

Y era cierto. Ya había muerto una mujer por culpa de su estupidez. No quería repetir la experiencia.

Guardó el camisón debajo de la almohada que estaba utilizando y se obligó a cerrar los ojos.

Aun así, lo asaltaron y atormentaron las imágenes de una mujer que debería resultarle repulsiva pero que, sin embargo, lo encandilaba por completo.

Tabitha se pasó el resto del día yendo de la tienda al pie de la escalera... donde se obligaba a dar media vuelta y regresar al trabajo.

Sin embargo, el Cazador Oscuro que dormía en su cama la atraía de forma irremisible. Era una estupidez. Él era un guerrero de la Antigüedad que no parecía soportarla.

Y aun así su beso le había dicho todo lo contrario. Durante unos minutos la había deseado tanto como ella lo deseaba a él. No la encontraba tan repulsiva como parecía.

Esperó hasta las cuatro para ir a despertarlo.

Abrió la puerta muy despacio y se detuvo al verlo dormido. Pero no se detuvo porque estuviera dormido, sino por las terribles cicatrices que le desfiguraban la espalda. No eran las cicatrices de un guerrero. Eran las que dejaba un látigo después de sufrir incontables azotes.

No podía apartar la mirada. Sin pensar, atravesó la estancia y le tocó el brazo.

Valerio susurró algo mientras se giraba sobre el colchón; la agarró con fuerza.

Antes de poder adivinar sus intenciones se encontró bajo él, tendida en la cama y con su mano cerrada en torno a la garganta.

—Valerio, si no me sueltas, voy a hacerte mucho daño.

Lo vio parpadear, como si estuviera despertando de un sueño. La soltó de inmediato.

—Perdona —dijo al tiempo que le acariciaba el cuello—. Debería haberte dicho que no me tocaras para despertarme.

—¿Siempre atacas a la gente que te despierta?

Valerio fue incapaz de contestar mientras disfrutaba de la suavidad de la piel que acariciaban sus dedos. La verdad era que había estado soñando con ella. Tabitha había estado en su mundo. Vestida tan solo con un collar de perlas y cubierta por pétalos de rosas.

Era increíblemente hermosa. Esos ojos azules... Esa nariz respingona y esos labios... Parecían sacados de una fantasía. Carnosos y sensuales. Reclamaban su atención a gritos.

Antes de poder detenerse, inclinó la cabeza y se apoderó de ellos.

Tabitha gruñó al saborear al guerrero romano. Su beso era tierno y delicado, todo lo contrario que su duro cuerpo. Derretida por las sensaciones, lo rodeó con los brazos y le acarició las cicatrices de la espalda.

Su cuerpo desnudo avivó su deseo.

Valerio gruñó al sentir el roce de esa lengua, al percatarse de su olor, de las suaves curvas que se amoldaban a su cuerpo. Sin embargo, los vaqueros que llevaba empañaron un poco el momento cuando separó las piernas y lo acogió entre sus voluptuosos muslos. Por el rabillo del ojo la vio alzar una mano con la que le acarició el pelo y se lo apartó de la cara. Acto seguido, hundió los dedos en su pelo y lo sostuvo como si no quisiera que se alejara.

Entretanto, él le levantó la camiseta y le acarició los pechos por encima del encaje del sujetador. El ronco gemido que escapó de su garganta lo puso a cien.

Tal como ella había adivinado, había pasado demasiadas noches con mujeres que nunca reaccionaban con tanto ardor a sus caricias. En ese momento ella llevó sus manos a los hombros de él y las fue bajando por su espalda.

Valerio tenía que poseerla. Hundirse una y otra vez en ella hasta que ambos quedaran exhaustos y saciados.

Sin embargo, mientras forcejeaba con el cierre frontal de su sujetador, el sentido común hizo acto de presencia. Esa mujer no era para él.

Apartó la mano.

Pero Tabitha le cogió la cabeza entre las manos y tiró de él.

—Sé lo que eres, Val. No pasa nada.

Acto seguido, le cogió la mano para llevársela de nuevo al pecho. Vio cómo ella apartaba la copa del sujetador y en ese momento un endurecido pezón rozó la palma de su mano. La suavidad de su piel le robó el aliento. Era una mujer tan afectuosa, tan tierna, que no entendía qué veía de especial en él.

—¿Te acuestas con todos los Cazadores Oscuros?

Ella se tensó.

—¿Cómo?

—Me estaba preguntando si te habías acostado con Aquerón... Talon...

Se lo quitó de encima al escucharlo.

—¿Qué clase de pregunta es esa?

—Acabamos de conocernos y esta es la segunda vez que me lo pones en bandeja.

—¡Eres un cerdo arrogante! —Cogió la almohada y comenzó a golpearlo.

Él alzó la mano para protegerse, pero Tabitha siguió pegándolo.

—¡Eres un imbécil! Es increíble que me hayas preguntado eso. No volveré a quedarme a solas contigo en la vida, ¡te lo juro!

La almohada dejó de golpearlo por fin.

Bajó el brazo.

Ella le asestó un último golpe en la cabeza antes de soltar la almohada.

—Para tu información, colega, no soy ninguna buscona. No me acuesto con todos los tíos a los que conozco. Creí que tú... Qué más da. ¡Vete a la mierda!

Se dio media vuelta y salió en tromba de la habitación. Dio tal portazo que las ventanas se sacudieron, al igual que los collares que colgaban del altar y del espejo.

Él se quedó allí en la cama, totalmente pasmado por lo que acababa de suceder. ¿Acababa de golpearlo con una almohada?

Después del encuentro de la noche anterior, sabía que podría haberlo atacado con algo muchísimo más contundente, pero se había contenido.

La verdad era que se sentía aliviado por su reacción. El arranque de indignación había sido demasiado intenso para ser fingido.

Y esa idea le provocó un extraño calor en las entrañas. ¿Cabía la posibilidad de que le cayera bien de verdad?

No. Era imposible. No le caía bien a nadie. Nunca lo había hecho.

«Eres un inútil. Maldigo el día en que madre te trajo a este mundo. Me alegro de que muriese antes de que pudiera ver la vergüenza que has acarreado a la familia.»

Se encogió al recordar las durísimas palabras que su hermano Marco le había repetido hasta la saciedad.

Hasta su padre lo había despreciado.

«Eres débil. Patético. Debería haberte matado para ahorrarme el agua y la comida que malgasté en criarte.»

Sus palabras eran amables comparadas con lo que los demás Cazadores Oscuros le habían dicho.

No, era imposible que le cayera bien a Tabitha. Ni siquiera lo conocía.

No entendía por qué se mostraba tan receptiva a sus caricias.

Tal vez fuera una mujer muy apasionada. Él era un hombre guapo. Y no era vanidad, solo la constatación de un hecho. A lo largo de los siglos se le habían ofrecido incontables mujeres.

Sin embargo, por alguna razón que no quería analizar, con Tabitha quería algo más que un lío de una noche.

Quería...

Se obligó a no pensar en ello. No necesitaba a nadie, ni siquiera necesitaba un amigo. Era mejor vivir solo, apartado de la gente.

Se levantó, se vistió y se encaminó a la planta baja.

Se encontró con Marla en el comedor.

—Corazón, no sé qué le has hecho a Tabby —le dijo—, pero tiene un cabreo de tres pares de cojones. Me ha pedido que te diga que comas algo antes de que te envenene la comida o haga algo peor con ella.

Se quedó sorprendido al ver el menú que lo esperaba: ternera con salsa marsala y una ensalada italiana con pan de ajo.

—¿De dónde ha salido eso? —le preguntó a Marla.

—De Tony's, al final de la calle. Tabitha me mandó a comprarlo. Tony y ella no se hablan ahora mismo. No sé cómo se las apaña para mosquear a todo el mundo. Claro que a Tony se le pasará. Siempre se le pasa.

Cuando se sentó y probó la comida, creyó estar en el cielo. Estaba buenísimo. ¿Por qué se había tomado Tabitha tantas molestias por él?

Había comido la mitad cuando ella apareció por la puerta de la tienda.

—Espero que te atragantes —masculló de camino a la cocina.

Se tragó la comida que tenía en la boca, se limpió con la servilleta y fue tras ella.

—¿Tabitha? —la llamó al tiempo que la agarraba del brazo para detenerla—. Siento lo que te he dicho. Es que...

—¿Qué?

—Que la gente nunca es amable porque sí. —Y nunca eran amables con él.

Tabitha guardó silencio un instante. ¿Lo decía de verdad?

—¿Te ha gustado la cena?

—Estaba deliciosa. Gracias.

—De nada. —Se zafó de su mano—. Supongo que sabrás que ha oscurecido. Puedo llevarte a tu casa cuando estés listo.

—Solo tengo que parar en algún sitio para comprar aceite para lámparas.

—¿Aceite para lámparas? ¿No tienes electricidad?

—Sí tengo, pero necesito comprar una botella esta noche antes de volver a casa.

—De acuerdo. La cuadriga nos espera a cuatro manzanas de aquí, en casa de mi hermana Tia. Podemos comprar el aceite en su tienda.

—¿Vende aceite para lámparas?

—Claro. Es una sacerdotisa vudú. Seguro que te has fijado en el altar que tengo arriba. Me lo hizo ella. Es un poco rarita, pero la queremos de todas formas.

Valerio inclinó la cabeza de forma respetuosa antes de subir a recoger su abrigo.

Estaba a punto de recoger los platos de su cena cuando Marla la detuvo.

—Ya me ocupo yo.

—Gracias, cariño.

Su amiga frunció la nariz.

—De nada. Ahora largaos y pasáoslo en grande por mí. Y quiero todos los detalles.

Tabitha se echó a reír cuando intentó imaginarse lo que supondría «pasárselo en grande» con Valerio. Seguramente sería algo tan milagroso como lograr que se pusiera unas zapatillas de deporte y que bebiera en vasos de plástico.

Cuando él bajó, lo apremió a salir por la puerta de la tienda antes de que Marla viera su abrigo y lo confiscara.

Valerio se detuvo nada más poner un pie en la tienda, haciendo que ella se diera de bruces con su espalda. Cuando lo rodeó, vio que estaba observando la tienda, boquiabierto. Su rostro era un poema.

—¿Dónde estamos?

—En mi tienda —le respondió—. La Caja de Pandora en Bourbon Street. Vendo artículos para *strippers* y drag queens.

—Esto es... es...

—Podría decirse que un sex shop, sí, lo sé. La heredé de mi tía cuando se jubiló. Ahora cierra la boca y respira. Me deja mucha pasta y también hago muchos amigos.

Valerio no daba crédito a lo que veían sus ojos. ¿Tabitha era la propietaria de un antro de iniquidad? Claro que... ¿por qué se sorprendía?

—Esto es lo que provocó la decadencia del mundo occidental —afirmó mientras la seguía y pasaba junto a un expositor con adornos para pezones y tangas.

—Claro, lo que tú digas —replicó ella—. Estoy segura de que darías lo que fuera porque una mujer vestida con estas cosas te hiciera un striptease. Buenas noches, Franny —saludó a la mujer que estaba tras el mostrador—. Asegúrate de darle a Marla las facturas y la caja del día cuando cierres luego, ¿vale?

—Hecho, jefa. Que pases una buena noche.

Tabitha abrió la marcha hasta la calle. Las vallas que transformaban Bourbon Street en una zona peatonal por la noche ya estaban colocadas en las intersecciones de las calles. Giró a la izquierda en Bienville Street, en dirección a la casa de su hermana mientras permanecía alerta a cualquier indicio de actividad sospechosa.

Valerio guardaba silencio, por extraño que pareciera.

Cuando llegaron al siguiente cruce, oyó que soltaba un taco.

Dos segundos después lo alcanzó un rayo.

4

Tabitha jadeó sorprendida al ver que Valerio se estampaba contra un edificio por culpa del rayo. Antes de que pudiera dar un paso, comenzó a caer sobre él una cortina de agua. Solo sobre él. De hecho, era el único lugar donde estaba lloviendo.

—Pero ¿qué coño pasa? —preguntó.

Valerio respiró hondo mientras se ponía en pie despacio. Tenía el labio partido y un corte en el pómulo, producto del golpe contra la pared. Sin decir ni una palabra, se limpió la sangre con el dorso de la mano antes de palparse la herida del pómulo.

Estaba empapado y el chaparrón seguía cayendo con una fuerza impresionante.

—Parará dentro de un minuto.

Y así fue.

Una vez que dejó de llover, Val se limpió la cara y se escurrió el agua de la coleta.

Estaba horrorizada.

—¿Qué ha pasado?

—Mi hermano Zarek —contestó él con voz hastiada mientras se sacudía el agua de los brazos—. Se convirtió en dios hace un par de años y desde entonces soy su pasatiempo favorito. Por eso no voy en coche a ninguna parte. Ya me he cansado de que el motor se caiga al suelo sin motivo aparente cada vez que me detengo en un semáforo. El único medio de transporte fiable son mis pies y, como acabas de presenciar, ni siquiera este método es del todo seguro. —La nota airada de su voz era inconfundible.

—¿Mi coche es seguro?

—Solo me persigue a mí —contestó, asintiendo con la cabeza.

Hizo ademán de acercarse a él.

—No —la detuvo Valerio, y se percató de que su aliento se condensaba al hablar—. Hace mucho frío a mi alrededor.

Extendió la mano y comprobó que el aire que lo rodeaba estaba helado. Mucho más frío que el de un congelador.

—¿Por qué te hace esto?

—Porque me odia.

—¿Por qué? —Tabitha vio cómo él se avergonzaba—. ¿Qué le hiciste?

Valerio no respondió. Se calentó las manos con el aliento y echó a andar calle abajo.

—Valerio —lo llamó y lo detuvo a pesar de que su mano corría el riesgo de congelarse en el intento—. Cuéntamelo.

—¿Qué quieres que te cuente, Tabitha? —le preguntó en voz baja—. Cuando éramos pequeños, Zarek me daba mucha lástima pero cada vez que intentaba ayudarlo, lo único que conseguía era hacerle más daño. Tiene motivos para odiarme y también para odiar al resto de mi familia. Debería haberlo dejado tranquilo y no hacerle caso. Habría sido mucho mejor para todos nosotros.

—Ayudar a otra persona no es un error.

Valerio le lanzó una mirada imperturbable.

—Mi padre siempre decía: «*Nullus factum bonus incedo sine poena*». «Todas las buenas obras reciben su castigo.» En el caso de Zarek, se aseguró de que fuera así.

Sus palabras la dejaron atónita.

—Y yo que pensaba que mi familia era rara... Pero la vuestra era un poquito disfuncional, ¿no?

—Ni te lo imaginas —respondió mientras echaba a andar de nuevo.

Ella lo siguió. Debía admitir que sentía lástima de él. No podía imaginarse que una de sus hermanas la odiara. Claro que se peleaban de vez en cuando. Teniendo en cuenta que eran ocho hermanas y que a todas ellas les faltaba un tornillo, siempre había alguna que no se hablaba con otra por algo; pero, al final, la familia era la familia y cualquiera que amenazara a uno de sus miembros se llevaba una buena dosis de solidaridad Devereaux. Aunque no se hablaran, siempre podían contar con la familia para cualquier cosa.

Y así había sido desde la infancia. Cuando estaba en el instituto, juró que jamás volvería a hablar a Trina porque había salido con un chico que sabía que le gustaba. Cuando el capullo le destrozó el corazón a su hermana poniéndole los cuernos con una animadora, le metió en el coche la boa constrictor de su tía Dora como venganza. Lo dejó tan acojonado que se meó en los vaqueros antes de que ella sacara la serpiente.

Aun así, Trina y ella tardaron dos días más en reconciliarse. Pero lo hicieron. Las rencillas familiares no solían durar más de dos semanas. Y, por muy enfadadas que estuvieran, nunca, jamás, se hacían daño.

¡Madre mía!, pensó. ¿En qué tipo de familia había nacido Valerio para que dos mil años después su hermano estuviera atacándolo con rayos?

Cuando llegaron a la tienda de su hermana, Val tenía las cejas y las pestañas blancas a causa del hielo. Además de un tinte azulado en la piel.

—¿Estás bien?

—No moriré —respondió en voz baja—. No te preocupes. Se aburrirá dentro de unos minutos y me dejará tranquilo una temporada.

—¿Cuánto?

—Unos meses, a veces más. Nunca sé cuándo va a atacar. Le gusta sorprenderme.

Lo que estaba presenciando la horrorizaba.

—¿Ash está al corriente de esto?

—Zarek es un dios. ¿Qué puede hacer Aquerón para detenerlo? Mi hermano cree que es divertido gastarme estas bromitas, igual que te pasa a ti con tu cuñado.

—Pero yo no le gasto bromas crueles. Bueno, solo aquella vez que le mandé una caja de Pilexil para su cumpleaños, pero era un regalo de pega y no tardé en darle el verdadero. —Le tocó las manos y notó que las tenía heladas y temblaba de un modo horrible.

Sintió mucha lástima de él. Se echó el aliento en las manos y se las frotó un instante antes de colocárselas en las mejillas. Las tenía tan frías que no tardaron en absorber el calor de sus palmas.

Valerio se lo agradeció con la mirada antes de apartarse de ella.

De repente se encontraron envueltos en una nube que olía a azufre.

El apestoso olor la hizo toser. Se tapó la nariz antes de darse la vuelta, momento en el que vio a Tia, que murmuraba algo ininteligible.

—¿Qué estás haciendo? —le preguntó.

—Está impregnado del hedor de la muerte. No pensarías meterlo en mi tienda así, ¿no?

—Sí —respondió, quitándole a su hermana el cuenco de madera que llevaba en la mano—. ¿Quieres hacer el favor de dejar las gilipolleces? Apesta.

Tia hizo ademán de recuperar el cuenco.

—Dame eso.

—Como vuelvas a tocarlo, lo tiro al suelo.

Su hermana retrocedió de inmediato.

Tabitha echó un vistazo al contenido y frunció los labios al ver el polvo cobrizo que despedía el nauseabundo olor.

—¿Qué quieres que te diga? Las sales aromáticas que cortan la respiración sobraban. Y yo diciéndole a Val que mi familia no era tan mala... —le dijo a Tia mientras le devolvía el cuenco.

—Necesitas protección —masculló su hermana, a la defensiva—. Aquí hay algo. Lo percibo.

—A lo mejor es tu sentido común... Deberías dejarlo entrar.

Tia le lanzó una mirada asesina, a la que ella respondió con una sonrisa.

—Es broma. Sé a qué te refieres. Yo también lo percibo.

Su hermana miró a Valerio, que seguía tiritando.

—¿Por qué está empapado y tiritando de frío?

—Es una historia muy larga —respondió ella. Le daba en la nariz que a Val no le haría ni pizca de gracia que le hablase a Tia del psicópata de su hermano—. Te presento a mi hermana, Tiyana. Tia para abreviar.

—Hola —dijo la aludida antes de agarrarlo del brazo y tirar de él hacia la entrada de su tienda.

Valerio la miró con expresión angustiada.

—No pasa nada. Está como un cencerro, pero es más buena que el pan.

—Me niego a que la colgada que caza vampiros en su tiempo libre me diga que estoy loca. Tendrías que verla en pleno ataque —le dijo a él mientras lo arrastraba por el interior de la estrecha tienda, que estaba atestada de estanterías donde se exponían todo tipo de amuletos, muñecos de vudú, velas y recuerdos para turistas—. Cree que todos los tíos que van de negro son vampiros. ¿Te haces una idea de la cantidad de hombres que visten de negro en Nueva Orleans? Se me ponen los pelos de punta solo de pensarlo. De verdad. —Se volvió hacia la dependienta—. Chelle, encárgate tú un momento —le dijo a la chica, que estaba colocando un montón de llaveros de colmillos de caimán.

Valerio cruzó la puerta que daba a la trastienda de la mano de Tia. A instancias de esta se sentó en un taburete mientras ella sacaba una enorme caja de ponchos mejicanos. Después de coger unos cuantos, se los echó por encima, envolviéndolo por completo. Acto seguido, fue al cuarto de baño en busca de una toalla.

—Sécale el pelo mientras le preparo algo caliente para beber —le dijo a Tabitha.

—Gracias, hermanita —dijo ella al tiempo que cogía la toalla que su hermana le ofrecía.

Esa inesperada amabilidad lo dejó boquiabierto. Nadie lo había tratado nunca así... como si lo apreciaran. Como si se preocuparan por él.

—Puedo secarme el pelo solo.

—Quédate quietecito y deja que los ponchos te calienten un poco —replicó ella mientras le soltaba la coleta. La ternura con la que le secó el pelo y se lo desenredó lo sorprendió.

Tia regresó con una enorme y humeante taza que tenía forma de esqueleto y que desprendía un olor extraño pero muy agradable.

—No te preocupes. No es ninguna poción. Es una mezcla especial de chocolate y canela que suelo vender en Navidad y que supuestamente cura la melancolía —le dijo cuando se la ofreció.

—¿Funciona? —quiso saber él.

—En la mayoría de la gente, sí. El chocolate estimula la producción de endorfinas, que mejoran el humor, y la canela suele despertar recuerdos del hogar y del amor maternal. —Sonrió—. Te sorprendería saber hasta qué punto la magia se basa en la ciencia.

Tomó un sorbo con cierto recelo. Estaba muy bueno y, de hecho, le alivió el frío.

—Gracias —dijo.

Tia asintió con la cabeza.

—¿Habéis venido a por tu coche? —le preguntó a su hermana.

—Sí. Pero no quería entretenerte.

—No pasa nada. Estaba esperando a Amanda. La llamé esta mañana y le dije que había preparado unos talismanes para ella y para Marissa.

Tabitha se quedó helada. A Amanda no le gustaría ni un pelo ver a Valerio en la tienda. Estaba segura de que no entendería por qué lo estaba ayudando. Y aunque no se arrepentía de lo que estaba haciendo, esa era una complicación que prefería evitar por el bien de todos.

—Genial, pero nosotros nos vamos. Tenemos cosas que hacer. Dale un beso a Mandy de mi parte.

—Lo haré.

Le hizo señas a Valerio para que la siguiera hacia la puerta trasera que daba al patio, donde estaban aparcados el Mitsubishi de Tia y su Mini Cooper.

Le abrió la puerta para que subiera.

—Entra, vuelvo enseguida.

Valerio la obedeció; se quedó sorprendido al comprobar que el interior del coche era mucho más espacioso de lo que parecía por fuera. Aunque seguía estando un poco encajonado.

Tabitha regresó corriendo a la tienda y salió poco después con una botella de plástico. Se metió en el coche y se la dio.

—Tu aceite —le dijo.

El detalle lo dejó pasmado, sobre todo porque a él se le había olvidado por completo.

—Gracias.

Sin mediar palabra, ella arrancó el coche y salió del patio. En cuanto estuvieron en la calle metió primera, pisó el acelerador y salieron pitando.

Él tampoco dijo nada mientras la observaba sortear un coche tras otro a una velocidad que le habría puesto los pelos de punta de no haber sido inmortal.

El interior del coche era tan reducido para lo que estaba acostumbrado que le resultaba muy difícil no reparar en Tabitha; conducía como vivía: deprisa y jugándose el cuello.

—¿Por qué eres tan vehemente? —le preguntó mientras giraba en una curva a tal velocidad que tuvo la impresión de que el Mini se quedaba a dos ruedas.

—Mi madre dice que nací así. Según ella, Amanda se llevó la moderación de las dos y yo, la osadía. —Mientras cambiaba de marcha y adelantaba a un coche que iba más despacio, su expresión se tornó seria—. En realidad, eso no es cierto. Yo soy lo que algunos llaman «imán». Mis poderes psíquicos no tienen nada que ver con las habilidades especiales de Amanda. Los míos son menos evidentes. Intuición, psicometría... cosas que para un humano son prácticamente inútiles, pero que los daimons quieren a toda costa. —Se detuvo en un semáforo al llegar a Canal Street y lo miró—. Solo tenía trece años cuando me atacó el primer grupo de daimons. Si Talon no me hubiera salvado, ahora estaría muerta.

Valerio frunció el ceño al escucharla. Tenía razón. Los imanes atraían irremisiblemente a los daimons. Además, con su naturaleza apasionada y su enorme vitalidad, debía de ser un premio muy codiciado para ellos.

—A diferencia de la mayoría de los humanos, no tuve la suerte de vivir al margen de tu mundo. O me defendía o acababa muerta. Y, sin ánimo de ofender, la muerte no me atrae mucho.

—No me ofendes. Después de llevar más de dos mil años muerto, no es un estado que recomiende, la verdad.

Sus palabras le arrancaron una carcajada.

—No sé yo... Muerto y vestido de Armani. Creo que muchos se arrojarían desde las azoteas de los edificios si les garantizaran que volverían tan forrados como tú.

—Cuando era mortal tenía el mismo dinero y muchos más... —Dejó la frase en el aire al darse cuenta de que había estado a punto de decir «amigos». No era del todo cierto, pero al menos en aquella época las personas que lo menospreciaban solían guardarse sus opiniones, salvo los miembros de su familia.

No le gustaba pensar en eso y tampoco hablar sobre ello.

—Muchos más ¿qué? —preguntó ella al ver que no acababa la frase.

—Nada —contestó, y después le dio las indicaciones precisas para llegar a su casa, emplazada en Third Street, en el Garden District.

Tabitha dejó escapar un silbido al acercarse. Giró al llegar a la avenida de acceso, flanqueada por una gran variedad de setos, y se detuvo delante de una enorme verja de hierro forjado. Bajó la ventanilla y pulsó el botón del portero automático.

—¿Quién es?

Valerio se inclinó y alzó la voz para contestar:

—Gilbert, soy Valerio. Abre la puerta.

La verja se abrió segundos después.

—Muy bonito —dijo ella mientras enfilaba la avenida hasta llegar a la fuente situada frente a la puerta. Aparcó detrás de un desvencijado Chevy IROC rojo que debía de pertenecer a alguno de sus empleados. No se imaginaba ahí dentro a Val ni muerto y puesto que ya estaba muerto... En fin—. Supongo que eso no es tuyo, a menos que tu hermano se pillara un día un buen mosqueo y lo destrozara...

Valerio no dijo nada. En cambio, miró a Tabitha mientras ella observaba la fuente que había al final de la avenida de entrada. Por la noche estaba iluminada por unos focos azules. Estaba dedicada a la diosa Minerva y había sido una de sus razones para elegir la casa.

—¿Artemisa sabe lo de esa estatua?

—Lo dudo mucho, porque sigo respirando —le contestó en voz baja.

La precedió mientras subían los escalones de acceso. En cuanto llegaron a la puerta, Gilbert la abrió.

—Buenas noches, milord. —El mayordomo no hizo el menor comentario acerca de su ropa empapada.

Tabitha observó al hombre, un inglés entrado en años; su rígida postura le recordó a Alfred, el mayordomo de Batman.

—Buenas noches, Gilbert —replicó Val, haciéndose a un lado para que el mayordomo la viera—. Esta es la señorita Devereaux.

—Muy bien, señor. —El mayordomo la saludó con una rígida inclinación de cabeza—. Encantado, madame. ¿Les apetecería a los señores algo de beber? —preguntó, mirando de nuevo a Valerio, quien a su vez la miró a ella.

—Yo no quiero nada.

—No, gracias, Gilbert.

El mayordomo inclinó la cabeza y se encaminó hacia la parte posterior de la mansión.

Valerio la condujo hacia la izquierda.

—¿Serías tan amable de esperar en la biblioteca? Volveré en unos minutos.

—¿Adónde vas? —quiso saber, intrigada por la repentina seriedad de la que hacía gala.

—Necesito ponerme ropa seca.

—Vale —replicó ella, asintiendo con la cabeza.

Una vez que Val desapareció escaleras arriba, ella traspasó el arco de entrada a la biblioteca, una estancia en penumbra cuyas paredes estaban ocultas tras las estanterías repletas de libros. Estaba en un rincón ojeando títulos cuando sintió la presencia de un recién llegado a su espalda.

Se dio la vuelta y descubrió que un hombre bastante guapo, de su misma edad más o menos, la estaba observando.

—¿Amanda? ¿Qué coño estás haciendo aquí?

—No soy Amanda —lo corrigió, atravesando la estancia para que pudiera ver la cicatriz—. Soy su hermana Tabitha. Y tú eres...

—Otto Carvalletti.

—¡Ajá! —exclamó al reconocer el nombre—. El escudero de Val.

—Sí, no me lo recuerdes.

No le hicieron falta sus poderes empáticos para percibir el rencor que destilaba.

—¿Por qué sirves a un hombre al que odias?

—Como si tuviera otra opción... El Consejo me envió y aquí estoy, atrapado en el infierno.

—Tío, no sé de dónde vienes, pero me cabrea la gente que odia mi ciudad.

—No tengo ningún problema con Nueva Orleans —le aclaró él con voz burlona—. Me encanta esta ciudad. Es al conde Penécula al que no soporto. ¿Lo conoces?

—¿Al conde qué?

—Me refiero al gilipollas que vive aquí. Valerio. Ese que parece decir cuando te mira: «No respires en mi presencia, plebeyo».

Ese tenía que ser el tío más raro con el que había hablado en la vida; y, teniendo en cuenta la pandilla de pirados que Tabitha tenía por amigos, eso era mucho decir.

—¿Para no echarle el aliento?

El escudero pareció aliviado al escucharla.

—Gracias a Dios que tienes cerebro.

No supo si sentirse halagada o todo lo contrario.

—No entiendo. ¿Por qué te ha enviado el Consejo de Escuderos? ¿Es que no saben lo que opinas de él?

—Como da la casualidad de que mi padre es uno de los miembros, sí, lo saben. Por desgracia, nadie quería ocupar este puesto. Y como lord Valerio exigió a alguien que hablara italiano y latín, no había muchos escuderos donde elegir. Es un capullo insoportable y estirado.

—¿Qué tiene de estirado querer a alguien que hable su lengua materna? Me he enterado de que Talon le ha enseñado a Sunshine a hablar gaélico y cada vez que Kirian y Julian se encuentran con Selena, se ponen a hablar en griego.

—Sí, pero no exigen que sus escuderos lo hablen. Nick y el griego se llevan fatal...

—Tampoco es que se lleve de perlas con el inglés, porque las que suelta por esa boca... —replicó ella con sorna.

—Oye, no insultes a mi amigo.

—Da la casualidad de que también es amigo mío y lo quiero como a un hermano, pero no entiendo esa inquina que demuestras por Valerio.

—Ya. Deberías comprarte un libro de historia y leer las hazañas de Valerio Magno, guapa.

Cruzó los brazos por delante del pecho y ladeó la cabeza para mirarlo.

—Perdóneme usted, señor Carvalletti, pero da la casualidad de que estoy licenciada en Civilizaciones Antiguas. ¿Puedes decir lo mismo?

—No, yo tengo un doctorado en Princeton.

La respuesta la impresionó muy a su pesar. La Universidad de Princeton no admitía imbéciles.

—¿En Civilizaciones Antiguas?

—No. En Estudios Cinematográficos —contestó en voz baja.

—¿Cómo has dicho? —le preguntó al escudero con los ojos como platos—. ¿En Estudios Cinematográficos? —La había dejado pasmada—. ¿Te has licenciado en eso? Y yo que estaba impresionada con lo de Princeton...

—¡Oye! —exclamó él a la defensiva—. Por si no lo sabes, me dejé la piel estudiando para conseguirlo.

—Sí, claro. Yo tenía beca. ¿Has ido alguna vez a algún centro educativo donde tu papi no hubiera donado pasta?

—Mi padre no donó ni un centavo a Princeton... —Hizo una pausa antes de seguir—: Fue mi abuelo.

La respuesta la hizo resoplar.

—Lo siento, pero yo tuve que aprender cuatro idiomas para conseguir la licenciatura. ¿Y tú?

—Ninguno. Crecí hablando doce.

—Vaya, vaya... Si tenemos aquí a don Creído. ¿Y tienes el morro de meterte con Val? Por lo menos él no va presumiendo de tener un intelecto superior.

—No, él presume de su linaje superior. «Inclínate ante mí, plebeyo inmundo.»

—Quizá se comportaría de otro modo si no tuvierais tanta mala leche con él.

—¿Que yo tengo mala leche? ¡Pero si ni siquiera me conoces!

Tabitha dio marcha atrás en cuanto percibió que lo había ofendido.

—Tienes razón, Otto, no te conozco y posiblemente me estoy comportando contigo del mismo modo en que tú te comportaste con Valerio cuando lo conociste. Un vistazo, tres segundos de conversación y una conclusión bastante precipitada y cruel que puede ser tan acertada como errónea. —Se acercó a él con las manos entrelazadas a la espalda—. Vayamos punto por punto. Aunque tienes un pelo bonito, llevas unas greñas increíbles... pero de esas que solo se consiguen en un estilista de los caros. Llevas sin afeitar... ¿cuántos días? ¿Dos?

—Tres.

Siguió hablando sin prestarle atención.

—Llevas una espantosa camisa hawaiana de color rojo que sé que es de Nick porque se la pone cada vez que quiere fastidiar a Kirian. Es tan fea que tuvo que encargarla a medida por internet porque no la vendían en ningún sitio. Vas descalzo y supongo que ese IROC de ahí afuera que se cae a pedazos es tuyo.

El escudero se tensó visiblemente, gesto que confirmó sus sospechas.

—A primera vista —dijo, siguiendo con la descripción—, tienes toda la pinta de ser uno de esos tíos que no pegan ni golpe y que van directos al estante de las películas porno que tenemos al fondo de la tienda porque ninguna chica con un poco de dignidad quiere salir con ellos. El tipo de tío que en Mardi Gras compra todos los collares de tetas y demás obscenidades para ponérselos en el cuello, y que se pasa toda la semana borracho, echando la pota y gritando a las chicas que le enseñen las peras.

Otto cruzó los brazos por delante del pecho y la miró con cara de pocos amigos.

—Ahora vamos a contrastar esos datos con otros detalles que he observado. Eres un escudero y, por lo que tú mismo has dejado caer, eres un Sangre Azul, lo que significa que provienes de una familia en la que la tradición se remonta a muchas generaciones atrás. Y una familia, además, que lleva disfrutando de la buena vida una temporada muy larga. Fuiste a Princeton y, aunque elegiste una licenciatura de chiste, te tomaste la molestia de obtener hasta el doctorado. Eso indica que valoras bastante el honor que confiere dicho título. Déjame adivinar: ese precioso Jag negro metalizado que brilla tanto que deja ciego a quien lo mira, y que está aparcado en casa de Nick aunque él nunca lo coge, es tuyo en realidad.

Se detuvo a su lado y lo miró de arriba abajo.

—Además, tu actitud es la de un hombre acostumbrado a que lo respeten, aunque finjas ser un hortera de medio pelo. Por mucho que te esfuerces, cualquier persona con un mínimo de intuición se da cuenta nada más verte.

Le alzó la mano en la que lucía un tatuaje en forma de telaraña.

—Bonito reloj —le dijo con voz cortante—. De la colección Patek Philippe Grand Complications Chronographs. A ver si lo adivino... Es el modelo 5004P que cuesta ciento cincuenta mil dólares.

—¿Cómo lo sabes?

—Mi familia se dedica al comercio desde tiempos inmemoriales y mi tía Zelda tiene una joyería. —Alzó un brazo para que él lo mirara—. ¿Ves mi reloj en forma de ataúd? Cuesta treinta y dos dólares, me lo compré en Hot Topic y tiene la misma hora que el tuyo. Aguanta los lametones de los daimons sin pararse siquiera.

Otto puso los ojos en blanco, pero ella siguió hablando.

—Y no eres un escudero normal y corriente. —Le dio unos golpecitos en el tatuaje con forma de telaraña que identificaba a los escuderos de su categoría—. Eres un Iniciado en el Rito de Sangre. Deje que le diga, señor Carvalletti, que tengo la extraña sensación de que en la vida real es usted muy parecido a Val. Duro, arrogante y dispuesto a lo que sea con tal de llevar a cabo su trabajo. —Ladeó la cabeza—. Creo que lo que más te molesta es que si fueras un Cazador Oscuro, serías igualito a él. Creo que te cabrea saber lo parecidos que sois. ¿Dónde tienes el traje negro de Armani? ¿En casa de Nick?

—¿Quién te has creído que eres, Sherlock Holmes?

La pregunta le arrancó una sonrisa.

—Algo así, pero normalmente no tardo tanto en descubrir la verdad.

El escudero la miró con semblante impasible.

—Nena, no necesito que me des lecciones de moral. Sé cómo funciona el mundo.

—No lo dudo. Pero te queda mucho que aprender sobre las personas. Por regla general, lo que dicen no tiene nada que ver con lo que sienten. Sé que mi simple presencia te repatea las tripas ahora mismo. Te encantaría ponerme de patitas en la calle y darme con la puerta en las narices. Pero no sé si eres consciente de que todavía no has hecho ninguna de las dos cosas.

—¿Y? ¿A qué conclusión has llegado?

—A la siguiente: los Escuderos Iniciados en el Rito de Sangre son los encargados de ejecutar las órdenes directas del Consejo y de mantener el mundo de los Cazadores Oscuros en secreto. Eso significa que están dispuestos a cualquier cosa, incluido el asesinato, para proteger sus secretos. Estoy segura de que en algún momento de tu pasado te viste obligado a hacer algo horrible a causa de tu juramento de Escudero. Porque era tu deber. Cuando leíste ese libro de historia en el que hablaban de Valerio, ¿te preguntaste hasta qué punto disfrutó o, por el contrario, si lo hizo porque era su obligación?

Otto ladeó la cabeza sin dejar de mirarla.

—¿Nadie te ha dicho que deberías ser abogada?

—Solo Bill cada vez que discutimos. Además, me gusta demasiado matar chupasangres como para convertirme en uno de ellos. —Alzó la mano y se la tendió—. Tabitha Devereaux. Encantada de conocerte.

La confusión del escudero era tal que la sensación pareció envolverla. El hombre titubeó un instante antes de aceptar la mano y estrechársela.

—No te preocupes, Otto —le dijo con una sonrisa—. Me ocurre como al café: hay que probarlo varias veces para saber apreciar su sabor. La mayoría de mis amigos ha tardado años en soportarme. Soy como el moho, me apodero de la gente muy despacio.

—Que conste que lo has dicho tú, no yo.

Le dio unas palmaditas en el brazo.

—Hazme el favor de ser amable con el conde Penécula. Creo que esconde muchas más cosas de las que vemos.

—Pues eres la única que piensa así.

—Bueno, los inadaptados debemos apoyarnos. Al menos así no vamos por la vida solos.

Otto frunció el ceño. Saltaba a la vista que estaba confuso, pero antes de que pudiera hablar, sonó su móvil.

Se alejó de él para darle intimidad y echó a andar hacia el vestíbulo mientras observaba boquiabierta los impresionantes mosaicos del suelo.

Ya estaba junto a la puerta cuando vio a Valerio en el último peldaño de la escalinata. A primera vista podría haber pasado por una de las estatuas que lo flanqueaban; pero, al contrario que estas, él era de carne y hueso.

Valerio la observó mientras analizaba lo que acababa de decir. Hasta donde él sabía, nadie lo había defendido jamás.

Nadie, ni una sola vez en sus dos mil años de vida y muerte.

Y de haberlo hecho alguien, dudaba mucho que hubiera sido tan elocuente.

Tabitha estaba envuelta en la penumbra que reinaba junto a la puerta. Su larga melena cobriza enmarcaba un rostro de expresión abierta y sincera. El rostro de una mujer que no tenía miedo de enfrentarse a nada ni a nadie. Nunca había conocido a nadie tan valiente.

—Gracias —le dijo en voz baja.

—¿Lo has escuchado?

Asintió brevemente con la cabeza.

—¿Cuánto has escuchado?

—Mucho.

Su respuesta pareció incomodarla.

—Podrías haber dicho que estabas aquí. No es de buena educación escuchar a escondidas.

—Lo sé.

Tabitha se acercó hasta colocarse frente a él.

Valerio bajó el peldaño mientras lo asaltaba el irresistible deseo de encerrarla entre sus brazos y besarla, pero no podía hacerlo.

Era humana y él no. La última vez que se dignó a compadecerse de una mujer que no estaba destinada a ser suya, le ocasionó un sufrimiento que ninguna mujer debería conocer jamás. Y él acabó muerto.

Sin embargo, eso no impedía que su cuerpo la deseara con todas sus fuerzas. Que su corazón sintiera una extraña punzada porque lo hubiera defendido.

Sin ser consciente de lo que hacía, alzó una mano y le acarició la mejilla desfigurada.

Llevaba tanto tiempo solo... aislado... rechazado.

Y esa mujer...

Llenaba una especie de vacío interior que a esas alturas ya había olvidado que existía siquiera.

Tabitha notó que se le aceleraba el pulso al contacto del cálido roce de la mano de Val, de la ternura que asomaba a sus ojos oscuros y de la gratitud que presentía en él. No. Lo que pensaba Otto de él no era cierto.

No era frío ni insensible. No era cruel ni depravado. Si lo fuera, ella lo sabría. Lo sentiría.

Y no había nada de eso en él. Solo sentía su soledad y su dolor.

Le cubrió la mano con la suya y lo miró con una sonrisa.

Para su sorpresa, él se la devolvió. Era la primera vez que lo veía esbozar una verdadera sonrisa. El gesto, que suavizaba sus rasgos, la desarmó por completo.

Él inclinó la cabeza hacia ella.

Tabitha separó los labios, deseando saborearlo.

—Oye, Valerio.

Mientras ella se mordía la lengua para no soltar un taco por el don de la oportunidad de Otto, Valerio enderezó la cabeza.

Se apartó de ella dos segundos antes de que el escudero apareciera en el vestíbulo.

—¿Qué?

—Pasaré la noche fuera. He quedado con Tad y con Kyr. Ya sabes, los del sitio web. Si necesitas algo, llámame al móvil. —Su mirada se desvió hacia ella, que percibió el desdén que sentía.

—Buenas noches, Otto —le dijo con una sonrisa—. No dejes que Tad te meta en problemas.

—¿También conoces a Tad?

—Cariño, conozco a todo el mundo en la ciudad.

—Genial —musitó el escudero mientras echaba a andar hacia la puerta.

En cuanto la cerró, Valerio pasó por su lado con la intención de alejarse. Movida por un impulso que no atinaba a comprender, le cogió la cara con las manos.

Sorprendido, Val abrió la boca. Y ella, incapaz de resistir la tentación, se puso de puntillas y lo besó.

5

Tabitha no estaba en absoluto preparada para la rápida reacción de Valerio. La acercó con delicadeza a su cuerpo, la alzó del suelo y después de dar media vuelta, la sentó en la escalera. No era la postura más cómoda, pero sí tenía cierto erotismo.

Sin embargo, ese erotismo no era nada comparado con el beso, exigente y fiero, que acabó dejándola sin aliento. Había apoyado una rodilla en un peldaño y estaba inclinado sobre ella, entre sus piernas. El roce de la erección en su entrepierna despertó en su cuerpo un ardiente deseo de tenerlo desnudo allí mismo.

Su intenso y delicioso aroma se le subió a la cabeza y la puso a cien.

No había nada de civilizado ni de correcto en su beso. No había nada de civilizado en su abrazo. Era erótico y muy carnal. Prometedor.

Tabitha rodeó esas caderas estrechas con las piernas y le devolvió el beso con todas sus ganas.

Valerio era incapaz de pensar mientras la besaba. Mientras la sentía. Mientras lo envolvía con su calidez y su pasión.

Tuvo que echar mano de todas sus fuerzas para no tomarla en las escaleras como un bárbaro de la Antigüedad.

—Tienes que dejar de besarme, Tabitha —susurró de forma entrecortada.

—¿Por qué?

Siseó cuando ella le mordisqueó la barbilla.

—Porque si no lo haces, voy a acabar haciéndote el amor y ninguno de los dos necesita esa complicación.

Tabitha le lamía el contorno de los labios mientras hablaba. Lo único que quería era arrancarle la ropa y explorar cada centímetro de ese delicioso cuerpo masculino con la boca. Lamer y mordisquear esa piel hasta que le suplicara clemencia.

Pero tenía razón. Ya tenían bastantes complicaciones. Él era un Cazador Oscuro que no podía tener novia y lo peor era que jamás podría presentárselo a su familia.

Todos se le echarían encima por haberse liado con el peor enemigo de su cuñado. A Kirian lo habían recibido con los brazos abiertos. Todo el mundo lo quería.

Incluso ella. ¿Cómo iba a hacerle tanto daño?

No, no era justo para nadie.

—De acuerdo —dijo en voz baja—, pero tú tienes que soltarme primero.

Para Valerio, eso fue lo más duro que había hecho en su vida. El corazón le pedía a gritos que se quedara donde estaba. Pero no podía y lo sabía muy bien.

Inspiró hondo y se obligó a levantarse; una vez en pie, le tendió la mano para ayudarla a hacer lo mismo.

Su cuerpo seguía excitado y le costaba respirar. Le resultaba imposible estar a su lado y no tocarla. Aunque, en fin... estaba acostumbrado a reprimirse.

Así lo habían educado.

No obstante, el salvaje anhelo que lo impulsaba a poseerla lo había tomado totalmente por sorpresa. Era algo básico y exigente. Feroz. Y solo quedaría satisfecho si la hacía suya.

—Supongo que ha llegado el momento de separarnos —dijo con un nudo en la garganta.

Tabitha asintió con la cabeza. Valerio pasó tan cerca de ella que pudo oler el viril e intenso aroma que desprendía. Un aroma que le aceleró el corazón y avivó aún más su deseo.

Le costó lo indecible no extender las manos para tocarlo.

Con el corazón en la garganta, vio cómo él abría la puerta principal.

—Gracias, Tabitha —le dijo en voz baja.

Sintió la tristeza que lo embargaba y eso hizo que se le encogiese el corazón.

—No te metas en líos, Val. Intenta que no vuelvan a apuñalarte.

Él asintió con la cabeza y mantuvo la postura rígida y formal; no la miró.

Suspiró con resignación ante lo inevitable y se obligó a salir de la casa.

Había terminado.

Movida por un impulso, miró por encima del hombro mientras se cerraba la puerta. No había ni rastro de Valerio.

Aunque su sexto sentido le decía que la estaba observando.

Valerio era incapaz de apartar la vista de Tabitha mientras ella se metía en el coche. No entendía por qué sentía un impulso casi irresistible de correr hacia ella y detenerla.

No se parecía en nada a Agripina. No era reconfortante ni tierna y, sin embargo...

Se le encogió el corazón cuando vio que el coche desaparecía por la avenida de entrada, apartándola así de su vida.

Volvía a estar solo.

Claro que siempre lo había estado. Incluso cuando Agripina vivía en su casa, él seguía encerrado en sí mismo. La había observado desde la distancia. La había deseado noche tras noche, pero nunca la había tocado.

No podía hacerlo. Él era un patricio y ella, una simple esclava de su propiedad. De haber sido uno de sus hermanos, la habría tomado sin cuestionarse nada. Pero a él le había resultado imposible aprovecharse de ella. Obligarla a compartir su cama.

Agripina no se habría atrevido a negarse. Los esclavos no tenían control sobre sus vidas, y mucho menos cuando se trataba de sus amos.

Cada vez que la veía, sentía el impulso de pedirle que se acostara con él.

Y cada vez que abría la boca, se mordía la lengua al instante, negándose a pedirle algo sobre lo que ella no tenía ningún poder de decisión. Así que la sacó de la casa familiar y se la llevó a la suya para salvarla de lo que le habrían hecho sus hermanos.

Se encogió al recordar la noche que sus hermanos fueron a por él. La noche que descubrieron la estatua y se dieron cuenta de su identidad.

Se alejó de la ventana mientras soltaba un taco y se obligaba a apartar esos pensamientos.

No estaba destinado a ayudar a nadie.

Había nacido para estar solo. Para no tener amigos ni confidentes. Para no reír ni jugar.

No tenía sentido luchar contra el destino. Ni desear que fuera distinto. Había nacido para vivir de ese modo en esa vida y en la anterior.

Tabitha se había ido.

Y era lo mejor.

Subió la escalinata en dirección a su dormitorio con el corazón en un puño. Se daría una ducha, se cambiaría de ropa y después haría el trabajo que había jurado hacer.

Tabitha condujo de vuelta a la casa de Tia donde vio el Toyota de Amanda aparcado en la calle. Estaba saliendo del Mini en el patio cuando sus hermanas aparecieron por la puerta trasera.

—Hola, Mandy —saludó a su gemela mientras se acercaba para abrazarla.

—Anda, dime quién era ese tío tan bueno con el que viniste antes. Tia me ha dicho que no se lo presentaste.

Se concentró para que Amanda no captara ningún pensamiento involuntario ni ninguna emoción.

—Solo es un amigo.

Amanda meneó la cabeza.

—Tabby... —la reprendió—, tienes que dejar de salir con tus amigos homosexuales y buscarte un novio.

—Pues a mí no me ha parecido homosexual —replicó Tia—. Aunque sí iba muy bien vestido.

—¿Dónde está Marissa? —le preguntó a Amanda, intentando cambiar de tema.

—En casa. Ya sabes cómo es Ash. Se niega a que salga después de que se ponga el sol.

Asintió con la cabeza.

—Sí, y yo estoy de acuerdo. Es una niña muy especial que necesita que la protejan.

—Yo también estoy de acuerdo, pero no me gusta separarme de mi niña. Es como si me faltase un brazo. —Amanda levantó el talismán de plata que llevaba—. Tia me ha obligado a prometerle que lo colgaré en la habitación de Marissa.

—Buen consejo.

Amanda la miró con el ceño fruncido.

—¿Estás segura de que no te pasa nada? Estás muy rara esta noche.

—Es mi estado natural.

Sus hermanas se echaron a reír.

—Cierto —convino Amanda—. Vale, dejaré de preocuparme.

—Por favor, hazlo. Ya tengo bastante con una madre.

Amanda le dio un beso en la mejilla.

—Nos vemos.

Ni Tia ni ella hablaron hasta que Amanda se fue en su coche. Una vez a solas, se metió las manos en los bolsillos y se volvió para ver el ceño de Tia.

—¿Qué?

—Ahora dime quién era.

—Pero ¿qué os pasa? No era nadie de quien tengas que preocuparte.

—¿Era un Cazador Oscuro?

—Déjalo ya, Gladys —dijo ella, refiriéndose a la vecina cotilla de *Embrujada,* la serie de televisión de la que habían sacado su nombre—. No tengo tiempo para interrogatorios, estoy muy ocupada. Chao.

—¡Tabitha! —Su hermana la siguió hasta la calle—. No es normal en ti que guardes secretos. Me pone nerviosa.

Inspiró hondo y dio media vuelta para mirarla.

—A ver, es alguien que necesitaba ayuda y se la presté. Él ya ha retomado su vida y yo, la mía. No necesitamos una conferencia familiar ni nada por el estilo.

—Qué antipática eres —le dijo Tia con voz gruñona—. ¿No puedes responder a una simple pregunta?

—Buenas noches, Tia. Te quiero.

Siguió andando y sintió un inmenso alivio cuando su hermana dejó de insistir y regresó a su tienda.

Deambuló por Bourbon Street un rato. Compró comida para los sin techo y se dispuso a hacer su ronda.

—¡Mira, es Tabitha!

Se volvió en dirección a esa voz cantarina que conocía tan bien. Vio al demonio de Ash, Simi, que se acercaba corriendo a ella. Su aspecto era el de una veinteañera y esa noche iba vestida con una minifalda negra, unas medias púrpuras y un corsé muy atrevido. Unas botas de tacón de aguja y caña hasta el muslo y un bolso de PVC con forma de ataúd completaban su atuendo. Se había dejado la melena negra suelta.

—Hola, Simi —la saludó al tiempo que echaba un vistazo tras ella—, ¿dónde está Ash?

Simi puso los ojos en blanco y resopló, disgustada.

—La foca le dijo de repente que tenía que hablar con él, así que Simi dijo que tenía hambre y que quería comer algo. Y él dijo: «Simi, no te comas a nadie. Ve al Santuario y espérame allí mientras yo hablo con Artemisa». Así que Simi va al Santuario sola a esperar a que su akri vaya a buscarla. ¿Vas al Santuario?

Le hacía muchísima gracia que el demonio hablara de sí misma en tercera persona.

—Pues no. Pero si quieres que te acompañe hasta allí, voy contigo.

Junto a ellas pasó un hombre que silbó a Simi mientras la miraba con los ojos desorbitados.

El demonio le lanzó una mirada incitante y una sonrisilla.

Él retrocedió y se acercó.

—Hola, nena —dijo—, ¿buscas compañía?

Simi resopló.

—¿Estás ciego, humano? —le preguntó al tiempo que gesticulaba de forma exagerada hacia ella—. ¿No ves que Simi tiene compañía? —Meneó la cabeza.

El hombre se echó a reír.

—¿Me das tu número de teléfono para que pueda llamarte y hablar?

—Bueno, Simi tiene teléfono, pero si llamas, akri contestará y se enfadará contigo y luego la cabeza te estallará en llamas. —Se dio unos golpecitos en la barbilla—. Hummm, ahora que Simi lo piensa, una buena barbacoa... Es 555...

—Simi... —la avisó Tabitha.

—¡Bah! —exclamó Simi—. Tienes razón, Tabitha. Akri se enfadará mucho con Simi si hace una barbacoa con este tío. A veces se pone muy quisquilloso. En serio.

—¿Akri? —preguntó el hombre—. ¿Es tu novio?

—¡Uf, eres un guarro! Akri es el padre de Simi y se cabrea mucho cuando un hombre la mira.

—Bueno, pero lo que papá no sabe no puede hacerle daño —insistió el hombre.

—¡Ja! —intervino ella mientras se colocaba delante de Simi—. No te gustaría conocer a su padre, créeme... —Cogió a Simi del brazo y tiró de ella.

El hombre las siguió.

—Venga ya, solo quiero su teléfono.

—Es 555... y lo que rima —gritó por encima del hombro.

—Vale, zorra, que te den.

En un abrir y cerrar de ojos, Simi se zafó de su brazo y se abalanzó sobre el hombre. Lo cogió del cuello, lo alzó en el aire sin esfuerzo aparente y lo estampó contra un edificio, donde lo retuvo.

—Nadie le habla a los amigos de Simi así, ¿vale?

El hombre no podía responder. Ya se estaba poniendo morado y tenía los ojos a punto de salírsele de las órbitas.

—Simi —le dijo Tabitha mientras intentaba apartarle la mano de la garganta del hombre—, vas a matarlo. Suéltalo.

Los ojos castaños del demonio adquirieron un brillo rojizo justo antes de que lo soltara. El hombre se inclinó hacia delante y comenzó a toser y a jadear, intentando respirar de nuevo.

—No vuelvas a insultar a una dama, estúpido humano —le advirtió—. Y Simi lo dice en serio.

Y con esas palabras se colgó el bolso del hombro y echó a andar calle abajo con despreocupación, como si no hubiera estado en un tris de matar a un hombre.

A Tabitha, en cambio, el corazón le iba a mil por hora. ¿Qué habría pasado si no hubiera estado allí para detener a Simi?

—Tabitha, ¿tienes más gominolas de menta de esas que le diste a Simi en el cine?

—No, lo siento —respondió mientras intentaba recuperar la compostura y observaba cómo el pobre desgraciado se perdía por la otra punta de la calle. Seguro que tardaba un tiempo en dirigir la palabra a otra desconocida—. No llevo ninguna.

—Vaya, qué pena, a Simi le gustaron mucho. Sobre todo la cajita verde. Era muy bonita. Simi quiere que su akri le compre una.

Sí, y ella quería asegurarse de que Ash no volvía a dejar a su demonio suelto de nuevo. Simi no era mala, pero no discernía entre el bien y el mal. En su mundo no existían esos conceptos.

Solo entendía las órdenes de Ash, unas órdenes que cumplía a pies juntillas.

Menos mal que iban a un lugar donde la mayoría de los presentes la conocía y sabía qué era. El Santuario era un bar de moteros situado en el número 688 de Ursulines Avenue y regentado por una familia de katagarios. A diferencia de los Cazadores Oscuros, los katagarios, al igual que los arcadios, eran primos de los apolitas y los daimons, aunque tenían una particularidad muy interesante: eran medio animales.

Millones de años antes, los katagarios y los arcadios eran mitad apolitas y mitad humanos. En un intento por evitar que sus hijos murieran a los veintisiete años, como les sucedía a los apolitas, su creador unió mágicamente la esencia de varios animales con los cuerpos de sus hijos.

El resultado fueron dos hijos con corazón humano y dos hijos con corazón animal. Aquellos con corazón humano recibieron el nombre de «arcadios», mientras que los de corazón animal recibieron el nombre de «katagarios». Los arcadios pasaban la mayor parte de su vida como humanos que podían adoptar forma animal; los katagarios, en cambio, eran animales que podían adoptar forma humana.

A pesar de estar emparentados, los dos grupos estaban enfrentados. Los arcadios creían que sus parientes animales eran seres inferiores y los katagarios luchaban porque su naturaleza así lo exigía.

El bar era propiedad de un clan de osos. Entre sus cuatro paredes se acogía a todo el mundo. Humanos, apolitas, daimons, dioses, arcadios y katagarios. Solo había una regla: No me muerdas y no te muerdo. El Santuario era una de las pocas zonas sagradas donde ningún ser paranormal podía atacar a otro. Y los osos estarían encantados de entretener a Simi hasta que Ash pudiera ir a buscarla.

Simi siguió parloteando hasta que llegaron a las puertas batientes del bar.

—¿No entras? —preguntó a Tabitha.

Antes de que pudiera responder, vio que Nick Gautier se acercaba a ellas. Dado que la madre de Nick trabajaba en el bar, era un visitante asiduo.

—Señoritas... —las saludó con una sonrisa encantadora.

—Nick —dijo ella.

Simi esbozó una sonrisa cariñosa.

—Hola, Nick —dijo al tiempo que se enroscaba un mechón de pelo en el dedo—. ¿Vas a entrar?

—Esa era la idea. ¿Y vosotras?

Justo entonces sonó el móvil de Tabitha.

—Un momento —les dijo antes de contestar. Era Marla, y estaba histérica—. ¿Qué pasa? —preguntó mientras intentaba entender el torrente de palabras que Marla soltaba entre sollozos. Miró a Nick, que la estaba observando con el ceño fruncido—. ¿Qué te parece Nick Gautier...? —Marla la interrumpió con un grito de espanto—. Vale, vale —la tranquilizó, comprendiendo las razones de Marla para rechazar de plano la sugerencia. Nick llevaba una de sus espantosas camisas hawaianas con unos vaqueros desgastados y unas zapatillas de deporte que parecían sacadas de un contenedor de basura—. Deja de llorar y vístete. Te conseguiré a alguien, te lo prometo.

Marla sorbió por la nariz.

—¿Me lo juras?

—Que me caiga muerta ahora mismo.

—¡Gracias, Tabby! ¡Eres la mejor!

Ella no lo tenía tan claro cuando colgó.

—Nick, ¿puedes entretener a Simi un ratito? Tengo que evitar un desastre.

Nick sonrió.

—Claro, *chère*. Estaré encantado de hacerle compañía a Simi si a ella no le importa.

Simi negó con la cabeza.

—¿Sabes? A Simi le gustan las personas de ojos azules —le dijo—. Son buena gente.

—Pasadlo bien —les dijo mientras echaba a correr por Chartres Street.

Valerio se estaba secando el pelo cuando escuchó un alboroto en su dormitorio. Parecía Gilbert y...

Apagó el secador, salió del cuarto de baño y se encontró con Gilbert, que estaba intentando sacar a Tabitha de la habitación.

—Perdone, milord —dijo el mayordomo mientras la soltaba—, vine a anunciarle que tenía una visita, pero me siguió hasta sus aposentos.

Valerio se quedó sin respiración mientras asimilaba lo imposible. Tabitha había vuelto a su casa.

Lo inundó una felicidad inesperada, pero se negó a sonreír siquiera.

—No pasa nada, Gilbert —dijo, y se sorprendió de lo tranquila que sonó su voz cuando lo único que quería era sonreír como un imbécil—. Puedes retirarte.

El mayordomo inclinó la cabeza y obedeció.

Tabitha tragó saliva al ver la magnífica estampa de Valerio, que solo llevaba una toalla de color burdeos empapada en torno a sus estrechas caderas. Le resultaba rarísimo verlo así. Dado su porte regio, había dado por sentado que tendría un sinfín de albornoces de algún tejido carísimo o algo por el estilo.

Tenía el pelo húmedo y le caía a ambos lados del rostro, cuya perfección parecía obra del mejor escultor.

Madre mía, pensó, estaba para comérselo. Aunque estaría mucho mejor desnudo, como cuando salió de su cama...

Borró esa imagen de su cabeza antes de que se metiera en un follón.

—¿A qué debo este honor? —le preguntó él.

La pregunta le arrancó una sonrisa. Desde luego que sí, Valerio era justo lo que necesitaba... y no quería ni pensar en la doble intención que encerraba ese pensamiento.

—Necesito que te vistas. —Guardó silencio en cuanto lo soltó. Si una mujer le decía algo así a un tío tan bueno como el que tenía delante estaba claro que le faltaban algunos tornillos.

—¿Cómo dices?

—Date prisa y vístete. Te espero abajo. —Lo empujó hacia la cama, donde había un traje esperándolo—. ¡Vamos, *fretta, fretta*!

Valerio no supo qué lo dejaba más desconcertado, que quisiera que se vistiese o que le hablase en italiano.

—Tabitha...

—¡Vístete! —Y salió del dormitorio sin decir nada más.

Antes de que pudiera moverse siquiera, Tabitha volvió a abrir la puerta.

—Por cierto, podrías haberte quitado la toalla, tontorrón... En fin, me quedaré con las ganas. Déjate el pelo suelto y ponte algo muy elegante y caro. Preferiblemente un Versace, pero si no tienes, Armani también servirá. Que no se te olvide la corbata ni el abrigo.

Atónito por sus órdenes pero muerto de curiosidad, cambió el traje que tenía en la cama por un Versace negro de seda y lana, que acompañó con una camisa y una corbata de seda negra. Una vez vestido, salió del dormitorio.

Tabitha se volvió al oír que la puerta se abría y se le secó la boca. Justo antes de ponerse a babear.

Ya sabía que estaba cañón, pero...

¡Madre del amor hermoso!

Le costaba seguir respirando. Jamás había visto a un hombre vestido con traje, camisa y corbata negras, pero estaba claro que aquello era alta costura. Tenía un aspecto espléndido y elegantísimo.

¡Marla iba a caerse de espaldas!

Si ella no se moría antes de una sobrecarga hormonal...

—He escuchado decir muchas veces que debería ser ilegal estar tan bueno, pero en tu caso estoy totalmente de acuerdo.

Valerio la miró con el ceño fruncido.

Lo cogió de la mano y tiró de él hacia la escalera.

—Vamos, que llegamos tarde.

—¿Adónde me llevas?

—Necesito que me hagas un favor.

Se sintió extrañamente halagado por su petición. Era muy raro que alguien le pidiera un favor. Ese tipo de cosas se reservaban para los verdaderos amigos.

—¿Cuál?

—Marla necesita un acompañante para el concurso de Miss Luz Roja.

Se detuvo al instante.

—Que Marla... ¿qué?

Ella se giró para mirarlo a la cara.

—Vamos, no seas mojigato. Eres romano, por el amor de Dios.

—Sí, pero eso no me convierte de inmediato en el acompañante perfecto para un travesti. Por favor, Tabitha.

El rostro de ella reflejó tal decepción que Valerio se sintió culpable.

—Marla lleva meses ensayando y su chico la ha dejado tirada esta misma noche. Su rival más inmediata lo sobornó para que la acompañase a ella. Si pierde, se morirá.

—No me apetece en absoluto que me paseen delante de un montón de gays.

—No es un desfile... exactamente. Solo tienes que acompañarla cuando salga al principio, en la presentación. Solo serán unos minutos. Vamos, Val. Se ha gastado el sueldo de todo un año en un vestido de Versace maravilloso.

Tabitha lo miró con la expresión más lastimera que había visto nunca. Y lo derritió por completo.

—No he podido avisar a nadie más con tan poca antelación. Y necesita a alguien elegante. Alguien con estilo. No conozco a nadie que encaje tan bien como tú. Por favor... ¿Lo harías por mí? Te juro que te compensaré.

Personalmente, él preferiría que lo apalearan y lo mataran... de nuevo. Pero era incapaz de decepcionarla.

—¿Y si me meten mano...?

—No lo harán. Te lo juro. Protegeré todos tus... —Le miró el culo con una ceja enarcada—. Protegeré todos tus encantos.

—Si alguien se entera de esto...

—Nadie se enterará. Me llevaré el secreto a la tumba.

Tabitha dejó escapar un largo suspiro.

—Voy a ser sincero contigo, Tabitha. Cada vez que intento ayudar a alguien, lo único que consigo es empeorar las cosas. Esto me da mala espina. Algo saldrá mal. Espera y verás. Marla se caerá del escenario y se romperá el cuello o, peor todavía, su enorme peluca arderá.

—Eres un aprensivo —le dijo ella, gesticulando para restarle importancia al asunto.

Pero no lo era. Y mientras lo llevaba hasta la puerta, todos los recuerdos espantosos de su vida acudieron a su mente... Como aquella ocasión en la que se compadeció de Zarek después de que lo azotaran e intentó consolarlo. Su padre lo descubrió y lo obligó a ser él quien volviera a azotarlo. Intentó no hacerlo con mucha fuerza, con la esperanza de no causarle tanto dolor como su padre, pero al final acabó dejándolo ciego.

En otra ocasión intentó evitar que pillaran a Zarek fuera de la villa y lo único que consiguió fue que su padre pagara a un tratante de esclavos para que se quedara con él, alejándolo así de todo cuanto le era conocido.

En sus primeros tiempos como general, tuvo a un soldado muy joven a su cargo que era el único hijo que le quedaba a la familia. Con la esperanza de alejarlo del campo de batalla, lo envió de mensajero a otro campamento. El muchacho murió dos días después a manos de unos rebeldes celtas que lo habían interceptado.

Y Agripina...

—No puedo hacerlo, Tabitha.

Tabitha se detuvo en los escalones de la entrada y lo miró. Había algo en la voz de Valerio que le indicó que no era cuestión de escrúpulos.

Sintió la oleada de pánico que se apoderaba de él.

—No pasará nada. Son solo cinco minutos. En serio.

—¿Y si le hago daño a Marla?

—Yo estaré con vosotros. No pasará nada malo. Confía en mí.

Él asintió con la cabeza, pero Tabitha percibió su renuencia mientras tiraba de él en dirección al taxi que los esperaba. Una vez dentro, le indicó al taxista que fuera al Cha Cha Club en Canal Street.

Llegaron en apenas quince minutos. Mientras ella pagaba al taxista, Val la esperaba en la acera como si estuviera a punto de salir corriendo; algunos de los asiduos del club ya se habían fijado en él.

—No te preocupes —lo tranquilizó cuando estuvo a su lado—, no van a meterte mano.

Valerio no daba crédito a lo que estaba haciendo. Estaba seguro de que había perdido el juicio.

Tabitha lo cogió de la mano y lo condujo hacia unas puertas dobles de color rosa chillón.

—Hola, Tabby —la saludó el portero, un tío enorme y musculoso que llevaba una camiseta sin mangas, el pelo muy corto y tatuajes celtas en los bíceps. La primera impresión era intimidante, pero su sonrisa franca borraba esa incomodidad.

Tabitha se sacó la cartera para pagar la entrada.

—Hola, Sam. Venimos a echarle un cable a Marla. ¿Está en los camerinos?

—Guárdate eso —le dijo el tal Sam, devolviéndole la cartera—. Ya sabes que aquí no permitimos que te gastes el dinero. Y sí, Marla está ahí detrás y necesita ayuda. Mi novio está a punto de volverse loco porque no deja de llorar.

Ella le guiñó un ojo.

—No te preocupes, aquí llegan los refuerzos.

Tabitha precedió a Valerio por el interior del lugar más aterrador que este había pisado en toda su vida. Inspiró hondo mientras pensaba que preferiría estar en un nido de daimons armados con sierras eléctricas y guillotinas.

Sin embargo, cuando llegaron a la puerta pintada de amarillo chillón que había al lado del escenario, ya se sentía un poco mejor. Aunque algunos hombres se habían detenido para comérselo con los ojos, nadie lo había abordado.

—No te preocupes —lo tranquilizó ella mientras se colocaba

a su lado—. Yo te guardo la espalda. —Y, acto seguido, le pellizcó el culo, haciendo que diera un respingo.

—Por favor, no les des ideas.

Ella se echó a reír de nuevo.

Pasaron junto a un sinfín de personas que se estaban maquillando o poniéndose pelucas y vestidos muy llamativos. Marla estaba sentada en un rincón, llorando a moco tendido mientras un hombre gimoteaba y revoloteaba a su alrededor. Llevaba una redecilla rosa en la cabeza en lugar de la peluca y su maquillaje estaba hecho un desastre.

—Estás destrozando mi trabajo, cariño. Si no dejas de llorar, no podré arreglarte a tiempo.

—¿Qué más da? Voy a perder. ¡Lo que me ha hecho Anthony es una putada! Los hombres son unos cerdos. ¡Cerdos! No puedo creer que me traicionara de ese modo.

Verla así lo conmovió. Saltaba a la vista que el concurso era muy importante para ella.

—Hola, cariño —la saludó Tabitha—. Arriba ese ánimo. Tenemos algo mucho mejor que ese mariquita. Verás como Mink y él se morirán cuando te vean salir con este ejemplar del brazo. —Lo empujó para que se acercara.

—Hola, Marla —dijo Valerio sin más, sintiéndose como un imbécil integral.

Marla se quedó boquiabierta.

—¿Vas a hacer esto por mí?

Echó un vistazo por encima del hombro y vio que Tabitha lo observaba con mucho interés. En realidad, se percató de que su mirada reflejaba el miedo de que se echara atrás.

Y eso era lo que quería hacer, bien lo sabían los dioses.

No quería pasar por aquello. Pero Valerio Magno no se arredraba en ese tipo de situaciones. Jamás había huido de nada; le haría el favor a Tabitha por más desagradable que le resultase.

Se enderezó y le dijo a Marla:

—Será un honor ser tu acompañante.

Marla dejó escapar un grito ensordecedor al tiempo que se levantaba de un salto y lo abrazaba con tanta fuerza que creyó que le rompería las costillas. Acto seguido soltó un grito aún más fuerte cuando cogió a Tabitha en volandas y la abrazó.

—¡Ay, cariño, eres la mejor amiga del mundo! Imagina a Marla Divine saliendo del brazo del único hetero de todo el local. ¡Chica, se morirán de envidia! —Soltó a Tabitha—. Carey, ven y arréglame el maquillaje. ¡Ya! ¡Tengo que estar divina! ¡Divina de la muerte!

Carey sonreía de oreja a oreja mientras observaba los aspavientos de Marla.

—Siéntate, cariño, para que pueda hacerlo.

Mientras la maquillaba, Tabitha se apartó junto con Valerio, para no estorbar.

—Gracias —le dijo—. No sabes cuánto te lo agradezco.

—De nada —replicó él.

Lo observó un instante. Antes de pensárselo dos veces, lo abrazó, le sonrió y apoyó la cabeza en su pecho.

Valerio se quedó sin respiración al sentirse rodeado por sus brazos. Y cuando apoyó la cabeza en su pecho y lo envolvió con su calidez, se le desbocó el corazón. De repente lo inundó una extraña ternura.

Alzó las manos y le acarició el cabello mientras suplicaba que su ayuda no perjudicara a Marla en modo alguno.

La última vez que intentó ayudar a alguien fue un año atrás, cuando Aquerón le pidió que ayudara a defender a una manada de lobos katagarios de los daimons. No se lo pensó dos veces; pero durante la batalla, Vane y Fang, los lobos a quienes estaba ayudando, perdieron a su hermana por culpa del ataque de un daimon. Había sido testigo de cómo la abrazaban mientras moría.

Y esa escena seguía atormentándolo.

Se puso a disposición de Vane para lo que necesitara. Por suerte, el lobo nunca le había pedido ayuda.

No seas ridículo, pensó.

No podía evitarlo. Tal vez las cosas fueran de otro modo si las desastrosas consecuencias recayeran sobre él. Pero los infortunios siempre afectaban a aquellos a los que intentaba ayudar.

Se negó a pensar en eso y se concentró en la mujer que tenía pegada a él. Una mujer totalmente distinta a todas las que había conocido.

Era muy especial. Única.

El tiempo pareció detenerse mientras la calidez de Tabitha calaba hasta lo más hondo de su cuerpo.

Tan distraído estaba que dio un respingo cuando Marla se puso en pie y le hizo un gesto para que la siguiera.

Tabitha comenzó a tararear la sintonía de *Dragnet*, mientras Valerio seguía a Marla por el camerino en dirección a un pasillo abarrotado de drag queens.

Se despidió de Val con un beso en la mejilla y se apartó para dejar sitio a los demás.

Cuando regresó al club se encontró con el mejor amigo de Marla, Yves, que estaba sentado a una mesa justo delante de la pasarela con un grupo de amigos.

—Hola, cazavampiros —la saludó mientras se sentaba en una silla—. ¿Estás aquí para animar a Marla?

—Claro. ¿Dónde iba a estar si no?

El grupo estalló en vítores y después todos comenzaron a hacer apuestas sobre quién ganaría, hasta que se inició el concurso.

No se quedó tranquila hasta que vio aparecer a Marla y a Valerio. Los espectadores enloquecieron en cuanto vieron a Val, que caminaba como si estuviera encantado con su papel de acompañante. Solo ella se percató de su incomodidad, detalle que estaba segura que se debía más al temor de hacerle daño Marla que a otra cosa.

Una vez que alcanzaron los escalones que llevaban desde la pasarela hasta la zona donde aguardaban los demás participantes, Valerio bajó primero, como todo un caballero, y le tendió la mano a Marla para ayudarla a descender.

Verlo hacer algo tan amable por alguien a quien ni siquiera conocía la llevó al borde de las lágrimas.

No sabía de ningún otro hetero capaz de hacer algo tan ridícu-lo para ayudar a una mujer a la que acababa de conocer. Una mujer que, para colmo, lo había apuñalado.

En cuanto la labor de los acompañantes finalizó y los invita-dos se dispersaron, se abrió paso entre la multitud para llegar hasta él. Nada más llegar a su lado, se arrojó a sus brazos y lo es-trechó con fuerza.

La exuberante reacción de Tabitha lo dejó de piedra. Era tan maravilloso tenerla entre sus brazos que tuvo que echar mano de todas sus fuerzas para no pegarla contra él y besarla aun cuando eso los pusiera en evidencia delante de todo el mundo.

Ella le devolvió el abrazo antes de darle un beso fugaz en los labios.

—¡Eres el mejor!

Estaba tan pasmado que no supo qué decir.

—Ya podemos irnos si quieres.

Valerio miró a su alrededor.

—No —dijo, hablando muy en serio—. Ya que he llegado hasta aquí sin matar a Marla, creo que podemos quedarnos y ver cómo acaba esto.

La mirada de Tabitha lo abrasó.

—¿Sabe Ash que eres un trozo de pan?

—Me dan sudores fríos solo de pensarlo...

Ella se echó a reír antes de cogerlo de la mano y llevarlo a una mesa cercana al escenario.

Estaba ocupada por un nutrido grupo de hombres que los sa-ludaron al llegar.

—¡Has estado genial! —le dijo el que tenían más cerca.

Valerio los saludó con una inclinación de cabeza mientras Ta-bitha hacía las presentaciones. Se quedaron allí cerca de una hora, el tiempo que duró la prueba de talento y el desfile en ba-ñador... cosa que lo incomodó mucho más que el paseo por la pasarela.

—¿Te pasa algo? —le preguntó Tabitha, inclinándose hacia él—. Estás un poco pálido.

—Estoy bien —contestó, aunque no quería ni pensar cómo podía un hombre disimular su sexo cuando se metía en un bañador.

Había ciertas cosas que era mejor no plantearse siquiera.

Pasada una hora, los jueces se quedaron con tres finalistas.

Tabitha se inclinó hacia delante en la silla. Le echó a Val el brazo por encima y apoyó la barbilla en su hombro mientras contenía la respiración y rezaba para que ganase Marla.

Aunque él no se movió, la sensación de sus manos entrelazadas hizo que le subiera la temperatura. Sin importar el resultado, le estaba muy agradecida por haberle echado una mano.

Kirian y Ash no entrarían allí ni muertos.

Intercambió una mirada nerviosa con Marla cuando llegó el momento de desvelar a la ganadora.

No podía respirar. No lo haría hasta que anunciaran...

—¡Marla Divine!

Marla chilló y se abrazó a la concursante que tenía más cerca. Las dos comenzaron a dar botes y a llorar mientras las demás se acercaban para abrazarla y felicitarla.

—¡Eres la mejor, Marla! —dijo Tabitha a voz en grito, poniéndose en pie de un salto tras lo cual se puso a silbar.

Cuando bajó la vista, vio que Valerio parecía horrorizado por su comportamiento.

Resopló y tiró de él para que se levantara.

—Vamos, general —le dijo—. Grita conmigo.

—Solo grito cuando doy órdenes a las tropas, y de eso ya hace mucho tiempo.

Bueno, era pedir demasiado que una persona se desmelenara del todo en una sola noche.

Le sacó la lengua y siguió vitoreando a su compañera de piso.

El maestro de ceremonias coronó a Marla, le puso la banda y le entregó un ramo de rosas antes de instalar a que subiera a la pasarela.

Marla desfiló de nuevo, llorando y riendo a la vez mientras lanzaba besos a los espectadores.

Cuando todo acabó, tuvieron que abrirse paso entre la multitud para llegar hasta ella. Marla la abrazó primero, pero después se lanzó a por Valerio.

—¡Gracias!

Él asintió con la cabeza.

—Ha sido un placer. Felicidades por el triunfo.

Marla sonrió.

—Os debo una a los dos. Y no creáis que voy a olvidarlo. Vamos, ahora marchaos, ya nos veremos después.

—Vale —dijo Tabitha—. Nos vemos en casa.

Salieron a la calle. El local estaba emplazado en una de las zonas más concurridas, ya que Canal Street estaba al lado del Barrio Francés.

Ella miró el reloj. Eran casi las diez.

—No sé tú, pero yo me muero de hambre. ¿Te apetece hincarle el diente a algo?

Valerio la miró con un brillo risueño en los ojos.

—Probablemente eres la única mujer del planeta capaz de preguntarle eso a un hombre con colmillos.

Se echó a reír al escucharlo.

—Creo que tienes razón. Bueno, ¿quieres comer conmigo o no?

—No hemos reservado en ninguna parte.

Puso los ojos en blanco.

—Cariño, no hace falta reservar mesa donde vamos a comer.

—¿Y adónde vamos?

Echó a andar hacia Royal Street, que unía Canal con Iberville Street.

—Al Antoine's de los mariscos. Al Acme Oyster House.

—¿Acme? Nunca he comido allí.

Y en cuanto llegaron a la puerta, Valerio entendió por qué. Las mesas estaban cubiertas con manteles de plástico de cuadros blancos y negros.

Titubeó en la puerta mientras observaba el local. Era pequeño y no había mucha gente. Había una barra a su derecha y las mesas estaban dispuestas a la izquierda. Las paredes eran una mezcla informe de espejos, fotografías y brillantes letreros de neón. Era un lugar muy ruidoso y hortera.

Y, para colmo de males, tuvo que reaccionar con rapidez para que su imagen se reflejara en los espejos antes de que alguien se diera cuenta de que no lo hacía.

Tabitha se volvió para mirarlo con los brazos en jarras.

—¿Vas a dejar de actuar como si alguien te hubiera arañado los zapatos nuevos? Tienen las mejores ostras del mundo.

—Hay tanta... luz.

—Pues ponte las gafas de sol.

—No parece muy limpio —dijo en voz baja.

—¡Venga ya! Estás a punto de comerte un bicho que es la aspiradora de los mares. Sabes cómo se forman las perlas, ¿no? Las ostras solo comen basura. Además, eres inmortal, ¿qué más te da?

—¿Valerio?

Desvió la vista hacia la voz que lo había llamado y vio a Vane y a Bride Kattalakis sentados junto a la barra, detrás de la cual había dos hombres preparando las ostras para los clientes que aguardaban. Dejó escapar un suspiro aliviado. Por fin alguien con quien tenía algo en común. Aunque fuera poco, ya que Vane era un lobo arcadio y Bride era su pareja humana.

Vane era de su misma altura. Iba ataviado con vaqueros y camiseta de manga larga, y la melena de color castaño oscuro le caía sobre los hombros. Bride era una mujer rellenita y muy guapa, de cabello castaño. Siempre lo llevaba recogido en un moño suelto en la coronilla, como en ese momento. Llevaba un jersey beige y un vestido marrón con florecillas blancas.

Se acercó a ellos para estrechar la mano de Vane.

—Lobo —dijo a modo de saludo... Era de buena educación dirigirse a los arcadios y a los katagarios según su especie animal—, es un placer volver a verte. —Miró a Bride—. Y a ti también. Es todo un honor.

Bride le sonrió antes de mirar a Tabitha.

—¿Qué estáis haciendo aquí? Y juntos.

—Val acaba de hacerme un favor —contestó Tabitha, que se acercó por detrás—. Oye, Luther, dos cervezas y un tenedor —le pidió a uno de los hombres que preparaban las ostras detrás de la barra y que en esos momentos se estaba limpiando las manos.

El tal Luther, un negro muy alto, se echó a reír al verla.

—Vaya, Tabby, ¿cuántas veces has pasado esta semana por aquí? ¿Cuatro? ¿Es que no tienes casa?

—Sí, pero allí no hay ostras. Al menos, no de las buenas. Además, tengo que darte la tabarra. Imagina un día sin Tabitha en tu vida... ¿Qué ibas a hacer sin mí?

Luther se rió de nuevo.

Valerio se percató de la mirada que intercambiaron Vane y Bride antes de que Luther les tendiera el plato de ostras y fuera en busca de las cervezas que le había pedido Tabitha.

—¿Pasa algo de lo que no esté enterado? —les preguntó.

En cuanto Vane abrió la boca para hablar, Tabitha le dio una patada en la espinilla. Bien fuerte.

Vane soltó un grito mientras la miraba con el ceño fruncido.

—¿A qué ha venido eso? —quiso saber Valerio—. ¿Por qué le has dado una patada?

—Por nada —contestó Tabitha, que extendió el brazo y cogió una ostra del montón que había al otro lado de la barra.

Su expresión era angelical, de modo que algo muy malo se estaba cociendo.

Miró de nuevo a Vane.

—¿Qué ibas a decirme?

—Nada, nada —respondió Vane antes de dar un trago a su cerveza.

Aquello le daba muy mala espina a Valerio.

Luther regresó con dos cervezas y se las dio a Tabitha, quien a su vez le ofreció una a él.

—¿No tienes sed? —le preguntó Tabitha, al ver que miraba la botella sin saber qué hacer.

—¿No tienen vasos?

—Es cerveza, Val, no champán. Bébetela. No te morderá, en serio.

—Tabby, no seas borde —la reprendió Bride—. Es posible que Valerio no esté acostumbrado a la cerveza.

—Bebo cerveza —replicó él al tiempo que cogía la botella con cierta renuencia—, pero no así.

—¿Quieres ostras? —le preguntó Tabitha.

—¿Después de recordarme de qué se alimentan? Ya no estoy seguro...

Tabitha se rió de él.

—Sírvenos, Luther, y no pares hasta que reviente.

Luther le sonrió.

—Me parece que no tienes fondo, Tabby. Algún día de estos nos dejarás sin ostras antes de marcharte.

Tabitha se sentó en el taburete que había junto a Bride y le indicó que se sentara al otro lado. Tuvo que dejar la cerveza en la barra para hacerlo.

—Pareces totalmente fuera de lugar, Valerio —dijo Bride con voz dulce—. ¿Cómo es posible que Tabitha te haya convencido para comer aquí?

—No tengo ni idea.

—¿Lleváis saliendo mucho tiempo? —preguntó Vane.

—No estamos saliendo —se apresuró a contestar Tabitha—. Ya te he dicho que Val acaba de hacerme un favor.

—Lo que tú digas, Tabby. Solo espero que tu her...

Bride lo interrumpió al carraspear.

—Tabitha sabe lo que se hace, Vane. ¿Verdad?

—Por regla general, no, pero no pasa nada. En serio.

Valerio habría vendido su alma de nuevo por poder leer la mente del lobo.

—Vane, ¿puedo hablar contigo a solas un momento?

Bride le echó salsa Tabasco a una ostra.

—Si deja ese taburete, señor Kattalakis, va a dormir usted en la perrera durante lo que queda de semana. De hecho, le ordenaré a tu hermano Fury que te ataque y luego cambiaré la cerradura.

Vane hizo una mueca.

—Aunque me encantaría echarte una mano, debo recordarte que su padre se gana la vida castrando perros, y que ha educado muy bien a su hija. Me da la sensación de que debo negarme.

Valerio miró a Tabitha, que fingía estar ocupada robándole una ostra a Luther.

¿Qué sabía Vane que él desconocía?

Pasaron un buen rato en el bar. Tabitha y Bride charlaron de ropa, amigos comunes y otras tonterías mientras ellos aguantaban el tipo sin saber muy bien qué hacer. El restaurante cerraba a las diez, pero Luther les sirvió ostras durante otros quince minutos.

—Gracias, Luther —dijo Tabitha—, te agradezco que no me hayas echado.

—Sabes que es un placer, Tabby. Me encanta verte disfrutar de mi restaurante y de mi comida, y la verdad es que tu amigo es mucho más fácil de complacer que Simi. Esa muchachita come como un demonio.

—No lo sabes tú bien...

Valerio se hizo cargo de la cuenta mientras Vane se quedaba con su mujer y con Tabitha. Una vez que se despidieron, la pareja se alejó por Royal Street mientras que ellos se encaminaron hacia Bourbon Street.

—¿Estás listo para salir de patrulla? —le preguntó Tabitha.

—Te dejaré en tu...

—No voy a volver a casa —lo interrumpió ella.

—¿Adónde vas entonces?

—A cazar daimons. Como tú.

—Es peligroso.

Ella se detuvo y lo miró echando chispas por los ojos.

—Sé lo que hago.

—Lo sé —reconoció él en voz baja—. Tienes el alma y la fuerza de una amazona. Pero preferiría que no murieras haciendo algo que podemos hacer los que ya estamos muertos. Al contrario de lo que pasaría en tu caso, a nosotros no nos llorará nadie si desaparecemos.

El inesperado comentario la dejó de piedra. Aunque no fue el comentario en sí, fue más bien la preocupación que presintió en él. El dolor.

—¿Quién lloró tu muerte? —le preguntó, sin saber muy bien por qué quería saberlo.

Valerio guardó silencio antes de apartar la mirada.

—Nadie.

—¿Nadie? ¿No tenías familia?

Su pregunta le arrancó una carcajada amarga.

—Mi familia parecía sacada de una tragedia de Shakespeare. Se alegraron muchísimo de librarse de mí, en serio.

—¿Cómo puedes decir eso? Seguro que les apenó tu muerte. Seguro que...

—Fueron mis hermanos quienes me mataron.

Tabitha sintió la terrible agonía que lo consumió al pronunciar con voz rota esas palabras tan sentidas. Se le encogió el corazón. ¿Sería cierto?

—¿Tus hermanos? —repitió.

Valerio era incapaz de respirar mientras rememoraba el pasado. Aunque la verdad era que se sentía aliviado al contarle a alguien, después de dos mil años, la verdad de lo que había sucedido para que se convirtiera en Cazador Oscuro.

Asintió con la cabeza y se obligó a desterrar las espantosas imágenes de aquella noche. Cuando volvió a hablar, lo hizo con una voz sorprendentemente serena.

—Era una vergüenza para mi familia, así que me ejecutaron.

—¿Cómo? —le preguntó, consciente de que su mirada se había vuelto distante.

—Has estudiado Historia Antigua. Estoy seguro de que sabes lo que Roma hacía a sus enemigos.

Se tapó la boca al sentir que la bilis le subía a la garganta. Antes de pensar en lo que estaba haciendo, lo cogió del brazo y le subió las mangas para ver la cicatriz de la muñeca. No necesitaba más pruebas.

Lo habían crucificado, como a Kirian.

—Lo siento.

Con actitud distante y tensa, él apartó el brazo y se colocó bien las mangas de la camisa y de la chaqueta.

—No lo sientas. Fue de lo más apropiado teniendo en cuenta la historia de mi familia. Quien a hierro mata...

—¿A cuántas personas crucificaste?

Su pregunta provocó en Valerio una intensa oleada de vergüenza que ella sintió mientras lo veía apartarse. Como no tenía ganas de dejarlo marchar, se apresuró a seguirlo y le dio un tirón de un brazo para que se detuviera.

—Contesta, Valerio. Quiero saberlo.

La agonía que reflejaba su rostro la destrozó. La tensión le provocó un tic nervioso en el mentón.

—A nadie —respondió después de un buen rato—, me negué a matar a nadie de este modo.

Mientras lo observaba sintió el escozor de las lágrimas en los ojos.

No era como Kirian y el resto creían. Ni por asomo.

El hombre que describían no habría dudado en humillar o matar a otro ser humano. Pero Valerio sí lo había hecho.

Lo escuchó carraspear, como si le costara pronunciar las palabras.

—Cuando era niño, vi cómo ejecutaban a un hombre. A uno de los mejores generales de ese tiempo.

Le dio un vuelco el corazón al comprender que estaba hablando de Kirian.

—Mi abuelo le tendió una trampa y pasó semanas interrogándolo. —Respiraba con dificultad y tenía todo el cuerpo en tensión—. Mi padre y mi abuelo insistieron en que mis hermanos y yo fuéramos testigos. Querían que aprendiéramos cómo doblegar a un hombre. Cómo despojarlo de su dignidad hasta que no le quedase nada. Pero lo único que vi fue sangre y horror. Nadie debería sufrir de esa manera. Miré a ese hombre a los ojos y vi su alma. Su fuerza. Su dolor. Intenté huir y me dieron una paliza, después me llevaron de vuelta y me obligaron a seguir mirando. —Sus ojos se clavaron en ella con una expresión angustiada—. Los odié por lo que hicieron. Ya han pasado dos mil años y todavía sigo oyendo sus gritos cuando levantaron el cuerpo destrozado del que fuera un orgulloso príncipe y lo llevaron a la plaza para matarlo como a un vulgar criminal.

Tabitha se llevó las manos a las orejas mientras intentaba imaginar lo que debía de haber supuesto para Kirian morir de esa manera. Sabía por su hermana que su muerte seguía atormentándolo. Aunque las pesadillas ya no eran tan frecuentes como al principio de su matrimonio, aún las tenía. Aún se despertaba en mitad de la noche para asegurarse de que su esposa y su hija estaban bien.

En ocasiones ni siquiera dormía por miedo a que alguien se lo arrebatara todo de nuevo.

Y odiaba a Valerio con un encono irracional.

Valerio inspiró hondo al ver la reacción de Tabitha. La misma que la suya, salvo que él disimulaba.

Su corazón llevaba siglos cargando con la culpa y con las atrocidades de su niñez. Si pudiera regresar al pasado, jamás vendería su alma a Artemisa. Sería mejor morir y silenciar la crueldad de su padre que vivir eternamente con ella y con las voces que resonaban en su cabeza.

Estaba convencido de que Tabitha lo odiaba en esos momentos, como todos los demás. Tenía todo el derecho a hacerlo. Lo que su familia había hecho no tenía perdón. Por eso se esforzaba por evitar a Kirian y a Julian.

No había necesidad de obligarlos a recordar su pasado en la Antigua Grecia. Sería una crueldad, teniendo en cuenta que ambos habían encontrado la felicidad en el mundo moderno.

No acababa de entender por qué Artemisa lo había trasladado a Nueva Orleans. Era justo lo que su padre habría hecho para asegurarse de que los dos griegos no conocieran la paz.

Sin embargo, nunca lo confesaría en voz alta. Y si se topaba con Kirian y Julian, ni siquiera se le ocurriría disculparse. Ya lo había intentado unos siglos atrás con Zoe, una amazona que había muerto a manos de su hermano Mario. Ella se abalanzó sobre él, dispuesta a matarlo y se vio obligado a reducirla.

—¡Cerdo romano! —le dijo después de escupirle a la cara—. No entenderé nunca por qué Artemisa te dejó seguir viviendo cuando tendrías que haber muerto abierto en canal como el cerdo que eres.

A lo largo de los siglos había aprendido a mantener la cabeza alta y a continuar con su vida sin pensar en lo que los demás Cazadores opinaban de él. Poco podía hacer para ayudarlos a enterrar sus respectivos pasados, puesto que él no podía enterrar el suyo.

Algunos fantasmas se negaban a desaparecer.

Y como Tabitha ya sabía la verdad, sin duda también lo odiaría. Que así fuera.

Se dio la vuelta para marcharse.

—¿Val?

Se detuvo.

Tabitha no sabía muy bien qué decir. Así que decidió no hablar con palabras. Extendió los brazos, lo obligó a bajar la cabeza y lo besó con pasión.

Valerio no daba crédito a lo que estaba pasando. La apretó contra él mientras saboreaba la calidez de sus labios. La calidez de sus brazos.

Se apartó para hablar.

—Ya sabes qué soy, Tabitha... ¿por qué sigues aquí?

Ella lo miró con esos ojos azules rebosantes de ternura.

—Porque sé qué eres, Valerio Magno. Créeme, lo sé muy bien. Y quiero que vengas a casa conmigo, ahora mismo, para hacerte el amor.

6

Valerio jamás entendería a esa mujer, ni tampoco sus rarezas. En el fondo de su mente se ocultaba la imagen de Tabitha ataviada con el ceñido camisón negro que encontró bajo su almohada.

Una imagen que lo torturaba.

—Me encantaría ir a casa contigo, Tabitha —le dijo—. Pero ahora mismo no puedo. El deber me llama.

Ella sonrió y volvió a besarlo con tanto ardor que le encendió la sangre en las venas.

Cuando se apartó, le dijo al oído:

—Y eso hace que te desee más todavía. —Le dio un erótico lametón en la oreja—. Cuando amanezca, voy a hacer que grites de placer.

El ansia de que eso sucediera acabó de excitarlo.

—¿Me lo prometes? —le preguntó antes de que pudiera contenerse.

Tabitha retrocedió y la mano que le acariciaba la mejilla descendió hasta su pecho. Desde allí siguió bajando lentamente hasta llegar al cinturón, abrasándolo de camino.

—Te lo prometo —contestó en tono provocativo—. Tengo la intención de hacerte estallar de placer.

Esa idea bastó para que su sangre se convirtiera en un torrente de lava. Por su mente pasó la imagen de Tabitha que, rodeándole las caderas con sus largas piernas, lo acogía en su ardiente y húmedo interior.

La acercó a él para besarla a pesar de que estaban en mitad de la calle. Nunca había hecho algo tan vulgar. Y nunca había disfrutado tanto como con el sabor de sus labios.

Su aroma agridulce invadió sus sentidos e hizo que su cuerpo hirviera de deseo por ella.

Esa iba a ser la noche más larga de su vida.

Se alejó de ella a regañadientes mientras inspiraba hondo.

—¿Por dónde empezamos a patrullar?

—¿No vas a intentar convencerme de que me vaya a casa?

—¿Hay alguna posibilidad de que lo consiga?

—Ni de coña.

—En ese caso, ¿por dónde empezamos a patrullar?

Tabitha se echó a reír.

—¿No vas demasiado elegante para cazar no-muertos?

—La verdad es que no. ¿No te parece apropiado que vaya vestido como si fuera a un funeral?

La morbosa broma le arrancó una carcajada.

—Supongo que sí. ¿Siempre vas con traje?

—Me resultan muy cómodos. Los vaqueros y las camisetas no son lo mío.

—Sí, supongo que tendrás la misma sensación que tengo yo cuando me veo obligada a llevar traje. Como si te picara todo. —Le indicó la dirección con un gesto de la cabeza—. ¿Vamos?

—¿Tenemos que ir por Bourbon Street? ¿Por qué no por Chartres o Royal?

—Aquí es donde está el meollo.

—Pero a los daimons les gusta matar cerca de la catedral. —Parecía repentinamente incómodo.

—¿Tienes algún problema con Bourbon Street?

—Está llena de gente desagradable.

Eso sí que la ofendió.

—Pues perdona, pero yo vivo en esa calle. ¿Estás diciendo que soy desagradable?

—No. No exactamente. Pero tienes un sex shop.

El comentario acabó de cabrearla.

—¿Cómo? Hasta aquí hemos llegado. Esta noche te vas a comer lo que yo me sé, conde Penécula. Por mí, como si te la...

—Tabitha, por favor. No me gusta Bourbon Street.

—Muy bien —replicó con tirantez al tiempo que se alejaba de él—. Ve por ese lado. Yo iré por aquí.

Valerio apretó los dientes mientras ella se alejaba. No le gustaba nada pisar esa zona. Había demasiada luz, era ruidosa y estaba llena de gente que lo odiaba a muerte.

Vete. Olvídala, le dijo una vocecilla.

Debería hacerlo. Sí. Pero no podía.

Antes de pensárselo mejor, echó a andar tras ella. Cuando la alcanzó, Tabitha ya estaba en Bourbon Street.

—¿Qué estás haciendo aquí? —le preguntó cuando la alcanzó—. No me gustaría que acabaras ensuciándote.

—Tabitha, por favor, no te vayas. No quería ofenderte.

Ella se volvió con el gesto torcido.

Estaba a punto de abrir la boca para decirle un par de cosas cuando alguien tiró un cubo de agua apestosa desde un balcón y lo empapó de arriba abajo.

Val irguió la espalda mientras ella alzaba la mirada y pillaba a Charlie, uno de los porteros del club de striptease Belle Queen, partiéndose de la risa. Cuando soltó el cubo que tenía en la mano, chocó los cinco con el tío que tenía al lado.

—¡Charlie Laroux! ¿Qué coño estás haciendo? —gritó.

—¿Yo? —preguntó el aludido con aire ofendido—. ¿Desde cuándo confraternizas con el enemigo? Nick nos contó un montón de cosas sobre ese gilipollas y le prometí que si volvía a verlo por aquí, haría que se arrepintiera de haber puesto un pie en esta calle.

La respuesta la dejó alucinada. Miró a Valerio, que se había sacado un pañuelo del bolsillo y se estaba secando la cara. La furia le había producido un tic nervioso en el mentón.

—Charlie, si estuvieras aquí abajo, te retorcería el pescuezo.

—¿Por qué? Ya conoces las reglas, Tabby. ¿Por qué las estás incumpliendo?

—Porque Val no tiene nada malo y Nick debería buscarse algo que hacer para matar el aburrimiento. Espera y verás. Voy a tener una larga charla con Brandy y, cuando acabe, tendrás suerte si te deja aparcar el coche en su puerta y dormir en él.

Brandy era la novia de Charlie y una cliente habitual de su tienda.

Vio cómo se quedaba pálido mientras ella agarraba a Valerio del brazo. Tiró de él para cruzar la calle y echó a andar hacia su tienda.

—¡No puedo creer que hayan hecho algo así! —masculló.

—Por eso odio esta calle —le explicó él con resignación—. Cada vez que pongo un pie en ella, acabo siendo el blanco de bromitas como esta a manos de los amigos de Nick.

—¡Ese gilipollas...!

No había estado tan furiosa en la vida. Lo precedió al entrar en la tienda y ni siquiera dijo nada a la dependienta. Lo condujo al baño de la planta superior, donde cogió una toalla y una esponja del armario.

—Vamos, date una ducha. Yo iré a ver qué encuentro entre la ropa de mi compañera de piso.

Sus palabras lo dejaron horrorizado.

—No te ofendas, pero las lentejuelas plateadas y los tonos pastel no van conmigo.

—No me refiero a Marla, sino a Marlon —replicó ella con una sonrisa renuente.

—¿A Marlon?

—Su álter ego. No se deja ver mucho por aquí, pero Marla siempre tiene algo de ropa a mano por si siente la necesidad de dar una vuelta.

—Creo que no te entiendo.

—Ve a ducharte —le dijo, empujándolo en dirección al cuarto de baño.

Valerio no pensaba discutir. El fétido olor del agua era insoportable. Estaba muy agradecido por la tolerancia que estaba demostrando Tabitha al permitirle que se aseara.

Acababa de quitarse la ropa y de poner un pie en la ducha cuando se abrió la puerta.

Y se quedó helado.

—Soy yo —dijo Tabitha desde el otro lado de las cortinas de la ducha—. He encontrado unos pantalones de pinzas negros y una camisa de vestir del mismo color. Es posible que los pantalones te queden un poco grandes de cintura, pero creo que te irán bien de largo. La camisa... no sé yo. Me da que al final vas a acabar con una de mis camisetas.

—Gracias —replicó.

Antes de darse cuenta de lo que pretendía hacer, las cortinas se abrieron y la vio allí de pie, comiéndoselo con los ojos.

—De nada.

Se quedó petrificado donde estaba, con el agua caliente deslizándose por su espalda. La mirada descarada e intensa de Tabitha hizo que su cuerpo se endureciera en contra de su voluntad.

Ella no pareció ofenderse en lo más mínimo. Más bien al contrario, porque a sus labios asomó una sonrisa traviesa.

—¿Sueles espiar a tus invitados? —le preguntó en voz baja.

—Nunca lo he hecho, pero no he podido resistir la tentación de echar un vistazo a lo que pienso disfrutar luego.

—¿Siempre eres tan descarada?

—¿Quieres que te diga la verdad?

Él asintió con la cabeza.

—No. Generalmente no soy tan pesada y, además, tú eres el último hombre de la tierra en el que debería fijarme. Pero parece que no puedo evitarlo.

Extendió un brazo para tocarla. Era demasiado buena para ser real.

—Nunca he conocido a nadie como tú.

La mano de Tabitha cubrió la suya y después la giró para darle un beso en la palma.

—Date prisa con la ducha. Tenemos trabajo.

Le soltó la mano y se alejó. Notó su ausencia al instante. ¿Qué tenía esa mujer?

Como no quería pensar en ello, se duchó en un santiamén y se vistió. La encontró en su dormitorio, sentada en la mecedora ojeando un libro.

Tabitha alzó la vista al sentir su presencia. Estaba en el vano de la puerta, mirándola en silencio. Parecía estar en su elemento, salvo por la ropa, que no era del todo de su talla ni de su estilo.

Tabitha se puso de pie mientras le sonreía. Cuando llegó a su lado, le desabrochó los puños de la camisa, cuyas mangas le quedaban un poco cortas, y se la remangó.

Acto seguido y tras darle un tirón, se la sacó de los pantalones.

—Sé que no es tu estilo, pero así estás mucho mejor.

—¿Estás segura?

Estaba para comérselo.

—Ajá.

En ese instante se dio cuenta de que llevaba una larga espada retráctil en la mano.

—El problema es que no puedo llevar esto encima si no llevo mangas largas.

La calidad del arma la hizo inspirar hondo.

—Es una preciosidad. ¿La ha hecho Kell? —le preguntó. Kell era un Cazador Oscuro destinado a Dallas que hacía casi todo el armamento pesado de los Cazadores.

—No —respondió Valerio con un enorme suspiro—. Kell no trata con romanos.

—¿Cómo dices?

Él le quitó la espada.

—Es de Dacia y su pueblo combatió contra el mío. Fue capturado junto con sus hermanos y acabaron en Roma como gladiadores. Aunque han pasado más de dos mil años, todavía sigue muy molesto con todos nosotros.

—No lo entiendo. ¿Por qué permite Ash que os traten como si fueseis basura?

—¿Qué puede hacer él para evitarlo?

—¿Molerlos a golpes hasta que entren en razón?

—No serviría de nada. Mis hermanos y yo hemos aprendido a mantenernos alejados. Somos pocos y ni siquiera merece la pena discutir.

—Muy bien, pues que les den a todos —masculló ella.

Valerio dejó la espada en el tocador antes de abandonar el dormitorio tras ella. No tardaron en salir de la tienda. Caminaron cogidos del brazo y alejados de las aceras para eludir otro posible cubo de agua.

—Si te soy sincera, no entiendo cómo puedes cumplir con tus obligaciones mientras Zarek te lanza rayos desde el Olimpo y estos capullos la toman contigo.

—No tardé en aprender que debía evitar Bourbon Street y dejar que fuese Talon, o ahora Jean-Luc, quien patrullara por aquí mientras yo lo hacía por otras zonas donde nadie conoce a Nick.

—¿Y Zarek?

No contestó.

Doblaron en una esquina para enfilar Dumaine Street. Seguían en silencio. No habían caminado mucho cuando la asaltó una sensación extraña.

—Daimons —susurró sin ser consciente de que había hablado hasta que Valerio le soltó el brazo.

Él sacó una daga del bolsillo mientras giraba como si estuviera intentando captar un olor.

No había nada.

La presencia malévola seguía allí, pero ella tampoco podía ubicarla.

Se escuchó un silbido extraño justo antes de que soplara una inesperada ráfaga de viento en la que flotaba el vago sonido de una risa siniestra.

—Tabitha...

Se le heló la sangre en las venas en cuanto escuchó su nombre susurrado en la oscuridad.

—Vamos a por ti, preciosa... —La risa subió de volumen antes de perderse en el silencio.

Estaba tan aterrada que ni siquiera podía respirar.

—¿Dónde estáis? —gritó Valerio.

Nadie contestó.

Abrazó a Tabitha con fuerza mientras sondeaba los alrededores con todos sus sentidos, pero no encontró ni rastro de aquel o aquello que había hablado.

—¿Tabitha?

Valerio dio media vuelta al instante cuando escuchó la voz justo a su espalda.

No era humana. Ni tampoco procedía de un daimon.

Era un espíritu. Un fantasma.

La aparición abrió la boca como si fuera a chillar, pero en lugar de hacerlo se evaporó, formando una neblina fantasmagórica que envolvió a Tabitha y dejó su cuerpo helado. Era como si le hubiera llegado hasta el alma.

Valerio vio que ella tiritaba, pero no gritó ni perdió el control en ningún momento, demostrando así su valor.

—¿Se ha ido? —preguntó ella poco después.

—Eso creo —contestó. Al menos ya no sentía su presencia.

—¿Qué era eso? —volvió a preguntar Tabitha con un leve deje histérico en la voz.

—No estoy seguro. ¿Has reconocido la voz?

Ella negó con la cabeza.

En ese instante escucharon el grito de un humano.

Él la soltó y corrió hacia el lugar de donde procedía. Sabía que Tabitha estaba justo detrás de él y se aseguró de que siguiera en esa misma posición. Lo último que quería era dejarla atrás para que esa cosa la atacara.

No tardaron mucho en llegar al pequeño y oscuro recoveco de donde había partido el grito.

Por desgracia, ya era demasiado tarde. En el suelo yacía un cuerpo desmadejado.

—No te acerques —le dijo mientras él avanzaba.

Tabitha estaba a punto de protestar, pero se mordió la lengua. En realidad no tenía ganas de ver lo que era evidente. Francamente, ya estaba harta de ver cadáveres.

Valerio se arrodilló para buscar el pulso de la víctima.

—Está muerto —dijo.

Ella se santiguó antes de apartar la mirada. Clavó la vista en el edificio y frunció el ceño. Sobre los desgastados ladrillos de la fachada había una frase escrita en caracteres griegos con sangre. Sabía hablar la lengua, pero era incapaz de leerla.

—¿Entiendes qué dice?

Valerio alzó la vista. Su semblante se tornó pétreo.

—Textualmente dice: «Muerte para los entrometidos».

Las palabras se desvanecieron en cuanto Valerio las leyó. Tragó saliva mientras la asaltaba otra oleada de pánico.

—Val, ¿qué está pasando?

—No lo sé —respondió él antes de sacar el móvil y llamar a Tate, el forense que llevaba años ayudando a los Cazadores Oscuros.

—Me sorprende que Tate te hable —le dijo en cuanto lo vio colgar.

—No le caigo bien, pero después de que Ash tuviera una conversación con él, me tolera. —Se reunió con ella de nuevo—. Será mejor que nos vayamos antes de que llegue con la policía.

—Sí —convino al tiempo que notaba náuseas—. ¿Crees que deberíamos llamar a Ash para contarle lo que acaba de pasar?

—La verdad es que no sabemos qué ha pasado. Es imposible que un daimon haya tenido tiempo para matarlo y robarle el alma.

—¿Y qué significa eso?

—¿Alguien de tu familia ha invocado algo?

—¡No! —contestó, indignada—. Ni que fuéramos tontas...

—Pues deja que te diga, Tabitha, que parece que alguien te la tiene jurada y hasta que no descubramos qué es, creo que no debería quitarte la vista de encima.

No podía estar más de acuerdo con sus palabras. A decir verdad, ella tampoco deseaba que le quitara la vista de encima. No si esa... si esa cosa pensaba volver.

—Val, una pregunta, ¿los Cazadores Oscuros tienen alguna posibilidad contra un fantasma?

—¿Quieres que te diga la verdad?

Asintió con la cabeza.

—Ni una sola. De hecho, si no tenemos cuidado, pueden poseernos.

Sus palabras la dejaron helada.

—¿Me estás diciendo que si ese fantasma vuelve, podría poseerte?

Valerio asintió con la cabeza antes de responder:

—Y que Dios os ayude, a ti y al resto de la ciudad, si eso sucede.

7

Tabitha siguió intranquila durante el resto de la noche. No podía librarse de la sensación de que había algo malévolo incluso en el aire que la rodeaba. Había algo ahí fuera y ella estaba en su punto de mira.

Ojalá supiera quién o qué era.

¿Por qué?

Valerio no habló mucho mientras patrullaban. No encontraron rastro alguno de ningún daimon. Faltaba menos de una hora para el amanecer cuando regresaron a Bourbon Street, a su casa.

Mientras abría la puerta, él se quedó un poco rezagado y no hizo además alguno de entrar.

—Te has llevado un buen susto esta noche —dijo en voz baja y con las manos en los bolsillos—. Deberías dormir para que se te pase y te sientas mejor.

Tabitha observó el modo en el que la luz de la luna resaltaba los rasgos de ese apuesto rostro. La sinceridad que vio en sus atormentados ojos negros la desarmó.

—Si te digo la verdad, no quiero estar sola. Me encantaría que entraras.

—Tabitha...

Colocó los dedos en sus cálidos labios para acallar sus protestas.

—No pasa nada, Val. No voy a tomármelo como un insulto personal si no te interesa acostarte conmigo. Pero...

Valerio la interrumpió con un beso apasionado. Soltó un gemido mientras disfrutaba del sabor de su romano; sintió que él le colocaba la mano en la nuca para undir sus dedos en el pelo.

Le arrojó los brazos al cuello al tiempo que tiraba de él para que entrara y, una vez dentro, lo aprisionó contra la pared con la intención de besarlo a placer. Tironeó de su ropa y estuvo a punto de arrancarle la camisa a trozos antes de darse cuenta de que la puerta seguía abierta.

La cerró de un portazo, echó el pestillo y retomó lo que estaba haciendo.

—Marla... —le recordó Valerio mientras ella comenzaba a desabrocharle los pantalones.

Soltó un taco. Tenía razón. Si Marla los oía, bajaría para investigar.

—Sígueme —susurró al tiempo que lo cogía de la mano y echaba a andar escaleras arriba, hacia su dormitorio.

Por suerte, la puerta de Marla estaba cerrada. Lo llevó a su dormitorio y cerró con pestillo.

Debería estar nerviosa por lo que estaba a punto de suceder, pero no era así. Tenía la impresión de que en parte necesitaba dar ese paso con un hombre al que toda su familia aborrecía.

No tenía el menor sentido.

Sin embargo, ahí estaba, rompiendo todos los tabúes. Amanda la mataría por eso. Kirian jamás la perdonaría.

Pero su corazón no atendía a razones. Deseaba a su general romano en contra del sentido común.

Lo besó con ardor, movida por el ansia de que la ayudara a olvidar el miedo.

Valerio gimió, encantado por el maravilloso sabor de Tabitha. No estaba acostumbrado a que las mujeres tomaran la iniciativa en el terreno sexual y la actitud desinhibida que demostraba le resultaba refrescante. Ella se apartó de sus labios lo justo para quitarse la camisa y después volvió a abrazarlo.

Su mente dejó de pensar en cuanto la notó pegada a él. El roce de sus pechos, pequeños y cubiertos por un sujetador de encaje, fue de lo más excitante. Una de sus manos le bajó la cremallera de los pantalones, se coló bajo ellos y le acarició fugazmente.

El roce de esas manos sobre sus caderas le arrancó un gemido de placer a medida que se movían hacia su culo. Una vez allí, comenzaron a bajarle los pantalones de forma lenta y seductora. Nunca había experimentado nada tan erótico.

Tabitha se arrodilló a sus pies para quitarle los zapatos, los calcetines y los pantalones.

No la entendía. Le resultaba incomprensible que estuviera haciendo algo así con él. Había pasado muchísimo tiempo desde la última vez que estuvo con una mujer. Tal como Tabitha había señalado, la mayoría de las mujeres con las que había estado habían sido frígidas e indiferentes en la cama.

En absoluto apasionadas.

No eran como ella.

Ella era incomparable y especial. Un valioso tesoro que ansiaba saborear. Su fuego interior lo calentaba. Lo atraía en contra de su voluntad.

Tabitha se detuvo al percibir una sensación extraña procedente de Valerio.

—¿Te ocurre algo, Val? —susurró al tiempo que se incorporaba.

—Estoy intentando comprender tus motivos para estar conmigo.

—Me gustas.

—¿Por qué?

Se mordió el labio de forma seductora antes de encogerse de hombros y contestar:

—Eres gracioso a tu manera, y también muy tierno.

Él negó con la cabeza.

—No soy tierno. Soy frío, es lo único que me han enseñado.

Hundió los dedos en su pelo y dejó que los sedosos mechones le acariciaran las manos.

—A mí no me pareces frío, general. —Le pasó la lengua por el borde del labio inferior antes de besarlo.

Valerio se estremeció ante sus palabras y sus actos. Presa de un deseo voraz, le llevó las manos a la espalda para desabrocharle el sujetador. Ella bajó los brazos y, sin necesidad de interrumpir el beso, la prenda cayó al suelo.

Acto seguido, la alzó en brazos para sentir esos pechos desnudos contra su torso. El *piercing* de plata con forma de media luna que llevaba en el ombligo le rozó la cadera, provocándole un extraño escalofrío. Un ardiente anhelo se apoderó de su entrepierna.

Y de su corazón.

Nunca había hecho el amor con una mujer a la que le gustara de verdad. Como humano, sus amantes siempre habían sido alianzas políticas. Mujeres que solo lo buscaban porque podría convertirse en un marido o en un amante rico y muy influyente.

Como Cazador Oscuro, se había relacionado con mujeres que ni siquiera lo conocían.

Pero Tabitha...

Dejó escapar un ronco gruñido mientras la desvestía a toda prisa. La luz de las farolas se colaba por las cortinas, iluminando su cuerpo desnudo. Era preciosa. Delgada. Fuerte. Jamás había deseado con tanta intensidad a una mujer.

La levantó para apoyarla contra la puerta.

Tabitha se echó a reír ante el despliegue de fuerza. De pasión desmedida. No. Su general no era frío. Era ardiente y excitante. Delicioso.

Él se hundió en su interior sujetándola tan solo con la fuerza de sus brazos. Dejó escapar un gemido mientras la penetraba hasta el fondo.

—Sí —dijo ella con voz ronca—. Así, métemela.

Valerio enterró la cara en su cuello y aspiró el dulce olor de su piel mientras embestía con las caderas. Tabitha le había rodeado la cintura con una pierna. Nunca había hecho el amor así. De un modo tan salvaje y apasionado.

Le encantaba.

Ella arqueó el cuerpo, tomándolo por completo en su interior mientras se movía al compás de sus envites. Guardaba el equilibrio con la pierna que tenía en el suelo y subía y bajaba sobre su miembro, profundizando cada vez más la penetración. Tuvo que echar mano de todas sus fuerzas a fin de contener el orgasmo y dejar que ella obtuviera el mismo placer que él estaba recibiendo. Le acarició los pechos mientras disfrutaba de la humedad con la que su cuerpo lo acogía.

Observó cómo ella se mordía el labio al tiempo que alzaba la pierna que tenía apoyada en el suelo para rodearle la cintura y aprisionarlo con fuerza entre sus muslos. Era increíble.

Mientras él seguía moviéndose por los dos, ella comenzó a acariciarle el cuello con los labios y la lengua.

Tabitha no podía pensar en otra cosa que no fuese la sensación de aquella dureza en su interior. Su cuerpo ardía de deseo. Se tensaba en torno a él, presa del anhelo.

Cuando se corrió, tuvo que contener un grito.

Valerio gruñó mientras ella le clavaba las uñas en la espalda y gemía. Pero no le hizo daño.

Observó cómo se corría entre sus brazos con una sonrisa. Satisfecha, ella se echó a reír antes de cogerle la cara con las dos manos para darle un beso que le robó el sentido.

Un beso que fue su perdición. Cuando él llegó al orgasmo creyó ver estrellas a su alrededor.

La abrazó con fuerza hasta que pasaron los estremecimientos. Embriagado de placer, apoyó la frente contra la puerta mientras ella deslizaba las piernas muy despacio por su cuerpo hasta quedar de pie.

—Eres una fiera, ¿sabes? —le preguntó Tabitha con voz provocativa, dándole un mordisco en el hombro.

Él sonrió, extrañamente satisfecho por el halago.

Tabitha se apartó de él y se acercó al equipo de música que había en un rincón del dormitorio, bajo un montón de ropa.

—¿Qué haces? —le preguntó.

De repente, las notas de «Can't help falling in love with

you»* de Elvis sonaron en el dormitorio. Ella bajó el volumen antes de regresar a su lado para abrazarlo.

—¿Tabitha?

—Baila conmigo. Todo el mundo debería bailar desnudo al menos una noche en la vida.

—Yo no bailo.

—Todo el mundo baila con Elvis.

Antes de que pudiera seguir protestando, ella le echó los brazos al cuello, apoyó la cabeza en su pecho y comenzó a bailar muy despacio.

Nunca se había sentido tan inseguro como en esos momentos. Sin embargo, a medida que la canción proseguía, una extraña calma se apoderó de él. Era una sensación mágica. Especial.

Con el corazón rebosante de alegría, acarició los largos mechones cobrizos mientras la abrazaba en silencio y seguían moviéndose al ritmo de la música.

La melódica voz de Tabitha acompañaba suavemente a Elvis.

—Tienes una voz muy bonita —le susurró al oído.

Ella le dio un beso en el pecho.

—Gracias. Cuando estaba en la universidad, era la solista de todos los grupos de heavy metal femeninos.

Sonrió ante el comentario y también por las cosquillas que le provocó su cálido aliento sobre la piel. No era difícil imaginársela en el escenario, cantándole a una enfervorizada multitud.

—¿De verdad?

—Mmmm —musitó ella, alzando la cabeza para mirarlo con la expresión más dulce que había visto nunca en el rostro de una mujer—. Creímos que podríamos ser las nuevas Vixen. Pero no pudo ser. Shelly se quedó embarazada y Jessie decidió que quería irse a Las Vegas para convertirse en gerente de un hotel.

—Y tú te convertiste en cazavampiros.

Se apartó de él para girar entre sus brazos antes de acercarse de nuevo y pegarse a su torso.

* En español: «No puedo evitar enamorarme de ti». (N. de la T.)

—Sí, y soy condenadamente buena.

—Estoy de acuerdo contigo —convino, bajando la vista hacia la diminuta cicatriz que su ataque le había dejado en el pecho.

La canción llegó a su fin, pero siguió «Sweet Emotion»* de Aerosmith.

Tabitha se alejó de él para mecer las caderas al compás de la música de un modo increíblemente seductor. Se quedó sin aliento mientras la observaba, sobre todo cuando el ritmo de la música aumentó y ella alzó una pierna bien alto.

Cuando se aferró a uno de los postes de la cama como si fuera la barra de una *stripper*, estuvo a puntito de soltar un gemido.

No había nada más erótico en el mundo que ver bailar a esa mujer. Se acercó de nuevo hasta quedar frente a él y se colocó de espaldas mientras se alzaba el pelo. Acto seguido, lo soltó muy despacio mientras comenzaba a frotar el culo contra su entrepierna.

Esa fue la gota que colmó el vaso. Inclinó la cabeza y la besó en el hombro al tiempo que la rodeaba con los brazos. Alzó las manos para cubrirle los pechos y después fue bajándolas lentamente por su vientre, dejando atrás el *piercing* del ombligo; se detuvo al llegar al triángulo cobrizo de su entrepierna. Aún estaba húmeda.

Ella gimió en cuanto la tocó y al instante comenzó a frotarse contra su mano. Para su sorpresa, una de las manos de Tabitha descendió muy despacio por su brazo hasta detenerse sobre la suya con la intención de indicarle que continuara.

No demostraba la menor inhibición en hacerle saber exactamente qué necesitaba, y él estaba encantado con esa actitud. No tenía por qué preguntarse si le gustaban sus caricias. Tabitha reaccionaba a cada una de ellas e incluso soltó un grito cuando la penetró con dos dedos. Al instante se dio la vuelta entre sus brazos y lo agarró con fuerza. Antes de adivinar sus intenciones, se encontró tendido de espaldas en la cama, con ella a horcajadas sobre sus caderas.

* En español: «Dulce emoción». (*N. de la T.*)

—Creo que acabarías asustando a cualquier hombre más apocado.

Entre carcajadas, ella se apartó el pelo para que le cayera por la espalda.

—¿Me tienes miedo, Val?

—No —respondió con sinceridad—. Me gusta que sepas qué quieres y que no te dé miedo ir a buscarlo.

La sonrisa que le arrancaron sus palabras le derritió el corazón.

Tabitha le pasó un dedo por el puente de la nariz, arañándolo con delicadeza, le acarició los labios y siguió hasta su garganta.

Cuando llegó al pecho inclinó la cabeza y le chupó un pezón endurecido. Su sabor le arrancó un gemido. Sobrepasaba con mucho cualquier cosa que pudiera haber imaginado. Nada le había resultado nunca tan satisfactorio como el roce de esa piel desnuda y morena.

Aunque lo que más le gustaba era que no se sintiera amenazado por su forma de ser. Valerio no parecía tener el menor problema con el deseo voraz que su cuerpo despertaba en ella.

Era un cambio significativo muy agradable.

Deslizó los labios por su pecho, por ese abdomen plano y musculoso, y por una de sus caderas. Sintió los escalofríos que provocaban en Valerio sus caricias. Se echó a reír mientras enterraba los dedos en el crespo vello de su entrepierna. Se le había puesto dura otra vez.

Se echó hacia atrás para observarlo en la penumbra de la habitación. Estaba para comérselo. Le acarició la punta de su pene con los dedos y su humedad los empapó. Se percató de que él la estaba mirando sin decir nada. Bajó la mano hasta la delicada zona de sus testículos y lo vio arquear la espalda.

Encantada con el poder que tenía sobre él en esos momentos, inclinó la cabeza y lo tomó en la boca. Valerio dio un respingo, reacción que la instó a seguir complaciéndolo.

Los roncos gemidos que le estaba arrancando la enorgullecían.

Valerio siguió tendido de espaldas, con las manos en la cabeza de Tabitha mientras se la lamía desde la punta hasta la base. La sensación que lo embargaba y que surgía de lo más profundo de su ser le resultaba totalmente desconocida. ¿Qué tenía esa mujer que era capaz de ver más allá de su fachada?

«Bueno, los inadaptados debemos apoyarnos. Al menos así no vamos por la vida solos.»

Las palabras que le había dicho a Otto volvieron de repente a su cabeza.

Pero ella no era una inadaptada. Era alegre y maravillosa.

Tabitha aspiró el aroma intenso y masculino de Valerio mientras disfrutaba a placer del sabor de su cuerpo. Alzó la vista y lo descubrió observándola con los ojos nublados por el deseo.

Sonrió y comenzó a ascender muy despacio por su cuerpo con la intención de apoderarse de nuevo de esa boca que clamaba por sus besos. Lo escuchó gruñir mientras la abrazaba con fuerza al mismo tiempo que ella le pasaba las manos por los hombros. Se apartó lo justo para mordisquearle la barbilla. Sintió el roce áspero de la barba en la lengua y en los labios, y la suavidad de su aliento en la mejilla.

En ese momento se apartó un poco, ajustó la posición y se apoderó lentamente de su miembro, centímetro a centímetro.

Valerio tomó el rostro de Tabitha entre las manos mientras ella se movía con un ritmo pausado que lo estaba dejando sin aliento, aunque careciera del frenesí del encuentro anterior. Sus movimientos mientras le hacía el amor eran tan delicados como un susurro. Porque estaban haciendo el amor. De una forma dulce y tierna. La observó mientras ella le cubría las manos con las suyas y separaba los labios para chuparle los dedos.

El mágico roce de su lengua en las yemas de los dedos le arrancó un siseo. Ella sonrió y comenzó a mordisquearlo de forma provocativa.

Incapaz de contenerse, tiró de ella para apoderarse de sus labios al tiempo que alzaba las caderas para penetrarla.

En esa ocasión se corrieron juntos.

Ella se desplomó sobre su pecho y yacieron así un buen rato, sudorosos y jadeantes.

La abrazó con ternura. No quería separarse de ella jamás. Si pudiera, pasaría el resto de su inmortalidad perdido en ese momento tan perfecto. Los dos abrazados. Físicamente satisfecho.

Cerró los ojos y se dejó arrastrar por el sueño. Un sueño que fue tranquilo por primera vez en más de dos mil años.

Después de asegurarse de que la luz del sol no supondría una amenaza para Valerio, Tabitha siguió acostada entre sus brazos, escuchando su respiración mientras dormía.

Todavía se sentía intranquila a causa del fantasma que habían visto. A causa de esa persistente sensación que se negaba a desaparecer. Una parte de su cabeza quería llamar a Aquerón, pero no quería molestarlo por semejante tontería. Ash necesitaba descansar.

Esa misma tarde, en cuanto se levantaran, lo llamaría para pedirle consejo.

De momento tenía a Valerio a su lado y su presencia le reportaba una extraña paz.

No debería sentirse de ese modo, y mucho menos con un hombre al que su hermana gemela jamás dejaría entrar en su casa. En parte se sentía como una traidora hacia Amanda y Kirian, pero también era cierto que el brillo atormentado de los ojos de Valerio le resultaba irresistible.

Él era una especie de ancla en su caótica vida y, francamente, le encantaba su mordaz sentido del humor. Su capacidad de aceptar los contratiempos sin perder los papeles. En su mundo, era raro toparse con un hombre así.

No es un hombre, le recordó su mente.

No. No lo era. Lo sabía, del mismo modo que sabía que no había la menor esperanza de que su relación tuviera un futuro. Los Cazadores Oscuros no tenían vínculos afectivos con nadie. Nunca podrían estar juntos. Jamás.

En cuanto se levantaran de la cama, tendrían que separarse. Se convertiría en otro amigo pasajero más.

De todas formas, no quería dejarlo marchar.

—Para —susurró, hablando consigo misma. Necesitaba descansar.

Cerró los ojos y se obligó a conciliar el sueño. Sin embargo, sus sueños no fueron en absoluto reconfortantes. Se pasó toda la mañana torturada por unas pesadillas horribles y muy vivaces acerca de Amanda y Kirian. Acerca de la pequeña Marissa, que lloraba pidiendo ayuda.

Pero lo peor fue ver las caras de los amigos que habían muerto y las escenas en las que torturaban a Valerio. Lo vio mientras lo estiraban en la cruz y escuchó un coro de risas burlonas mientras él luchaba para no morir.

Sintió su dolor y la traición que había sufrido.

Escuchó su grito de venganza, resonando a lo largo del tiempo.

Se despertó a mediodía, temblando a causa de las pesadillas. Había dormido muy poco, pero estaba tan inquieta que le resultaba imposible volver a dormirse.

—¿Tabitha?

Miró a Valerio, que la estaba observando con los párpados entornados.

—¿Estás bien? —le preguntó con voz ronca.

Le dio un beso en un hombro desnudo y le ofreció una sonrisa.

—No puedo dormir. Sigue descansando.

—Pero...

—Duerme, cariño. Estoy bien. En serio —lo interrumpió, poniéndole un dedo sobre los labios.

Él le dio un mordisco antes de ponerse de costado para darle un fuerte abrazo. Volvió a dormirse al instante.

Siguió un rato en el refugio de sus brazos, incapaz de detener el torbellino de sus pensamientos. No tenía ni pizca de ganas de salir de la cama, la verdad, pero cuando unos minutos más tarde oyó que Marla y Debbie hablaban sobre el inventario en la planta baja, decidió levantarse.

Se dio una ducha rápida y se vistió en silencio para no despertar al adonis que dormía en su cama. Una vez abajo, llamó a Otto para decirle que su jefe necesitaba ropa.

—¿Por qué no vino a casa anoche? —le preguntó el escudero.

—Porque faltaba poco para que amaneciera.

—Ajá —replicó como si no se lo tragara—. Estaré ahí dentro de una hora más o menos con la ropa.

—Otto, espero que no te dé por imitar a Nick cuando quiere mosquear a Kirian y que traigas algo que realmente Valerio quiera ponerse —le advirtió.

—Eres una aguafiestas.

Meneó la cabeza mientras colgaba. Como no tenía nada mejor que hacer, entró en la tienda y vio que Debbie estaba atendiendo a un cliente.

Otto llegó al cabo de una hora y dejó la ropa sin apenas rechistar. En lugar de sus habituales harapos chillones, vio que llevaba un jersey negro bastante elegante y unos vaqueros muy bonitos. Probablemente vestía de ese modo cuando Valerio no andaba cerca.

En cuanto el escudero se marchó, llevó la ropa a la planta alta y la dejó en su dormitorio para que Valerio la viera cuando se despertara. Una vez de vuelta en la tienda, limpió el expositor con los adornos para pezones y lo ordenó de nuevo. Acababa de colocarlos en forma de tanga cuando entró Nick Gautier con una sonrisa de oreja a oreja.

—Buenas tardes, *chère* —la saludó al tiempo que se quitaba las gafas y se acercaba a ella para darle un beso en la mejilla.

Frunció el ceño. Hacía mucho tiempo que Nick no hacía una cosa así.

—¿Por qué estás tan contento? —quiso saber.

Él volvió a obsequiarla con su sonrisa más deslumbrante y encantadora.

—¿Tú qué crees? Joder, te debo una cena de las buenas.

La respuesta la confundió aún más.

—¿Por qué?

—Esa amiga tuya... Simi. ¡Es la leche!

Sus palabras y el tono de adoración con el que las pronunció la dejaron helada.

—Estoy deseando verla de nuevo —siguió él, aumentando el miedo que ella ya sentía—. No tendrás su número a mano, ¿verdad? Se supone que hemos quedado esta noche a las seis, pero voy a llegar un poco tarde y no quiero que tenga que esperar.

Intentó respirar mientras el pánico la consumía. Eso no podía estar pasando. Nick no podía haber hecho lo que ella pensaba que había hecho... ¿o sí?

Ni siquiera Nick Gautier haría algo tan estúpido.

—¿Simi? ¿Quieres el número de Simi?

—Sí. Anoche se largó con tantas prisas que no tuve tiempo de pedírselo.

—¿Por qué se largó?

—Porque dijo que había quedado con alguien. —La miró con el ceño fruncido—. ¿Qué pasa? ¿Hay algo que deba saber? No estará casada, ¿verdad?

—Dime que no hiciste nada con Simi anoche —le dijo, sintiendo que la sangre abandonaba sus mejillas—. La llevaste al Santuario y...

—La llevé a un sitio donde hacían barbacoas. Me dijo que era su comida preferida y que los osos no tenían ni puta idea de cómo utilizar el mezquite.

Se frotó la frente con la intención de aliviar el dolor palpitante que comenzaba a sentir entre las cejas. La cosa pintaba mal...

—Y después de comer... ¿qué?

La sonrisa de Nick se tornó pícara.

—Ya sabes que un caballero nunca habla de esas cosas.

La respuesta hizo que se llevara la mano a la boca mientras intentaba contener las repentinas náuseas que sentía.

Nick se puso serio al instante.

—¿Qué pasa?

—No le preguntaste con quién había quedado, ¿verdad?

—No, supuse que era un amigo.

—Ay, Nick... —dijo, a punto de llorar por él y por su ignorancia—. Era más que un amigo. A ver si lo entiendes así. Su número de teléfono es 555-562-1919.

Él frunció el ceño.

—Ese es el número de Ash.

—Sí.

Nick se quedó tan pálido como ella cuando comprendió el horror de la situación.

—¿Ash? Nuestro Ash... ¿Partenopaeo? —le preguntó.

Asintió con la cabeza, abatida, y observó cómo pasaban una multitud de colores por el rostro del escudero mientras asimilaba la información.

—¡Madre mía, Tabitha! ¿Por qué no me lo dijiste?

—¡Porque creí que la conocías! Ella te conocía a ti.

—No. No la había visto hasta anoche. —Se pasó una mano por la cara al tiempo que soltaba una retahíla de tacos.

Ella meneó la cabeza.

—Ash va a matarte.

—¡Ni se te ocurra contárselo! —masculló.

—No pienso hacerlo. Pero ¿y si Simi...?

—Lo llamaré y le diré que tengo que hablar con él. Se lo confesaré y...

—Nick, te matará. Adora a Simi, no sé si me entiendes, ¡la adora! Jamás te perdonará. Considérate afortunado si sales ileso de esta.

Nick no podía creer lo que estaba escuchando. A lo largo de los últimos años, Ash había hecho referencia a una chica, pero él había pensado que bromeaba.

Lo último que esperaba era encontrarse con su novia en el Barrio Francés, sola.

¡Madre del amor hermoso!, pensó. Aquello no podía estar pasando. ¿Cómo había podido acostarse con la novia de su mejor amigo? ¿Por qué no se lo había dicho Simi? Si, tal como Tabitha acababa de decir, ella lo conocía, ¿por qué había hecho algo así?

—¿Ash y ella están peleados? —preguntó, rezando para que fuera así.

—No. No tienes esa suerte.

Soltó otro taco.

—Tengo que decírselo —insistió—. No me callaré como un cobarde. Se lo debo.

—En ese caso, será mejor que te pases antes por la Catedral de San Luis y te confieses.

El comentario hizo que se santiguara, incapaz de creer que se hubiera metido en semejante berenjenal. Debería haberse dado cuenta de que Simi era demasiado buena para ser real. Se lo había pasado en grande con ella y, a decir verdad, había estado deseando volver a verla.

Tabitha tenía razón. Era hombre muerto.

—Oye, Tabby —dijo Marla mientras asomaba la cabeza por la puerta de la tienda—. Valerio se ha despertado y se está duchando.

La información lo dejó boquiabierto.

—¿Valerio? —repitió, mirando a Tabitha con cara de pocos amigos.

—Ni una palabra —le dijo ella.

Pero no la escuchó.

—¿Valerio, el capullo? ¿Ese Valerio? ¿Qué cojones está haciendo aquí, Tabitha?

—No es asunto tuyo.

Su respuesta desató la furia del escudero.

—Sí, claro. Pues entre tú y yo... —Hizo una pausa como si estuviera considerando lo que iba a decir—. Vale, yo estoy mucho más jodido, pero tú también lo llevas crudo. Si Amanda lo descubre, te arrancará el corazón.

Se volvió para mirarlo; echaba chispas por los ojos.

—En ese caso, espero que me eches una mano. Porque como se te ocurra soltar algo de esto, cojo el móvil y marco el número de Ash sin pensármelo dos veces.

Él alzó las manos en un gesto de rendición.

—Vale. Pero será mejor que saques a ese gilipollas romano de aquí.

—Adiós, señor Gautier —replicó ella, señalando la puerta con un dedo.

Nick volvió a ponerse las gafas de sol.

—Hasta luego, señorita Devereaux.

Mientras reflexionaba acerca del día tan desastroso que estaba teniendo, se pasó las manos por la cara. Y eso que no había hecho nada más que empezar...

Irritada, echó a andar hacia la puerta de acceso al apartamento. Valerio seguía en la ducha, a juzgar por los sonidos que le llegaban desde la planta superior. Encargó una pizza por teléfono por si tenía hambre; llegó antes de que él bajara. Le pagó al chico y la dejó sobre la mesa hasta que apareciera.

Todavía tenía el estómago revuelto.

—Debería haber un botón especial para empezar desde cero estos días tan cojonudos... —murmuró mientras sacaba dos platos de papel.

Valerio bajó la escalera en busca de Tabitha; estaba acabando de abrocharse la camisa. La vio de espaldas a él.

Se detuvo para observarla a placer. Estaba inclinada sobre la mesa, regalándole una vista maravillosa de su culo. Esbozó una sonrisilla al recordar ese mismo culo mientras bailaba desnuda por el dormitorio y se frotaba contra él.

Se le puso dura al instante.

Entró en el comedor en cuanto logró controlar un poco las reacciones de su traicionero cuerpo y vio que había una caja grande en la mesa de la cocina. Olía bien, pero...

—¿Qué es eso? —preguntó.

—Pizza —respondió ella, volviéndose para mirarlo.

Asqueado, frunció el ceño.

—¡Venga ya! —exclamó Tabitha, irritada—. Es comida italiana.

—Es pizza.

—¿La has probado alguna vez?

—No.

—Pues entonces pórtate como un buen chico y siéntate mientras abro el vino. Te gustará, te lo prometo. La ha hecho un italiano llamado Bubba.

Sus palabras le hicieron arquear las cejas.

—Bubba no es un nombre italiano.

—¡Claro que sí! —insistió ella con descaro—. Es más italiano que Valerio. Por lo menos tiene consonantes dobles y eso.

Abrió la boca para discutir ese argumento, pero se lo pensó mejor. No había forma de razonar con ella cuando estaba de ese humor.

—¿Estás irritada porque no has dormido bastante o porque quieres que me vaya?

—Porque no he dormido bastante y si sabes lo que te conviene, vas a sentarte ahora mismo y vas a comerte la pizza. —Y con eso se alejó en dirección a la cocina.

No le hizo caso. Al contrario, la siguió hasta la cocina, la cogió en brazos y se la echó sobre el hombro.

—¿Qué estás haciendo? —le preguntó ella con voz airada.

La dejó en una silla y la rodeó con los brazos para que no pudiera escapar.

—Buenas noches, Tabitha. Yo estoy genial, ¿y tú?

—Mosqueada contigo.

—Siento escuchar eso —replicó él, alzando una mano para acariciarle una mejilla—. Me he despertado con tu olor en la piel y debo decir que eso me ha puesto de un humor estupendo que me niego que estropees.

Tabitha se derritió al escuchar esas palabras y al contemplar la ternura con la que la miraba. Por no mencionar que el fresco olor a limpio que desprendía su piel podría mejorar el humor de cualquiera. Sus labios estaban tan cerca que casi podía saborearlos.

Y esos ojos negros...

Eran hipnóticos.

—Eres un coñazo, ¿lo sabías? —le preguntó. Se obligó a olvidar el enfado y lo obsequió con una sonrisa—. Vale. Seré simpática. —Tiró de su cabeza para poder besarlo.

Estaba emocionándose con el beso cuando sonó el teléfono. Se acercó para cogerlo, soltando una retahíla de tacos por el don de la oportunidad de quien estuviese llamando.

Era Amanda. Otra vez.

No prestó mucha atención a la cháchara de su hermana mientras esta le hablaba de Marissa, Kirian y de otra pesadilla que había tenido.

Al menos no lo hizo hasta que escuchó que nombraba a Desiderio.

—¿Qué? —preguntó, apartando a duras penas la mirada de Valerio que estaba tocando la pizza como si fuera un OVNI.

—Que estoy asustada, Tabby. Muy asustada. Durante la siesta he soñado que Desiderio nos mataba a Kirian y a mí.

8

Tabitha colgó el teléfono, aterrada. Nunca había visto a Amanda tan asustada. Pero lo peor era que había «visto» su propia muerte y conociendo sus poderes...

Llamó a Ash sin pensárselo dos veces.

—Hola, Ash —le dijo, y notó cómo la atención de Valerio se trasladaba de la pizza a ella—. Tengo un problema. Amanda acaba de llamar para decirme que ha soñado con su propia muerte, y encima yo anoche me topé con algo espeluznante. Un fantasma que...

Ash apareció de repente frente a ella.

—¿Cómo? —le preguntó.

Por un instante se quedó helada mientras asimilaba lo que Ash acababa de hacer. A veces la asustaba de una manera...

Colgó el teléfono y se lo repitió todo, incluidos los detalles sobre el fantasma que habían visto la noche anterior.

La mirada de Ash se tornó distante al tiempo que ladeaba la cabeza como si estuviera escuchando a alguien.

—¿Ves la muerte de mi hermana? —le preguntó.

El corazón de Ash se aceleró mientras intentaba traspasar la neblina que rodeaba el futuro de Amanda y Kirian.

No veía nada.

No escuchaba nada.

Joder, pensó. Por eso se emperraba tanto en mantener las distancias con todo el mundo. Cada vez que se permitía encariñarse con alguien o que ese alguien formaba parte de su propio futuro, su destino quedaba velado para él. En lo que a Amanda y a Kirian se refería solo había oscuridad, y eso le repateaba.

—Dime algo, Ash —le pidió Tabitha.

La miró de nuevo y percibió el miedo atroz que embargaba su mente y sus agitados pensamientos mientras esperaba un consuelo que no podía ofrecerle.

Incluso su futuro le estaba vetado.

—Su destino era ser feliz —le dijo en voz baja. Pero la clave de la respuesta era el verbo en pasado. «Era». El libre albedrío podía alterar el futuro, cosa que sucedía con frecuencia.

¿Qué había cambiado?

Algo había ocurrido y Amanda lo había visto en sueños.

Confiaba hasta tal punto en sus poderes que no ponía en tela de juicio nada de lo que ella dijera. Si había visto su muerte y la de Kirian, ese sería su futuro a menos que él descubriera el motivo y lo cambiara antes de que fuera demasiado tarde.

Cerró los ojos y sondeó las mentes de los humanos, buscando algo que pudiera alterar el destino de Amanda. No encontró nada.

Nada.

¡Joder!

Valerio se había movido hasta quedar detrás de él. Se hizo a un lado para no dejar la espalda expuesta al romano.

—Cuéntame con pelos y señales qué pasó anoche —le dijo a Tabitha.

Ella le relató la escena del fantasma; Valerio aportó algunos detalles.

—¡Urian! —gritó, convocando a su contacto spati.

Tabitha frunció el ceño. Ash se estaba comportando de un modo muy extraño y percibía su preocupación.

—¿Quién es Urian?

Antes de que acabara de formular la pregunta, otro hombre alto e increíblemente guapo apareció en la cocina. Era rubio, de ojos azules, e iba ataviado con pantalones de cuero negros y una camisa del mismo color. No parecía muy contento y estaba mirando a Ash con los ojos entrecerrados.

—No me hables en ese tono, Ash. No me gusta en absoluto, seas lo que seas.

—Te guste o no, necesito saber qué están tramando los spati. Concretamente, necesito saber si Desiderio ha vuelto al terreno de juego.

El pánico la invadió.

Urian torció el gesto.

—¿Por qué estás preocupado por él? Desi es un inútil.

—Desiderio está muerto —puntualizó ella con énfasis—. Kirian lo mató.

—Sí, y yo soy Bugs Bunny —se burló el tal Urian—. ¿Ves mi rabito? No se mata a un spati así como así, guapa. Lo único que se consigue es dejarlo fuera de combate una temporada.

—¡Y una mierda! —masculló ella.

—No, Tabitha —intervino Ash, que había suavizado su tono de voz—. La esencia de Desiderio fue liberada. Pero si uno de sus camaradas o de sus hijos quiere traerlo de vuelta, puede hacerlo. No es fácil, pero sí posible.

Que Ash les hubiera ocultado algo tan importante la dejó horrorizada.

—¿Por qué no nos lo dijiste antes?

—Porque esperaba que no sucediera.

—¿Esperabas? —repitió a voz en grito—. Por favor, dime que no has cimentado las vidas de mi hermana y de Kirian en una simple esperanza.

Ash no replicó.

Y fue en ese momento cuando por fin comprendió la relevancia de lo que había sucedido esos días.

—Así que la noche que conocí a Valerio estuve luchando con spati de verdad.

—Ni de coña, guapa —se burló Urian—. Debes de haber luchado con neófitos. Si hubieran sido spati de verdad, estaríais más que muertos y enterrados.

La arrogancia de ese tipo estaba empezando a ser cargante. ¿Qué se había creído ese gilipollas?

—¿Cómo es que sabes tanto acerca de ellos, don Listillo?

—Porque yo era un spati.

La respuesta desató la furia de Tabitha, que se abalanzó al punto sobre él.

Ash la atrapó y la levantó del suelo, para alejarla del daimon, pero ella no dejó de patalear y de intentar llegar hasta él mientras ponía de vuelta y media a Ash. Urian observaba la escena con una sonrisa burlona.

—Ya vale, Tabby —le dijo Ash al oído—. Urian es de los nuestros. Créeme, ha pagado con creces su lealtad al otro bando. Ni te imaginas cómo.

Sí, claro, rezongó para sus adentros.

—¿Cómo has podido traer un daimon a mi casa después de lo que me hicieron? ¿Después de lo que le hicieron a mi familia? —exigió saber.

—Querida, pero es que ya no soy un daimon... —la corrigió Urian con un brillo peligroso en la mirada—. Si lo fuera...

—Estarías muerto —lo interrumpió Valerio en tono amenazador—. Yo te habría matado.

Urian se echó a reír.

—Sí, claro. —Miró a Ash—. La arrogancia de tus Cazadores no tiene límites, en serio. Deberías pasar un poco más de tiempo enseñándoles cosas sobre nosotros.

Ash la soltó antes de ordenar al daimon:

—Necesito que descubras qué está pasando. ¿Sigues teniendo alguien en quien puedas confiar?

Urian se encogió de hombros.

—En posible que todavía quede algún pringado. Pero... —Su mirada se clavó en ella—. Si Desi ha vuelto de verdad, querrá acabar lo que dejó a medias. Que los dioses te protejan si ha vuelto a reencarnarse. Porque correrán ríos de sangre por Nueva Orleans.

—¿Quién querría traer de vuelta a ese monstruo? —preguntó ella.

—Sus hijos —respondieron Ash y Urian al unísono.

Le costaba muchísimo creer lo que estaba escuchando. Sin embargo, mientras ella hervía de furia, vio que el semblante del daimon por fin mostraba una pizca de compasión.

Y también de tormento.

—Créeme —dijo él, sin rastro de arrogancia en la voz—, cuesta mucho dejar de profesar lealtad a un padre que te salvó de una muerte espantosa a los veintisiete años.

Algo le dijo que lo sabía por experiencia propia.

—¿Tu lealtad sigue siendo para con tu padre? —quiso saber ella.

La expresión del daimon se tornó pétrea.

—Habría hecho cualquier cosa por él hasta el día que me mató y me arrebató lo que más me importaba en la vida. Cualquier vínculo que tuviera con él se rompió en aquel momento. —Miró a Ash—. A ver qué descubro.

Un destello anaranjado lo envolvió un instante antes de que se desvaneciera. Aun así, el aura malévola que lo rodeaba dejó un rastro palpable en la cocina.

—Joder con Urian y sus truquitos de magia... —masculló Ash—. A ver si le recuerdo que deje los fuegos artificiales cada vez que aparece y desaparece.

—Está muy enfadado —dijo ella.

—No sabes cuánto, Tabby —replicó—. Y tiene todo el derecho a estarlo. —Meneó la cabeza como si quisiera despejarse antes de seguir hablando en voz baja—: Mientras Urian anda buscando noticias, necesito que sigáis juntos y os cuidéis las espaldas el uno al otro. Desiderio es hijo de Dioniso, que todavía está molesto conmigo por lo que pasó durante el Mardi Gras de hace tres años. No creo que sea tan imbécil como para ayudar a Desiderio, pero no me fío de ninguno de los dos. —Le lanzó una mirada elocuente—. Aunque su padre no lo ayude, Desiderio sigue teniendo unos poderes divinos que pueden ser letales, como supongo que recordarás...

—Sí —afirmó con sarcasmo mientras recordaba cómo Desiderio y sus daimons habían pasado por encima de ella y de sus amigos como una apisonadora—. Lo recuerdo.

Ash miró a Valerio.

—Desiderio puede manipular a la gente. Poseerla, si lo prefieres. Tabitha es bastante testaruda y lo único que puede poseerla es el deseo de comer chocolate. En ese sentido, tenemos suerte. Pero Marla es harina de otro costal. Con Otto no habrá problemas. Pero el resto de tu servidumbre... deberías darles unos días de vacaciones.

Saltaba a la vista que antes preferiría la muerte.

—Puedo encargarme de ellos —le aseguró.

—Tendrás que dormir en algún momento. Alguno de los criados podría entrar sin muchos problemas en tu dormitorio y matarte. No creo que ninguno te aprecie tanto como para titubear cuando Desiderio le dé la orden, tal como le pasó a la cocinera de Kirian.

Esas palabras lo hicieron resoplar por la nariz.

Sin embargo, Ash hizo caso omiso del evidente dolor de Valerio y que ella percibía muy bien.

—Os necesito juntos en esto. Tengo que ir a ver a Janice y a Jean-Luc para ponerlos al tanto de lo que está ocurriendo. —Se volvió para mirarla—. Tabitha, mete lo que necesites en una bolsa y múdate una temporada con Valerio.

—¿Y qué pasa con la tienda?

—Que Marla se encargue de ella temporalmente.

—Sí, pero...

Los rasgos de Ash se endurecieron.

—No discutas conmigo, Tabitha. Estamos hablando de los enormes poderes de Desiderio y te recuerdo que os la tiene jurada. A Amanda, a Kirian y a ti. Esta vez no se andará con chiquitas. Va a mataros.

Normalmente, habría discutido con él aunque solo fuera para llevarle la contraria. Sin embargo, reconoció ese tono de voz. Porque nadie era capaz de discutir mucho tiempo con Ash.

—De acuerdo.

—Ya tienes tus órdenes, general —le dijo a Valerio con sequedad.

Valerio respondió con un irónico saludo al estilo romano.

Ash puso los ojos en blanco y desapareció.

Una vez a solas, Valerio la miró sin decir palabra. La furia que hervía en su interior era tan intensa que resultaba dolorosa incluso para ella.

—¿Qué? —le preguntó Tabitha.

En lugar de contestar, se acercó al aparador donde estaba la foto de boda de Amanda y quitó la cara de Russell Crowe que tapaba la de Kirian. Tras hacerlo, soltó un taco.

—Debería haberlo supuesto cuando me dijiste que se llamaba Amanda.

La expresión asqueada de su rostro la sacó de quicio.

—Sí, y yo me llamo Tabitha, no Amanda. ¿Qué tiene eso que ver con lo demás?

Pero no la estaba escuchando. Lo sabía.

Salió en silencio del comedor en dirección a la escalera. El portazo con el que cerró la puerta de su dormitorio le hizo dar un respingo.

—Muy bien —gritó—. Compórtate como un niño. Me da igual.

Valerio se sentó en el borde de la cama mientras su mente se empeñaba en repetirle quién era Tabitha.

La hermana gemela de la esposa de Kirian lo había salvado. La cosa tenía narices... después de pasarse dos mil años evitando al griego para que no sufriera con el recuerdo constante de lo que le había hecho su familia, le pasaba eso.

Apretó los dientes, enfurecido por la traición de la que había sido objeto Kirian. Muchísimos siglos atrás, su abuelo Valerio (de quien él era el vivo retrato) había seducido a la esposa de Kirian, Zeone, y la había convencido para que traicionara a su marido, que la amaba con locura. Kirian no había sido capturado en el campo de batalla como correspondía a un hombre de su talla. Su propia esposa lo había drogado en su casa mientras intentaba salvarla y después se lo había entregado a su enemigo mortal.

Con el corazón en un puño, recordó las semanas de tortura a las que su abuelo y su padre lo sometieron para sonsacarle información, y también por placer. También recordaba sus gritos.

Su imagen ensangrentada y derrotada lo seguía atormentando. En su mente lo veía tumbado de espaldas, con la mirada distante y una expresión de intenso sufrimiento en el rostro. A lo largo de las semanas de cautiverio sus miradas solo se cruzaron en una ocasión, y la expresión que vio en sus ojos se le quedó grabada a fuego en el alma.

Aunque lo peor era recordar las carcajadas de su abuelo durante la cena que celebraron la noche de su crucifixión, justo después de que el padre de Kirian intentara salvarlo.

«Deberías haberle visto la cara cuando su mujer se corrió en mis brazos delante de sus narices. La muy puta estaba deseando que se la metiera y me la follé allí mismo. Es una verdadera lástima que haya muerto antes de que viera cómo la echaba a la calle.»

Nunca había comprendido el motivo de semejante crueldad. Ya era suficiente con saberse derrotado a manos del enemigo, pero que lo hubieran obligado a presenciar cómo disfrutaba de su mujer...

Y él se estaba acostando con la viva imagen de su nueva esposa.

La historia se repetía, desde luego que sí.

Aquerón lo sabía y no le había dicho nada. ¿Por qué insistía en que se quedaran juntos cuando sabía lo que eso supondría para Kirian? No tenía sentido. Y tampoco lo tenía que Tabitha lo hubiera salvado a sabiendas de que su cuñado lo odiaba.

Bien sabía Júpiter que ese hombre tenía todo el derecho del mundo a desear su muerte. Con razón Selena lo había odiado a primera vista... Siendo la cuñada de Kirian, incluso le parecía que se había quedado corta demostrándole con cuánta violencia lo aborrecía.

La puerta se abrió.

Se tensó al ver que Tabitha entraba en el dormitorio. Ni siquiera le habló mientras abría una maleta pequeña y la llenaba de... armas.

—¿Qué estás haciendo? —le preguntó.

—Lo que Ash ha dicho. Voy a mudarme a tu casa.

—¿Por qué no te vas con Kirian y Amanda?

—Porque confío en Ash. Si dice que debo estar contigo, me voy y no hay más vuelta de hoja.

—¿También vas a escupirme? —le preguntó antes de que pudiera morderse la lengua.

Tabitha se detuvo al escuchar esa pregunta tan fuera de lugar.

—¿Cómo dices? —preguntó a su vez, observando el tic nervioso que acababa de aparecer en el mentón de Val.

—Es lo que suele hacer tu hermana Selena cuando me ve. Me preguntaba si tendría que guardar las distancias contigo por si acaso me tiras algún pollo.

Se habría echado a reír si él no hubiera estado tan serio.

—Un «pollo»... Interesante palabra viniendo de ti. Jamás habría pensado que la conocieras.

—Sí, bueno, tu hermana y mi anterior escudero me han dado unas clases magistrales acerca de lo que es un buen pollo. —Se puso en pie y echó a andar hacia la puerta—. Te esperaré fuera.

Antes de que pudiera llegar a la puerta, ella la cerró con el pie. Valerio se volvió con una actitud de suprema arrogancia.

—¿Qué bicho te ha picado?

—¿Cómo dices? —quiso saber él, con una voz tan gélida como su mirada.

—Mira, hay un par de cosas sobre mí que debes saber. Lo primero es que no aguanto las gilipolleces. Lo segundo es que no me gusta la hipocresía. Sea lo que sea lo que siento por algo o por alguien, lo digo sin tapujos.

—Ya me he dado cuenta.

—Y lo tercero... —siguió, haciendo oídos sordos a su interrupción—, es que soy empática. Por mí puedes quedarte ahí y fingir que todo esto te trae al fresco, porque de todas formas yo estoy sintiendo lo que tú sientes. Así que no vayas de reservado con ese airecillo distante porque a mí no me la das. Pero sí que me cabreas.

Sus palabras lo dejaron boquiabierto, aunque intentó disimularlo.

—¿Eres empática?

—Sí. Sé que la presencia de Ash en la cocina te ha hecho daño, aunque no sé por qué. Sentí tu furia en cuanto dejaste a la vista la cara de Kirian. —Alzó una mano y la colocó sobre una de sus mejillas—. Mi madre siempre dice que las apariencias engañan. La única vez que has actuado de acuerdo con tus emociones fue anoche, mientras hacíamos el amor, y hace un rato, cuando diste el portazo.

Intentó alejarse, pero Tabitha no se lo permitió.

—Háblame, Val, no salgas corriendo.

—No te entiendo —confesó con el corazón en la garganta—. No estoy acostumbrado a caer bien a la gente, y mucho menos si tienen todo el derecho del mundo a odiarme.

—¿Por qué iba a odiarte?

—Porque mi familia destrozó la vida a tu cuñado.

—Y mi tío Sally era un prestamista que murió cuando un tipo al que chantajeaba le disparó en la calle. En todas las familias hay un gilipollas. No es culpa tuya. ¿Fuiste tú quién mató a Kirian? No, ¿verdad?

—No, yo era un niño cuando murió.

—Entonces ¿cuál es el problema?

Para ser una mujer tan irracional, tenía momentos de extrema sensatez. Como en ese momento.

—Toda la gente a la que he conocido en esta ciudad y que a su vez conoce a Kirian me odia, así de simple. Supuse que tú también lo harías.

—En fin, parafraseando la sabiduría popular, tu suposición era verde y se la comió una cabra. ¡Por favor! Quiero a Kirian con locura, pero reconozco que necesita enterrar el pasado de una vez.

No podía creerla. El hecho de que lo aceptara de ese modo era...

De repente, Tabitha tiró de él y le dio un abrazo fuerte y extrañamente revitalizante.

—Sé que no puedo retenerte a mi lado, Valerio. Créeme, comprendo cómo es tu vida y cuáles son tus obligaciones. Pero somos amigos y también aliados.

La abrazó con fuerza mientras esas palabras resonaban en lo más profundo de su ser.

Ella lo soltó y retrocedió.

—Y esta noche tenemos cosas que hacer. ¿Verdad?

—Verdad.

—Muy bien. ¡A transformarse!

Frunció el ceño.

—¿A transformarse? —repitió.

Tabitha le ofreció una sonrisa avergonzada.

—Mi sobrino Ian está enganchado a los *Power Rangers*. Me parece que he visto demasiados episodios con él...

—¡Ah! —exclamó él al tiempo que cogía su maleta—. Vamos a mi casa para dejar tus cosas y después saldremos a la caza del daimon.

Por temor a encontrarse con Tia y arriesgarse de ese modo a un nuevo interrogatorio, Tabitha llamó a un taxi para que los llevara a casa de Valerio. Otto ya había salido cuando llegaron a la mansión.

Como era de esperar, Gilbert los recibió en la puerta. La formalidad de su recibimiento lo hizo parecer más almidonado que nunca.

—Me alegra volver a verte, Gil —le dijo ella mientras Valerio le pasaba la maleta—. Me encanta la rigidez de tu porte.

El mayordomo frunció el ceño antes de bajar la vista para echarse un vistazo, tras lo cual la miró con expresión interrogante.

Se dio cuenta de que Valerio reprimía una sonrisa.

—La señorita Devereaux se quedará con nosotros unos días, Gilbert. ¿Puedes decirle a Margaret que prepare una habitación para la dama, por favor?

—Sí, milord.

Ella siguió a Valerio, que había echado a andar hacia la escalinata, aunque se detuvo a medio camino.

—Gilbert, cuando Margaret termine, me gustaría que todo el personal se tomara unas semanas de vacaciones.

El mayordomo pareció sorprendido.

—¿Cómo dice, milord?

—No te preocupes. Serán pagadas. Consideradlo un regalo de Navidad adelantado. Lo único que necesito es que me dejes en el escritorio un listado con los números de teléfono de todos para comunicarles cuándo deben volver.

—Como desee, milord.

La tristeza que invadió a Valerio llegó hasta ella. A pesar de lo que Ash había dicho, Gilbert le caía bien y no parecía gustarle mucho la idea de que el hombre se marchara.

—¿Adónde vas? —preguntó Tabitha cuando vio que daba otro paso hacia la imponente escalinata de caoba.

—A por algunas armas más. ¿Te gustaría acompañarme?

—¡Oooh! —exclamó ella con voz provocativa—. Me pirran los hombres bien armados... Enséñame tu arsenal, cariño.

Se acercó a él, aunque no supo si la broma le había hecho gracia. Lo siguió escaleras arriba y después enfilaron el largo pasillo de la derecha. Habían recorrido la mitad cuando él se detuvo frente a una puerta y la abrió.

El gimnasio que apareció ante ella le arrancó un silbido. Era enorme y estaba equipado con una amplia variedad de sacos de arena, colchonetas y muñecos de entrenamiento. Uno de ellos en particular parecía seriamente dañado...

Uno que llevaba una camisa hawaiana muy chillona.

—Hummm... ¿alguien a quien yo conozca? —le preguntó al percatarse de las puñaladas que tenía en la cabeza.

—Me acojo a la quinta enmienda.

—Salta a la vista que Otto no participa en tus sesiones de entrenamiento.

Miró el muñeco de reojo.

—En cierto modo, podría decirse que sí.

Meneó la cabeza mientras Valerio se acercaba a un armario. En su interior había tal arsenal que en la ATF* saltarían todas las alarmas.

—¿Un lanzagranadas?

—Lo compré en eBay —contestó él—. Allí se encuentra de todo.

—Ya veo. ¿Quién necesita a Kell cuando tienes todo esto?

Él le dedicó una sonrisa maliciosa mientras se aseguraba un puñal de hoja larga y letal al antebrazo.

—¿Qué va a elegir la dama?

La dama cogió una pequeña ballesta que colgaba de un gancho.

—He visto las reposiciones de Buffy demasiadas veces. Definitivamente, lo mío son las ballestas.

Se apartó un poco mientras ella elegía sus armas. Debía admitir que le gustaba ver a una mujer que sabía cuidarse sola. Antes de elegir, calibraba el peso del arma y la examinaba con la habilidad de un profesional.

Valerio jamás habría creído que algo así pudiera ser excitante y, sin embargo, a esas alturas tenía una erección. Tuvo que echar mano de todas sus fuerzas para no hacerle el amor allí mismo.

Tabitha miró a Val por encima del hombro al percibir la ardiente oleada de deseo que irradiaba. Sus ojos negros la abrasaron.

Estaba a punto de perder el control. Lo percibía. Y eso avivó hasta tal punto su deseo que de repente se encontró respirando con dificultad.

—Toma —le dijo, ofreciéndole una de las relucientes estacas de acero.

* Departamento federal que se encarga del alcohol, el tabaco y las armas. (N. de la T.)

Valerio retrocedió al tiempo que se la guardaba en el bolsillo. Antes de que pudieran seguir hablando, la puerta del pasillo se abrió y Gilbert entró en el gimnasio.

—¿Señorita Devereaux?

Cuando se dio la vuelta, vio que el mayordomo se acercaba a ella.

—¿Sí?

—Su habitación está lista.

Valerio carraspeó.

—Por favor, comprueba que todo sea de tu agrado antes de que la servidumbre se marche —le dijo.

—De acuerdo —replicó, a sabiendas de que él necesitaba recobrar la compostura. A decir verdad, ella también lo necesitaba. Si no salía de allí, en cuestión de minutos estarían los dos desnudos y en el suelo.

De modo que siguió a Gilbert hacia la otra ala de la mansión. El mayordomo se detuvo frente a una puerta situada en el extremo del pasillo y la abrió.

El suntuoso dormitorio la dejó boquiabierta. Era magnífico. Claro que no habría esperado menos de Valerio, pero aun así cortaba la respiración.

Estaba decorado en azul marino y dorado. Alguien había recogido a los pies el grueso edredón de plumas azul marino que cubría la cama.

Gilbert echó a andar hacia un interfono, aunque se detuvo a medio camino.

—Supongo que no habrá nadie para responderle si necesita algo —refunfuñó.

—¿No quieres marcharte?

El hombre la miró con expresión perpleja.

—Llevo mucho tiempo trabajando para lord Valerio.

A juzgar por el énfasis que imprimió a esa palabra, supuso que ese «mucho» tenía un enorme significado.

—¿Eres un escudero?

Gilbert negó con la cabeza.

—Ni siquiera saben que existo. Ese es el motivo de que el señor cambie tan a menudo de escudero. Me acogió cuando solo tenía quince años y él estaba destinado en Londres. Nadie más quería darme trabajo.

Esa información hizo que frunciera el ceño.

—¿Por qué no te reclutaron como escudero?

—El Consejo rechazó la petición de lord Valerio.

—¿Por qué? —repitió, incapaz de comprenderlo. El Consejo había aceptado a Nick Gautier cuando Kirian lo solicitó, y bien sabía Dios que tenía un pasado más que dudoso.

—Me temo que no tienen en mucha consideración ni al general ni sus peticiones.

La respuesta le arrancó un gruñido. Jamás había soportado a la gente que juzgaba a los demás. Tal como su tía Zelda solía decir: «No hagas a los demás lo que no quieras para ti».

—No te preocupes, Gilbert. Me aseguraré de que nadie le haga nada a Valerio durante tu ausencia. ¿De acuerdo?

El mayordomo sonrió.

—De acuerdo. —Le hizo una reverencia y se marchó.

Al inspeccionar el dormitorio descubrió que ya habían deshecho su maleta. Sus cosas estaban pulcramente colocadas en el armario, en los cajones de la cómoda y en el cuarto de baño.

¡Madre del amor hermoso!, exclamó para sus adentros. Ser el objeto de esa deferencia podría provocar adicción en cualquier mujer.

Ojeó sus armas, que alguien había colocado en un cajón expresamente pensado para tal fin. Sus preferidas eran los puñales retráctiles que se aseguraban a las muñecas con velcro. Tras accionar un mecanismo de presión, los puñales pasaban de los brazos a sus manos en un santiamén, pero debía tener cuidado porque corría el riesgo de acabar con un corte profundo en las palmas.

Se alzó la pernera del pantalón y metió otro estilete en la caña de la bota, además de una navaja mariposa en el bolsillo trasero. La mayoría de sus armas eran ilegales, pero tenía suficientes amigos en el departamento de policía para que no la molestaran.

Estaba poniéndose un jersey de manga larga para llevar los brazos cubiertos cuando alguien llamó a la puerta del dormitorio.

Al abrir se encontró con Valerio. Era el hombre más guapo que había visto en su vida. Todavía tenía el pelo húmedo y se lo había recogido en su habitual coleta; aunque, en honor a la verdad, ella lo prefería suelto y despeinado.

Los marcados rasgos de su rostro no delataban sus pensamientos, pero percibía que estaba contento.

—Estoy listo para salir a patrullar.

—Yo también.

Sintió que esa respuesta aumentaba su alegría. Su semblante se suavizó y ella tuvo que hacer un esfuerzo para no abrazarlo.

Era injusto que existiese alguien tan tentador.

Él abrió la puerta mientras decía:

—Vamos, lady Peligro, sus daimons la aguardan.

Ella encabezó la marcha hacia la planta baja, donde Otto los esperaba.

Debía de haber regresado mientras ellos estaban arriba.

—Nueva Orleans está en alerta —les dijo—. Todos los escuderos están siendo evacuados, salvo los Iniciados en el Rito de Sangre. Además, Ash viene de camino con algunos Cazadores del norte del estado y de Mississippi. ¿Lo sabíais?

—No —respondió Valerio—. No me había enterado de que estábamos en alerta.

—¿Los Addams también se van? —preguntó ella.

Otto asintió con la cabeza.

—Tad también se marcha. Trasladan la administración del sitio web a Milwaukee hasta que se desactive la alerta.

En ese instante recordó la advertencia de Amanda. Sacó el móvil de la mochila y la llamó para asegurarse de que estaban bien mientras Valerio y Otto seguían hablando.

Sintió un enorme alivio en cuanto escuchó la voz de su hermana.

—Hola, hermanita —la saludó, intentando que su voz sonara normal—, ¿qué estáis haciendo?

—Nada. Y sí, estoy al tanto de la alerta. Ash ya está aquí con nosotros y también un Cazador Oscuro llamado Kassim.

—¿Por qué no os han evacuado?

—Porque de todas formas nos seguiría, según palabras de Ash. Cree que es mejor luchar en nuestro propio terreno que hacerlo en algún otro lugar que nos resulte desconocido. No te preocupes, Tabby. Estoy muchísimo más tranquila con Ash y Kassim aquí, de verdad.

—Sí. Sé que Ash nunca permitiría que os pasara nada a ninguno. Tened cuidado. Hablamos más tarde, ¿vale? Te quiero.

—Ten cuidado tú también. Hasta luego.

Suspiró al escuchar que Amanda colgaba y sintió que el nudo que le atenazaba el estómago aumentaba a causa de un incomprensible miedo.

¿Por qué estaba tan nerviosa?

—Me aseguraré de que todos se marchen esta noche —oyó que decía Otto antes de irse.

Vio que Valerio inclinaba la cabeza con gesto autoritario.

En cuanto se quedaron solos, intentó desentenderse del humor sombrío que parecía haberse apoderado de ella.

—¿Conoces a un Cazador Oscuro llamado Kassim?

—De oídas.

—¿Qué sabes de él?

—Fue un príncipe africano en la Edad Media —respondió al tiempo que se daba un tironcito de la manga del abrigo—. Estaba destinado en Jackson, Mississippi, hasta que Ash lo trasladó a Alejandría hace unos años. ¿Por qué?

—Porque está en casa de Amanda y tenía curiosidad, nada más. —Señaló la puerta con el pulgar—. ¿Nos vamos?

Valerio la cogió de la mano cuando hizo ademán de ponerse en marcha.

—Tabitha, cogeremos a quien os persigue, sea lo que sea. No te preocupes.

La sinceridad de su voz la desarmó.

—¿Protegerías a tu enemigo mortal?

La pregunta lo hizo desviar la mirada un instante. Cuando volvió a clavar la vista en ella, su expresión la abrasó.

—Protegeré a tus seres queridos. Sí.

No tenía ningún motivo para hacerlo. Ninguno. Sabía a ciencia cierta que si Kirian estuviera en su lugar, se encerraría en su dormitorio y no haría nada.

Pero Valerio...

Antes de poder contenerse, tiró de él para darle un apasionado beso. Su sabor se le subió a la cabeza. Ojalá no tuviera que hacer nada esa noche salvo llevárselo escaleras arriba y hacer el amor con él.

Ojalá...

Dejó escapar un suspiro apesadumbrado mientras le mordisqueaba el labio inferior y se apartaba, consciente de la renuencia con la que él la soltaba. De todos modos, se obligó a alejarse, abrir la puerta y salir al exterior.

Otto regresaba por la avenida de entrada después de haber dejado el coche aparcado en la calle; cayó en la cuenta de que todavía llevaba los mismos vaqueros negros y el jersey de esa tarde... No se había transformado en el Otto hortera. La verdad era que parecía un adulto.

—Se me ha olvidado una cosa —les dijo al tiempo que le tendía a Valerio un aparato que parecía un pequeño transmisor—. Por si acaso. El Consejo quiere tener localizado a todo el mundo esta noche para que podamos ayudaros si pasa algo.

Para su sorpresa, descubrió que también había uno para ella.

—Gracias, Otto.

El escudero le correspondió con una inclinación de cabeza.

—Tened cuidado. Talon patrullará por Jackson Square esta noche. Kirian y Julian estarán con él. Los alrededores del Santuario, Ursulines Avenue, Chartres Street y el mercado francés también son suyos. Tal vez deberíais elegir otra zona.

—Estaremos por la parte norte del Barrio Francés. Bourbon Street, Toulouse, Saint Louis, Bienville y Dauphine.

Valerio hizo una mueca al escuchar Bourbon Street, pero ni siquiera rechistó.

—Ash se queda con los cementerios —siguió Otto—, Janice estará por Canal Street, Harrod's y la zona comercial. Jean-Luc se encargará del Garden District. Ulric está en el distrito financiero y Zoe, en Tulane. Y eso nos deja a Kassim. En palabras de Ash, si Amanda, Marissa o él salen de casa de Kirian antes del amanecer, acabará muerto.

—¿Quién es Ulric? —preguntó ella.

Otto la miró con expresión burlona.

—Es un Cazador Oscuro que acaba de llegar de Biloxi hace cosa de media hora. Es rubio, así que intenta no apuñalarlo si os lo encontráis en un callejón.

Las palabras del escudero la ofendieron.

—¿Qué pasa? Si acabo apuñalando a la gente que tiene colmillos, no es culpa mía. No deberían parecerse tanto a los daimons.

—Yo no me parezco a ningún daimon y de todas formas me apuñalaste.

Otto se echó a reír.

—Sí, ¿qué quieres que te diga? Tenías toda la pinta de un abogado, era un imperativo moral que te matase —bromeó Tabitha.

Valerio meneó la cabeza.

—¿Cuántos escuderos quedan en la ciudad? —le preguntó ella a Otto, recobrando la seriedad.

—Solo estamos Kyr, Nick y yo. Los últimos en marcharse han sido Tad —le dijo a Valerio y después miró a Tabitha para continuar— y tu ex, Eric, con su esposa. Hace una hora que cogieron un vuelo chárter. Todos los demás, desde Liza hasta el más novato, están fuera de Nueva Orleans hasta que Ash autorice el regreso.

—¿Y los katagarios? —preguntó Valerio.

—Están cerca del Santuario para poder proteger a sus hembras y a sus cachorros. Vane y Bride también se alojarán allí durante un tiempo.

—¿Van a ayudarnos en algo? —quiso saber ella.

Otto negó con la cabeza.

—Según ellos, esto es un problema de los humanos y no quieren inmiscuirse.

La respuesta la hizo resoplar.

—No puedo creerlo.

—En ese caso, no entiendes de animales —replicó Otto—. Por eso Talon quiere vigilar el Santuario. Los apolitas y los daimons saben que una vez dentro del bar, nadie puede ponerles un dedo encima, ni siquiera Ash.

Eso le arrancó una carcajada.

—Ash no tiene ni que tocarlos para matarlos.

—¿Cómo? —preguntaron Valerio y su escudero al unísono.

—¿No lo sabéis? —preguntó ella a su vez—. Ash es impresionante en mitad de una pelea. Antes de que te enteres de que ha llegado, ya estás frito. Se mueve tan deprisa que la mitad del tiempo es imposible verlo.

—Me recuerda a Corbin —comentó Otto—. Es capaz de teletransportarse. Aparece de la nada, apuñala al daimon y desaparece antes de que el daimon se desintegre.

—¿Corbin? —preguntó ella.

—Era una antigua reina griega que acabó convertida en Cazadora Oscura —respondió Valerio.

—A ver si acierto —dijo, poniendo los ojos en blanco—: es un poco antipática contigo...

—Sin comentarios.

Ni falta que hacían.

—Sí —respondió Otto—. Pero no es nada comparada con Zoe y con Samia. Como digas «romano» estando cerca de ellas, tienes que ser rápido llevándote las manos al paquete. —Clavó los ojos en ella—. Bueno, tú no tendrías que hacerlo. Pero los que tenemos algo valioso ahí abajo, debemos protegernos.

—Vale —dijo, alejándose del escudero—. Y después de esa información tan interesante, creo que es hora de que nos pongamos en marcha. —Hizo un gesto en dirección al destartalado

IROC rojo que estaba aparcado al otro lado de la verja de entrada a la propiedad—. ¿Te importa si nos llevamos tu coche, Otto?

La pregunta horrorizó a Valerio.

Su escudero soltó una siniestra carcajada al tiempo que le ofrecía las llaves.

—Con mucho gusto.

—Tengo mi... —protestó Valerio de inmediato.

—Este nos vendrá que ni pintado —lo interrumpió ella mientras le guiñaba un ojo a Otto y cogía las llaves.

Valerio estaba más tieso que el palo de una escoba.

—Tabitha, lo digo en serio. No creo que...

—Métete en el coche, Val. Te prometo que no va a morderte.

Él no lo tenía tan claro.

Entre carcajadas, ella enfiló la avenida en dirección a la verja.

—Tened cuidado, chicos —les dijo Otto, para su sorpresa—. No sois santos de mi devoción, pero no quiero que ganen los malos.

—No te preocupes —replicó ella sin detenerse—, esta vez sé a qué me enfrento.

—No seas tan arrogante —le advirtió Valerio al tiempo que la taladraba con la mirada—. Hubo un hombre mucho mejor que yo que dijo: «El preludio de la caída es el orgullo».

—Buen consejo —convino, memorizando las palabras. Acto seguido, se puso de puntillas para mirar por encima de su hombro—. ¡Buenas noches, Otto!

—¡Buenas noches! Cuídame el coche.

Valerio dio un respingo al escuchar a su escudero.

Tabitha tuvo que contener la risa que le provocó semejante reacción.

—Mmmm —musitó, después de tomar una honda bocanada de aire que olía a Nueva Orleans y abrir la portezuela para salir de la propiedad—. Huele la belleza.

Valerio la miró con el ceño fruncido.

—Lo único que huelo es el hedor de la putrefacción.

Lo fulminó con la mirada mientras él se acercaba.

—Cierra los ojos —le dijo, una vez que estuvo al lado del coche de Otto.

—Prefiero no hacerlo. Es posible que pise algo y luego me veré obligado a soportar el olor toda la noche.

Ese comentario le valió otra mirada desagradable que le resbaló por completo.

—Eres la única mujer que conozco capaz de oler ese hedor y afirmar que es agradable.

—Si no cierras los ojos, Valerio —dijo al tiempo que cerraba la portezuela—, es muy posible que la nariz sea lo único que te funcione mañana.

Aunque no sabía si debía obedecerla, se descubrió cerrando los ojos a regañadientes.

—Ahora, respira hondo —le dijo ella con voz sensual al oído, provocándole un escalofrío mientras la obedecía.

—¿Captas el olor del río, aderezado con una nota sutil de quingombó cajún y musgo español?

Abrió los ojos.

—Lo único que huelo es a orina, a marisco podrido y a fango del río.

Tabitha lo miró boquiabierta.

—¿Cómo puedes decir eso?

—Porque eso es lo que huelo.

—Eres duro de pelar, ¿sabes? —refunfuñó ella mientras se metía en el coche.

—Me han dicho cosas peores.

—Ya lo sé —le aseguró Tabitha. Su semblante parecía serio y triste de repente—. Pero han llegado tiempos nuevos para ti. Voy a sacarte ese palo del culo y esta noche vamos a desmelenarnos, a repartir hostias entre los daimons y a...

—¿Cómo has dicho? —le preguntó, ofendido—. ¿Que me vas a sacar qué de dónde?

—Me has entendido a la primera —respondió ella con una pícara sonrisa—. No sé si te das cuentas de que gran parte del problema que la gente tiene contigo es que no te ríes nunca y que te lo tomas todo, incluido a ti mismo, demasiado en serio.

—La vida es seria.

—No —lo contradijo con un brillo apasionado en sus ojos azules—. La vida es una aventura. Es emocionante y aterradora. En ocasiones puede ser un poco aburrida, pero jamás debería ser seria.

La incertidumbre asomó a los ojos de Valerio. No estaba acostumbrado a confiar en los demás y ella quería ganarse su confianza a toda costa.

—Venga conmigo, general, y déjeme enseñarle lo que la vida puede ser y por qué es tan importante que salvemos el mundo.

Lo observó mientras abría la puerta del coche; lo hacía con tanto asco como si estuviera tocando un pañal sucio. Jamás había conocido a nadie capaz de componer una expresión tan desdeñosa. Era imponente.

Sin embargo, no protestó cuando se sentó. Así que ella metió primera y se alejó de la acera a toda velocidad.

Valerio no tenía muchas esperanzas acerca de lo que podría reportarles la noche, pero debía admitir que le gustaba la vivacidad de esa mujer. La intensidad con la que vivía. Observarla era fascinante. No era de extrañar que Ash cultivara su amistad.

Cuando se era inmortal, la frescura de la vida se marchitaba muchísimo antes de lo que el cuerpo había tardado en morir. A medida que se iban sucediendo los siglos, era muy fácil olvidarse de la faceta humana. Era muy fácil olvidar el motivo por el que había que salvar a la humanidad.

Era muy difícil recordar cómo se reía. Claro que la risa y él no se conocían ni de nombre. Hasta que Tabitha apareció, nunca se había echado unas risas con nadie.

Ella poseía el entusiasmo de una niña. De algún modo, había logrado conservar los ideales de su juventud a pesar de tener que enfrentarse a un mundo que no acababa de aceptarla. No le importaba en absoluto lo que él, o cualquier otra persona, opinase de ella. Vivía su vida haciendo lo que creía necesario y según sus propios términos.

Por eso la envidiaba.

Era una poderosa fuerza de la naturaleza.

Soltó una carcajada muy a su pesar.

—¿Qué pasa? —le preguntó Tabitha mientras tomaba una curva a tal velocidad que estuvo a punto de acabar encima de ella.

Se enderezó antes de contestar:

—Estaba pensando que alguien debería apodarte «Huracán Tabitha».

—Llegas demasiado tarde —replicó con voz burlona—. Mi madre ya lo hizo hace mucho. En realidad, me puso el apodo la primera vez que entró en mi dormitorio de la residencia de estudiantes y vio qué desastre era cuando no tenía a Amanda para que fuera recogiéndolo todo detrás de mí. Agradece que después de doce años de vida independiente haya aprendido a ordenarlo todo yo solita.

La idea le provocó un estremecimiento.

—Estoy agradecidísimo.

Con una brusca maniobra, Tabitha metió el coche en el aparcamiento de Jackson Brewery y lo dejó en una plaza que en realidad no era tal.

—Se lo llevará la grúa.

—¡Qué va! —le aseguró mientras apagaba el motor y colocaba junto al parabrisas una medalla de plata en la que estaba grabado su nombre—. Esta zona es de Ed y ya se cuidaría mucho de hacer algo así. Sabe que como se le ocurra siquiera, le diré a mi hermana que lo maldiga. Y a su hermano, también.

—¿Ed?

—Un poli. Me echa un ojo siempre que puede. Íbamos juntos al instituto y estuvo saliendo con mi hermana Karma unos años.

—¿Tienes una hermana que se llama Karma? —le preguntó.

—Sí y es la leche. Tiene la horrible costumbre de presentarse de repente para vengarse de cualquiera que le haya hecho algo, justo cuando menos se lo espera el desgraciado en cuestión. Es como una araña enorme y negra que acecha en silencio. —El comentario no fue ni la mitad de gracioso que el gesto que hizo al alzar las manos y mordisquearse las uñas como si fuera un ratón nervioso—. Justo cuando te crees a salvo de su ira... ¡zas! —exclamó, dando una palmada—. Te tira al suelo y te deja allí, desangrándote.

—Espero que estés bromeando.

—En absoluto. Acojona un montón, pero la quiero mucho.

Estaba bajando del coche cuando cayó en la cuenta de algo. Tabitha no dejaba de sacarse hermanas de la manga.

—¿Cuántas hermanas tienes?

—Ocho.

—¿Ocho? —repitió, sorprendido por el número. No era de extrañar que fuese incapaz de recordarlas. Se preguntó cómo lo conseguía ella.

Tabitha asintió con la cabeza.

—Tiyana, a la que llamamos Tia. A Amanda y a Selena ya las conoces. Después están Esmeralda, Essie para la familia; Yasmina, o Mina; Petra; Ekaterina, a la que llamamos Trina casi todos; y Karma, que se niega a que le busquemos un diminutivo.

Soltó un silbido después de escuchar la lista.

—¿Qué? —preguntó ella.

—Me compadezco de los pobres hombres que tuvieron que vivir en esa casa con todas vosotras. Seguro que había una semana al mes particularmente espeluznante.

Ella se quedó boquiabierta antes de estallar en carcajadas.

—¿Acabas de hacer un chiste?

—Me he limitado a constatar un hecho espeluznante.

—Sí, claro. En fin, si te digo la verdad, mi padre pasaba trabajando gran parte de esa semana en concreto y se aseguraba de que nuestras mascotas fueran machos para no sentirse demasiado abrumado por la inferioridad numérica. ¿Y tú? ¿Tenías hermanas?

Negó con la cabeza mientras ella rodeaba el coche para ponerse a su lado. Una vez juntos, echaron a andar hacia Decatur Street.

—Solo tenía hermanos.

—¡Vaya! Imagina que tu padre se hubiera casado con mi madre... Seríamos la tribu de los Brady.

—No te creas —replicó con sorna—. Al lado de mi familia, los Borgia son una versión edulcorada de los Trapp.

Tabitha ladeó la cabeza.

—Para ser un hombre que se enorgullece tanto de su exquisita cultura, conoces un montón de personajes del cine y la televisión.

Renuente a replicar, guardó silencio.

—Vamos, ¿cuántos hermanos tenías? —le preguntó ella, sorprendiéndolo al retomar de un modo tan brusco el anterior tema de conversación.

No quería contestar, pero la respuesta salió de sus labios sin que pudiera evitarlo.

—Hasta hace pocos años, pensaba que solo tenía cuatro.

—¿Qué pasó?

—Que descubrí que Zarek también lo era.

Tabitha frunció el ceño al escuchar su respuesta.

—¿No lo supiste mientras vivíais?

La inocente pregunta le provocó una oleada de culpabilidad y de furia. Debería haberlo sabido. Si alguna vez se hubiera molestado en mirar a Zarek cuando eran humanos...

Pero claro, de tal palo...

—No —respondió con un deje de tristeza en la voz—. No lo sabía.

—Pero ¿lo conocías?

—Era un esclavo de la familia.

Eso la dejó horrorizada.

—Pero ¿era tu hermano?

Asintió con la cabeza.

Tabitha parecía tan confusa como se quedó él la noche que descubrió la verdad.

—¿Cómo es posible que no lo supieras?

—No entiendes el mundo en el que vivíamos. En aquel entonces había ciertas cosas que no se cuestionaban. La palabra de mi padre era la ley. Ni siquiera se miraba a los esclavos y Zarek... estaba irreconocible.

La tan profunda pena que Tabitha percibió en Valerio le llegó hasta el alma. Lo tomó del brazo y le dio un apretón.

—¿Qué estás haciendo? —le preguntó él.

—Pegarme a ti para que Zarek no vuelva a tocarte con sus rayos. Me dijiste que jamás le haría daño a un inocente, ¿verdad?

—Sí.

Le sonrió.

—En ese caso, llámame Escudo.

Valerio sonrió a pesar suyo mientras le colocaba una mano en el brazo.

—Eres un poco rara.

—Sí, pero estás empezando a cogerme cariño, ¿a que sí?

—Sí.

La sonrisa de Tabitha se hizo más amplia.

—El moho es así. En cuanto te descuides, descubrirás que te caigo bien.

El problema era que ya le ocurría, y mucho más de lo que a él le gustaría.

—¿Adónde vamos? —le preguntó mientras ella lo conducía por Decatur en dirección a Iberville, lejos de las zonas donde podrían toparse con alguien que aborreciera hasta el aire que respiraba.

—Como todavía es temprano, había pensado que podríamos hacer una inspección previa del perímetro y luego hurgar un poquito en el Abyss, un club que estoy segura de que no has pisado nunca. A los apolitas les gusta reunirse allí y he pulverizado a unos cuantos daimons tanto dentro como en los alrededores.

—¿No es ese uno de los clubes a los que suele ir Ash?

—Sí, pero como está en los cementerios, me da en la nariz que los daimons se congregarán donde crean que están más seguros.

No podía discutir su razonamiento.

Tabitha lo llevó al Magnolia Café.

—¿Tienes hambre de nuevo? —le preguntó, sorprendido, al verla entrar en el restaurante.

—No.

—Entonces ¿qué hacemos aquí?

—Ya lo verás. —Se acercó al mostrador y encargó cinco menús para llevar.

Totalmente confuso, Valerio se entretuvo observando el interior de un local al que muchos llamarían «acogedor». Las mesas eran pequeñas y estaban cubiertas por unos manteles de plástico de cuadros rojos y blancos. Las sillas eran las mismas que podrían encontrarse en un hogar de clase media.

Definitivamente no era el tipo de establecimiento que él frecuentaba, pero sí parecía de lo más apropiado para Tabitha.

Cuando el pedido estuvo listo, ella cogió las bolsas y lo precedió hasta la calle.

La siguió, intrigado por lo que iba a hacer con la comida.

Su curiosidad acabó en un callejón oscuro. Tabitha dejó las bolsas en el suelo y tiró de él para volver a la calle. Antes de hacerlo, escuchó que unas cuantas personas se movían a hurtadillas al amparo de la oscuridad.

—Estás dando de comer a los vagabundos —dijo en voz baja. Ella asintió con la cabeza—. ¿Lo haces a menudo?

—Todas las noches sobre esta misma hora.

La detuvo y la miró a los ojos.

—¿Por qué?

—Porque alguien tiene que hacerlo.

Estaba a punto de abrir la boca para hablar, pero ella se lo impidió poniéndole una mano en los labios.

—Conozco todos los argumentos en contra, Val. ¿Cómo van a buscar un trabajo si les das de comer gratis? No puedes salvar el mundo. Deja que otros se encarguen de ellos. Y un largo etcétera. Pero no puedo hacerlo. Cuando paso por aquí noche tras noche, sé que están ahí y también sé que sufren. Martin, uno de ellos, fue en otros tiempos un empresario muy importante que se quedó en la ruina a raíz de una demanda judicial. Su mujer se divorció de él y se llevó a los niños. Como no había acabado sus estudios en el instituto y tenía cincuenta y seis años cuando se declaró en bancarrota, nadie lo contrató. Trabajó un tiempo conmigo en la tienda, pero el sueldo no era suficiente para mantenerse y se negaba a aceptar caridad, así que dormía en los callejones. Deseaba subirle el sueldo, pero si lo hacía con él, tendría que haberlo hecho con todos los demás y el problema es que no puedo permitirme pagar treinta mil dólares anuales a todos los empleados a tiempo parcial de la tienda.

—No iba a decir nada de eso —le aclaró en voz baja—. Solo quería decirte que la compasión que demuestras por los demás me parece extraordinaria.

—Vaya... —Le sonrió con timidez—. Lo que pasa es que estoy acostumbrada a que la gente critique todo lo que hago.

Se llevó su mano a los labios y le besó los nudillos.

—Yo no la critico, milady. Solo la admiro.

Su radiante sonrisa lo desarmó por completo.

En ese instante y después de darle un apretón en la mano, ella hizo algo de lo más inesperado. Le pasó el brazo por la cintura y echó a andar calle abajo.

La situación le resultaba extrañísima. Había visto a muchos amantes pasear de ese modo a lo largo de los siglos, pero él nunca lo había hecho. Con un gesto inseguro, alzó el brazo, se lo pasó a Tabitha por los hombros y dejó que la calidez que desprendía su cuerpo lo inundara.

No había palabras que describieran lo que sentía en esos momentos. Estaban haciendo algo muy vulgar. La gente no debería tocarse con tanta intimidad en público. Sin embargo, jamás había experimentado nada tan maravilloso como el roce de esa extraña mujer en el costado.

La brisa hizo que algunos mechones cobrizos le acariciaran la mano. Fue algo suave, ligero, y despertó una serie de imágenes en su cabeza que no deberían estar allí. La vio en su cama, en pleno frenesí de pasión.

Las imágenes causaron estragos en su cuerpo.

Apenas hablaron mientras caminaban por las oscuras calles de la ciudad junto con los humanos que iban de un lado a otro, ajenos al peligro que se cernía sobre ellos. En el ambiente flotaba una calma espectral.

Pasaban pocos minutos de la medianoche cuando enfilaron Toulouse Street. El Abyss no era el típico club de Nueva Orleans. Era oscuro y poco acogedor, al contrario que la mayoría de los establecimientos, que intentaban atraer a los turistas a su interior.

Tabitha lo precedió por un largo pasillo, estrecho y un poco agobiante.

—Hola, Tabby —la saludó un tipo negro que estaba comprobando la edad de la pareja que tenían delante. Llevaba la cabeza afeitada y tenía tatuajes en todas las partes de su cuerpo que quedaban a la vista... incluidas las manos.

—Hola, Ty —correspondió ella—. ¿Qué tal va la noche?

—Pasable —respondió el portero, guiñándole el ojo al tiempo que le hacía un gesto a la pareja para que pasara—. ¿Quién es tu amigo? —preguntó mientras lo miraba con el ceño fruncido.

—Se llama Val. También es amigo de Ash y de Simi.

—¡No me jodas! —exclamó Ty y acto seguido le tendió la mano para saludarlo—. Ty Gagne. Encantado de conocerte.

—Lo mismo digo —replicó él mientras intercambiaban un apretón de manos.

—Que os divirtáis. Y, Tabby, esta noche nada de armas, ¿vale?

—Que sí, Ty. No habrá derramamiento de sangre. Lo he pillado.

Una vez dentro del local, la marea de humanos vestidos de negro lo dejó boquiabierto. Aquello parecía una convención de Cazadores Oscuros. Era muy fácil distinguir a la clientela habitual de los turistas que habían entrado en el club sin saber dónde se metían o llevados por una apuesta. No había visto tantos *piercings* y tatuajes en un mismo lugar en sus dos mil años de existencia.

Muchos de los habituales conocían a Tabitha de vista.

—Hola, Vlad —saludó ella a un tipo alto, escuálido y de piel tan pálida que casi parecía translúcida. Llevaba una camisa blanca con chorreras, un esmoquin de terciopelo rojo sangre y unos pantalones negros de pinzas. Su enjuto rostro quedaba enmarcado por una larga melena negra y ocultaba los ojos detrás de unas gafas de sol de cristales redondos.

—Buenas noches, Tabitha —replicó el tipo antes de mirarlo a él y sonreírle con la intención de dejar a la vista un par de colmillos. A modo de saludo, alzó una copa que parecía contener sangre.

Sus sentidos de Cazador Oscuro le dijeron que se trataba de vodka rojo. Los dedos largos y huesudos que rodeaban la copa estaban cubiertos por unas garras plateadas.

Estuvo a punto de echarse a reír y de enseñarle al tipo cómo eran unos colmillos de verdad, pero se contuvo.

—Vlad es un vampiro del siglo xv —le explicó Tabitha.

—Hijo de Vlad Tepes, mi amado padre, de quien tomé el nombre —apuntó el supuesto vampiro con un fingido acento rumano.

—¿En serio? —preguntó él—. Me resulta fascinante, ya que el único hijo de Vlad, Radu, murió a manos de los turcos a los dieciocho años. Solo sobrevivió su hija, Esperetta, que vive en Miami.

El tal Vlad puso los ojos en blanco.

—Tabitha, no sé de dónde sacas a esta gente —dijo.

Él estalló en carcajadas mientras el «vampiro» se alejaba.

Tabitha también se echó a reír.

—Y ahora en serio —le dijo una vez que se serenó—. Lo que acabas de contar... ¿es una trola o es cierto?

—Pregúntale a Ash —contestó él, asintiendo con la cabeza—. El marido de Retta se convirtió en Cazador Oscuro alrededor de 1480, si no me falla la memoria, y ella lo hizo poco después. De hecho, su marido es de los pocos Cazadores que me hablan de forma civilizada.

—¡Qué fuerte! —exclamó ella al tiempo que retrocedía para dejar paso a otra princesa gótica. Ladeó la cabeza para señalar una escalera—. Hay tres barras y una zona a la que llaman «la biblioteca». Los daimons suelen congregarse en la biblioteca o en la barra conocida como «conmoción». Las otras dos son la principal y la de Afrodita. ¡Ah! Supongo que deberías saber que Eros y Psiqué suelen frecuentar esa última, así que déjame esa zona a mí por si acaso aparecen esta noche.

—¡Hola, Tabby! —exclamó una rubia regordeta mientras la encerraba en un abrazo asfixiante—. ¿Has visto algún vampiro esta noche?

—Hola, Carly —replicó ella al tiempo que lo miraba con expresión socarrona—. No, ¿por qué?

—Oh, por nada en particular, pero si ves alguno, mándamelo. Estoy lista para que me muerdan y para convertirme en un ser inmortal.

Tabitha puso los ojos en blanco.

—Ya te he dicho que no pueden hacer eso. Es un mito cinematográfico.

—Sí, bueno, pues quiero que me mitifiquen. Así que si te encuentras a alguno, dile que estoy esperando en la biblioteca.

—Vale —le dijo, asintiendo con la cabeza—. Lo haré.

—Gracias, guapa.

—Conoces a un montón de gente interesante —dijo él frotándose la frente una vez que se quedaron solos.

Ella soltó una carcajada.

—Y eso lo dice un tío que obedece las órdenes de un hombre que lleva casi doce mil años dando tumbos por el mundo y que, encima, conoce a la hija del conde Drácula. No te lo consiento, amigo.

Debía admitir que tenía razón en ese punto.

—¿Por qué no te relajas? —le recomendó ella mientras le subía el cuello de la chaqueta. Acto seguido, le deshizo la coleta y le alborotó el pelo.

—¿Qué estás haciendo?

—Intento que pases inadvertido. Cosa que sería más fácil si cambiaras la cara de estreñido que tienes ahora mismo.

—¿Cómo dices?

—¡Venga ya! —exclamó, frotándole los labios con la palma de la mano como si quisiera borrarle la mueca de desagrado—. Deja de torcer el gesto y de poner esa cara de asco, como si alguien pudiera contagiarte algo. Ni que fueras a morir...

—Eres tú la que debería estar preocupada por eso.

—Y eso lo dice un tipo que procede de la civilización que inventó la bulimia —replicó con voz burlona—. Dime, ¿cuántas veces visitaste vuestro adorado vomitorio?

—No todos practicábamos esa costumbre, perdona que te diga.

—Sí, claro... —rezongó al tiempo que echaba a andar.

Tuvo que apresurarse para alcanzarla. Lo último que le hacía falta era quedarse solo con esa gente tan rara. Aunque no podían hacerle daño, seguían resultándole muy inquietantes. No entendía los motivos de Aquerón para frecuentar semejante lugar. La música estaba tan alta que ni siquiera podía escuchar sus propios pensamientos. Las luces le estaban haciendo polvo los ojos, por no mencionar los esqueletos y murciélagos que componían la decoración...

Era el último lugar del mundo donde elegiría pasar su tiempo libre.

Tabitha, en cambio, se fundía con la multitud con una facilidad pasmosa. Ese era su entorno. Su gente y su cultura.

Allí nadie parecía almidonado.

Lo precedió hasta llegar a la pista de baile, donde la saludó una mujer con una altísima cresta de color azul eléctrico.

Horrorizado, observó cómo Tabitha entraba en la pista para bailar con la mujer y lo que parecía un hombre ataviado con plástico brillante que llevaba sujeto al cuerpo mediante unas enormes hebillas plateadas. Llevaba los ojos y los labios pintados de negro y su pelo no había visto un peine en la vida.

Sin embargo, Tabitha parecía ajena a todo eso mientras giraba al compás de la estridente música. Estaba preciosa.

Le daba igual quién la mirase. No había reglas ni inhibiciones que coartaran su comportamiento.

Se limitaba a ser como era.

Y la amaba por ello.

Mientras se reía por algo que el hombre le había dicho, se agachó y volvió a levantarse con una agilidad y un ritmo que despertaron sus fantasías hasta un punto que jamás creyó posible. Solo tenía ojos para ella. Para la tersura de su rostro, para el brillo que la luz arrancaba a su piel. Para el movimiento de su cuerpo, que parecía fundirse con el ritmo palpitante de la música.

Y entonces lo miró. En cuanto esos ojos azules se clavaron en los suyos, su cuerpo se tensó, presa de una ansiosa expectación.

La vio sonreír al tiempo que le hacía un gesto con un dedo para que se acercara.

Llegó a dar un paso al frente antes de detenerse. Él no bailaba en público. En sus días como romano, su padre calificaba el baile de vulgar y soez, de modo que lo había prohibido. Desde que se convirtió en Cazador Oscuro ni siquiera se le había ocurrido aprender a bailar.

Renuente a avergonzarla delante de sus amigos, retrocedió.

Vio que ella se detenía y le decía algo a la pareja con la que bailaba. Besó al hombre en la mejilla, abrazó a la mujer y después se reunió con él.

—A ver si acierto: ¿los romanos carecen de sentido del ritmo?

—Salvo en un aspecto que no estoy dispuesto a mostrar en público.

Tabitha sonrió en respuesta.

—Tendría que comprobarlo, pero después de haber bailado contigo... —Dejó la frase en el aire mientras su mirada se clavaba en algún lugar situado tras él.

Volvió la cabeza para ver qué había llamado su atención de ese modo. Localizó a los daimons al instante.

Había cinco.

Y se encaminaban hacia la salida con un grupito de mujeres.

9

Tabitha fue en pos de los daimons sin pensar, pero Valerio la detuvo.

—¿Qué haces? —le preguntó, indignada.

—Es una trampa.

—¿Qué? —exclamó con el ceño fruncido.

Se percató de que en el rostro de Val había asomado una expresión muy extraña mientras la sujetaba por el brazo con fuerza.

—¿No lo sientes? Yo lo hago y no tengo poderes.

—No, y si no salimos, van a matar a esas chicas. —Intentó zafarse de su mano, pero él no la soltó.

—Escúchame, Tabitha. Hay algo que no encaja. Los daimons nunca son tan atrevidos y tienen que saber que estoy aquí.

Tenía razón. Era demasiado evidente. Entre semejante multitud, Valerio destacaba como el sol en plena noche.

—¿Qué propones que hagamos? ¿Quieres que dejemos que mueran todas esas chicas inocentes?

—No. Quédate aquí, ya salgo yo.

—Y una mie...

—Tabitha —la interrumpió con una mirada abrasadora en esos ojos negros—. Soy inmortal. Tú no. A menos que tengan un hacha, no pueden hacerme mucho daño. Me hagan lo que me hagan, sobreviviré. Tú no puedes decir lo mismo.

Quería discutir con él, pero sabía que tenía razón. Además,

gracias a sus poderes sabía que se estaba comportando con sinceridad. No era el típico numerito de macho con el que demostrar su superioridad.

Estaba preocupado por su seguridad, pero si se preocupaba por ella, no podría luchar con la cabeza despejada.

—Vale —accedió—. Tú sales y yo intento no seguirte.

En el mentón de Val apareció un tic nervioso en ese momento.

—Por mi bien, espero que además de intentarlo, lo logres. —Le soltó el brazo y, en un abrir y cerrar de ojos, desapareció de su vista.

Valerio se abrió paso entre la multitud a fin de alcanzar a los daimons. Se detuvo en la entrada el tiempo justo para pedirle a Ty que retuviera a Tabitha en el interior por su seguridad. No estaba seguro de que pudiera ayudarlo, pero si el portero conseguía retrasarla un poco, tal vez tuviera tiempo suficiente para matar a los daimons antes de que ella saliera y se pusiera en peligro.

Una vez fuera del club, se detuvo, indeciso. La música seguía atronándole los oídos. Pero incluso así presentía a los daimons...

Llegó al extremo de la manzana, giró hacia Royal Street y tomó la dirección que debía de haber seguido el grupo. Se movían muy deprisa, por lo que se estaban internando en la parte más oscura del Barrio Francés.

A no ser que estuviera muy equivocado, cosa poco probable, era un grupo bastante numeroso.

Aminoró el paso al llegar a Saint Louis Street y enfiló la calle. No se había adentrado mucho cuando se topó con una verja entreabierta.

Estaban dentro. Inmóviles y en silencio.

Esperando.

¿Habían matado ya a las humanas?

Sacó una daga y la aferró con fuerza por la empuñadura dejando la hoja pegada a su antebrazo; a continuación, abrió la verja, con mucho cuidado de no hacer ruido, y entró en el patio, que estaba tan oscuro como la boca de un lobo.

Era una noche sin luna y, a diferencia del resto de Nueva Orleans, allí no había farolas encendidas. Recorrió el perímetro del patio, preparado para lo que iba a llegar.

Los daimons lo estaban esperando.

Oyó que alguno chasqueaba la lengua.

—Ha pasado mucho desde que me enfrenté a un Cazador Oscuro inteligente. Este sabe que estamos aquí.

Al rodear los setos, descubrió que un grupo formado por nueve daimons lo esperaba en el patio. Las mujeres a las que había creído humanas no lo eran.

Tenían colmillos.

Mierda.

Enderezó la espalda, adoptando su pose más imperiosa, y miró al grupo con las cejas enarcadas.

—¿Qué quieres que te diga? Cuando se envía una tarjeta de visita cósmica, he de suponer que se espera una respuesta.

El daimon que había hablado esbozó una irreverente sonrisa mientras se abría paso lentamente entre los demás hasta quedar frente a él. Era delgado, más bajo que él y, al igual que todos sus congéneres, era físicamente perfecto.

—La invitación no era para ti. —El daimon suspiró, disgustado, y echó un vistazo al grupo que tenía a la espalda—. Creí haberos dicho que atrajerais a la mujer, no al Cazador Oscuro.

—Lo intentamos, Desiderio —le aseguró una de las mujeres—. Ella se quedó atrás.

En cuanto escuchó el nombre del daimon que había desfigurado a Tabitha, Valerio lo vio todo rojo. Quería despedazarlo, pero sabía que no debía traicionarse, ni traicionar a Tabitha, al reaccionar como si ella fuera especial.

Si no hubiera perdido el control la noche que sus hermanos lo mataron, habrían dejado a Agripina en paz. No estaba dispuesto a sacrificar a Tabitha tontamente.

Desiderio frunció el ceño.

—¿Tabitha Devereaux se ha quedado en el club?

—El Cazador Oscuro le dijo que lo hiciera —explicó otro daimon—. Los oí.

—Interesante —dijo Desiderio, dirigiéndose a él—. Me cuesta mucho creer que Tabitha le haya hecho caso a alguien. Debes de ser muy especial.

—Ella no te cree una amenaza —replicó él con indiferencia—. Así que le dije que no perdiera el tiempo contigo. —Bostezó—. Y tampoco merece la pena que lo haga yo.

El daimon hizo ademán de lanzarle una descarga.

Él lo cogió del brazo, se lo retorció y le dio un codazo en la garganta. Desiderio se tambaleó hacia atrás al tiempo que lo insultaba.

—Lo sé todo sobre los griegos y sus truquitos —masculló mientras lo cogía del cuello y lo arrojaba al suelo—. Y sobre todo sé cómo matarlos.

Antes de que pudiera utilizar la daga para matar a Desiderio, los demás lo rodearon. Uno lo agarró por detrás mientras que una de las mujeres le clavaba un puñal de hoja larga y muy afilada.

La apartó de una patada y después se volvió para enfrentarse a los que tenía a la espalda. Uno de ellos le asestó un puñetazo en la cara. Apretó los dientes al tiempo que el dolor se extendía desde la mejilla hasta la nariz. Notó el regusto a sangre en la lengua.

Sin embargo, el dolor no era nada nuevo para él. En su etapa de mortal lo conoció a base de palizas.

Devolvió el puñetazo; el daimon cayó de rodillas.

De repente, una descarga astral que pareció surgida de la nada lo golpeó en el pecho, lo levantó del suelo y lo estampó contra el muro de ladrillos que tenía detrás. Se quedó sin respiración. Intentó mantenerse de pie, pero el dolor era tan intenso que desistió y se dejó caer al suelo.

—Duele, ¿eh? —se burló Desiderio—. Un don que heredé de mi padre. —Se agachó y le cogió la mano derecha con la intención de observar de cerca su sello—. Vaya, esto sí que es interesante. Un romano en Nueva Orleans... Kirian de Tracia debe de quererte con locura.

Valerio lo fulminó con la mirada mientras intentaba rodar hacia un lado.

Apenas se había movido cuando Desiderio volvió a lanzarle otra descarga.

—¿Qué vas a hacer con él? —preguntó una de las daimons.

Desiderio soltó una nueva carcajada antes de agarrarlo.

Pero fue Valerio quien rió el último, ya que lo apartó de una patada, decidido a hacer caso omiso del dolor. Acto seguido, lo agarró y lo estampó con fuerza contra la pared, haciéndolo rebotar.

—La pregunta no es qué vas a hacer conmigo, sino qué voy a hacer yo contigo.

Tabitha era incapaz de seguir esperando. Sin embargo, no era estúpida. Sacó el móvil y llamó a Aquerón, que contestó al primer tono.

—Hola, Tabby —la saludó antes de soltar una carcajada—, el móvil de Valerio es 204-555-6239.

—Me revienta que hagas eso, Ash.

—Pues hay algo que te va a sentar todavía peor, ¿sabes qué?

—Ni idea.

—Date la vuelta.

Lo hizo y lo vio al otro lado del club. Con sus dos metros y cinco centímetros de altura, además de unas botas cuyas suelas le añadían otros cinco centímetros, era imposible no verlo.

A pesar de lo que le había dicho, verlo le provocó un gran alivio. Colgó y atravesó el club para acercarse a él.

—¿Qué haces aquí?

—Sabía que ibas a seguir a Valerio, así que voy contigo.

—Entonces tú también crees que está en apuros.

—Sé que lo está. Vamos.

No le pidió que le explicara más. Sabía que sería inútil. Aquerón Partenopaeo rara vez respondía a una pregunta. Vivía la vida según sus reglas y era muy reservado en todos los aspectos.

Fue él quien tomó la delantera para salir a la calle. Tabitha no sabía adónde se dirigían, pero Ash parecía orientarse de forma instintiva.

—Tengo un presentimiento muy malo —confesó ella mientras atravesaban la calle prácticamente corriendo.

—Ya somos dos —replicó Ash, que se agachó para colarse por una verja abierta. Lo siguió al interior del patio, pero se detuvo en seco al ver lo más increíble que había visto en toda su vida.

Valerio en plena lucha. Blandía una espada en cada mano y se enfrentaba a cuatro daimons, que se abalanzaban sobre él con consumada habilidad. La escena era rapidísima, violenta y hermosa en un sentido bastante morboso.

Vio que Valerio giraba y le asestaba a uno de los daimons un gancho que le acertó justo en el pecho, atravesando la marca oscura que tenían sobre el corazón, lugar donde se almacenaban las almas humanas. El daimon se desintegró en una nube dorada.

Ash se unió a la pelea con su báculo y alejó a dos daimons de Valerio, ayudándolo de ese modo a concentrarse en el otro enemigo que le quedaba.

Tabitha dio un paso hacia ellos, pero sintió la proximidad de algo frío y malvado.

—Predecible —dijo esa voz siniestra y aterradora que ya había escuchado en otro encuentro.

Junto a ella pasó un destello luminoso, una descarga dirigida a Ash.

En un abrir y cerrar de ojos, Ash pasó de atravesar a un daimon con el báculo a estar postrado de rodillas mientras Valerio acababa con su adversario.

El segundo daimon al que Ash se estaba enfrentando se acercó para rematarlo, pero Val desvió el golpe, lo apartó de una patada y lo mató.

Ella se acercó corriendo a Ash, que estaba en el suelo, murmurando mientras se sujetaba el brazo como si estuviera roto.

—Simi —jadeó—, forma humana. ¡Ahora!

El enorme tatuaje con forma de dragón que tenía en el antebrazo se despegó de su piel. Casi al instante, la sombra burdeos adoptó la conocida forma del demonio.

—¿Akri? —lo llamó Simi mientras le sujetaba la cabeza—. Akri, ¿qué te duele?

Tabitha se arrodilló junto a ellos e intentó ver qué le pasaba a Ash en el brazo. Se le estaba petrificando, aunque su tacto seguía siendo el mismo. Su piel adquiría un tono grisáceo que comenzaba a extenderse hacia el hombro.

Con el rostro magullado por la pelea, Valerio se arrodilló al otro lado de Ash.

—¿Qué es eso?

Ash se retorcía como si estuviera en llamas.

—Simi... *Akra... Thea Kalosis. Biazomai, biazomai.*

Tabitha acertó a ver la expresión aterrada del rostro de Simi antes de que el demonio desapareciera.

—¿Ash? —lo llamó, presa del pánico—. ¿Qué pasa?

—Nada —respondió él entre resuellos. Agarró a Valerio por la camisa—. Llévate a Tabitha a casa. ¡Ya!

—No podemos dejarte —protestaron ambos al unísono.

—¡Largaos! —rugió Ash un momento antes de que el color grisáceo se extendiera aún más por su cuerpo.

Ninguno de los dos se movió.

Gritando de dolor, Ash continuó luchando mientras el color grisáceo lo cubría. Resollaba como si tratara de librarse de aquello que intentaba adueñarse de su cuerpo. Tabitha lo ayudó a tenderse en el suelo.

Ash estaba perdiendo la batalla.

Abrió sus ojos plateados de par en par antes de que el color gris los cubriera; después se quedó tan inmóvil como un cadáver. No respiraba. No se movía. Como si algo lo hubiera paralizado por completo.

—¿Qué hacemos ahora? —le preguntó a Valerio.

—Ahora moriréis.

Tabitha se giró en redondo al escuchar la malévola voz tras ella y vio al fantasma de nuevo. Estaba rodeado de más daimons.

—¡Por el amor de Dios! ¿Quién ha sembrado daimons en este patio? Crecen como las setas en otoño... —dijo.

Valerio se puso en pie.

Antes de que ella pudiera hacer nada, vio que se abalanzaba sobre los daimons.

Corrió para unirse a la lucha.

—¡No matéis a la mujer! —masculló el fantasma a los daimons—. La necesito viva.

Uno de los daimons se echó a reír.

—Sí, pero podéis golpearla a placer.

Tabitha se volvió para hacer frente a un daimon que tenía a la espalda. Le asestó un puñetazo, pero él lo esquivó y se enderezó para atizarle un golpe tremendo en las costillas.

El dolor la hizo postrarse de rodillas.

Valerio soltó un taco y echó a andar hacia ella. Dos daimons le cerraron el paso.

Echando mano de su férrea fuerza de voluntad, Tabitha volvió a levantarse.

El daimon se quedó impresionado.

Lo atacó de nuevo, pero él se apartó con la velocidad del rayo. Sin embargo, cuando intentó devolverle el golpe, acabó estampado contra la pared que tenía a la espalda.

—Dejadla en paz —rugió Valerio, interponiéndose entre ella y el resto de los daimons.

Tabitha se subió la manga, lanzó una flecha al daimon que tenía más cerca y vio cómo se desintegraba.

De repente, un objeto rebotó entre los daimons, mató a dos en el acto y desapareció.

Alzó la mirada y vio que por detrás de la horda de daimons llegaban los refuerzos. Julian, Talon y Kirian se acercaban, armados hasta los dientes. Jamás se había alegrado tanto de verlos. Individualmente eran peligrosos. Juntos eran invencibles.

Siguió luchando contra los daimons al lado de Valerio mientras los recién llegados se unían a la refriega. Entre los cinco acabaron con el enemigo en un santiamén. La escena fue realmente vistosa ya que fueron desintegrándolos uno a uno.

Solo quedó el que la había golpeado. El fantasma se enroscó a su alrededor y los dos desaparecieron sin dejar rastro. Tabitha frunció el ceño al verlo. Y así siguió hasta que escuchó el colorido insulto de Kirian. Valerio pasó de estar a su lado a verse de bruces con el muro.

—¡Cabrón! —rugió su cuñado mientras lo machacaba a puñetazos.

Valerio esquivó los golpes y se echó a un lado. Estampó a Kirian contra la pared y lo habría inmovilizado de no ser porque Julian lo agarró por detrás.

Antes de comprender lo que sucedía, vio que Julian se unía a la paliza. Sin pensárselo dos veces, lo apartó de un empujón y se interpuso entre el romano y los dos griegos.

—Quítate de en medio, Tabitha —le ordenó Kirian, mientras fulminaba a Valerio con una mirada llena de odio—. Si sigues haciendo el tonto, te haré daño y no quiero que Amanda se cabree conmigo.

—Y si tú sigues haciendo el imbécil, voy a dejarte lisiado y no quiero que mi hermana se cabree conmigo.

—Esto no es un juego, Tabitha —intervino Julian con sequedad. En su vida como mortal, Julian había sido el general griego bajo cuyas órdenes luchaba Kirian. Por desgracia, había provocado la ira de los dioses, que lo habían condenado a permanecer encerrado en un libro y ser el esclavo sexual de cualquier mujer que lo convocase.

La mejor amiga de Selena, Grace Alexander, lo había liberado.

Desde entonces el semidiós se había unido más de una vez a los Cazadores Oscuros en la lucha contra los daimons, y en ese momento se había unido a Kirian para matar a Valerio.

Pero ella jamás se lo permitiría.

Alzó los brazos al frente para alejar a su cuñado y a Julian.

—No, no lo es.

—No pasa nada, Tabitha —dijo Valerio detrás de ella—. Esto viene de muy lejos.

—Talon —dijo, llamando al celta que estaba detrás de sus amigos griegos. Como de costumbre, iba vestido como un motero, con chupa de cuero, pantalones del mismo material y camiseta. Tenía el pelo corto, salvo por dos largas trencitas que le caían de la sien izquierda—, ¿vas a ayudarme?

El aludido torció el gesto.

—Por desgracia, sí. —Se puso a su lado.

—Celta... —dijo Kirian a modo de advertencia.

Talon cruzó los brazos por delante del pecho y lo miró con seriedad.

—A ver... —dijo ella entre dientes—, tenemos cosas más importantes de las que preocuparnos ahora mismo que vuestro odio por Valerio y su familia.

—¿Como qué? —preguntó Kirian.

Señaló hacia el lugar donde Ash estaba inmóvil.

Kirian se quedó pálido al verlo.

—¿Qué ha pasado?

—No lo sé —respondió—. Uno de los daimons se lo hizo, y tenemos que llevarlo a un lugar seguro.

Kirian miró a Valerio con evidente resentimiento.

—Esto no ha acabado.

Valerio guardó silencio y se acercó a Ash.

Cuando hizo ademán de cogerlo en brazos, Kirian lo apartó de un empujón.

—Aparta tus sucias manos de él, romano. No necesitamos tu ayuda. Podemos encargarnos de los nuestros.

—Da la casualidad de que Valerio es el único Cazador Oscuro de los tres —soltó Tabitha a su cuñado—. Tiene más derecho a ayudar a Ash que...

—Los griegos no queremos ni necesitamos la ayuda de los

romanos —puntualizó Julian al pasar junto a Valerio y empujarlo con el hombro.

Tabitha sintió la furia de Val, su dolor, pero sobre todo sintió que estaba avergonzado.

¿Por qué?, pensó.

—¿Val?

En cuanto pronunció su nombre, se dio cuenta de que había cometido un error táctico. Kirian soltó un taco.

—Vaya, no me digas que te has liado con él. Joder, Tabitha, nunca creí que pudieras caer tan bajo.

¡Hasta ahí podíamos llegar!, pensó, al tiempo que se plantaba delante de su cuñado.

—Deja de hacerte el mártir, Kirian. —Señaló hacia Valerio, que estaba detrás de ella—. Él no te hizo nada.

Kirian torció el gesto.

—¿Cómo lo sabes? ¿Tú estabas allí?

—Vaya por Dios. ¿Ahora me vienes con esas? No, no estaba allí. Pero sé contar y también sé la edad que tenía cuando te mataron. A ver, ¿vas a decirme que dejaste que un niño de cinco años te crucificara?

Alguien la cogió por detrás. Hizo ademán de atacar, pero se dio cuenta de que Valerio la estaba apartando.

—No, Tabitha. No te metas en esto.

—¿Por qué? Estoy harta de ver cómo te tratan. ¿Tú no?

El semblante de Valerio era estoico, pero no así su corazón. Sentía su dolor.

—Francamente, me da igual lo que piensen de mí. En serio. Y no tienes por qué enfadarte con tu familia. No te metas en esto.

—¿Por qué?

Valerio desvió la mirada y clavó los ojos en Kirian. Volvió a mirarla. Con severidad.

—Esto puede esperar. Lo primero es poneros a salvo a Aquerón y a ti. Vete con Kirian.

Quería discutir, pero Val tenía razón y no era tan cabezota como para no reconocer algo tan cierto. Cuanto más se quedaran allí discutiendo, mayor peligro correría Ash, sobre todo porque Simi no estaba allí para protegerlo.

La prioridad era llevar a Ash a un lugar seguro.

—Ten cuidado.

Valerio se despidió de ella con un saludo romano extrañamente tierno y giró sobre sus talones para marcharse.

—Eres la hostia —masculló Kirian mientras levantaba del suelo a Ash con la ayuda de Julian—. No puedo creer que te pelearas con Amanda porque estaba conmigo y que ahora te hayas liado con ese cabrón.

—Cállate, Kirian —replicó—. Al contrario que Amanda, no me importaría nada apuñalarte el corazón.

—¿Adónde llevamos a T-Rex? —preguntó Talon al tiempo que los ayudaba, cogiendo a Ash por los pies.

—A mi casa —respondió Kirian—. Después de que aquel demonio atacara a Bride Kattalakis mientras estaba con nosotros, Ash la protegió con algún hechizo de los suyos. Supongo que sea lo que sea lo que le haya hecho esto, no podrá atacarlo de nuevo si lo llevamos allí.

Talon asintió con la cabeza.

—¿Quién le ha hecho esto exactamente?

—No lo sé —respondió Tabitha, encogiéndose de hombros—. Algo lo golpeó y ¡zas!, se fue al suelo. Ocurrió tan deprisa que ni siquiera sé qué le dio.

Talon soltó el aire muy despacio.

—Joder, creía que nada podía herir a Ash. Por lo menos, de esta manera.

—Sí —convino ella—, pero al menos sigue vivo. Más o menos... Aunque acojona un poco.

No quería admitir delante de ellos lo asustada que estaba porque los daimons hubieran sido capaces de derrotar al poderoso atlante sin despeinarse siquiera. Si podían hacerle aquello a Ash, a saber lo que podían hacer a los demás.

Lo que planteaba la pregunta de por qué a ellos los habían dejado tranquilos cuando podrían haberlos matado.

No tenía sentido.

Se internaron en los callejones más oscuros y menos frecuentados, atentos a la posible presencia de daimons o de transeúntes inocentes que pudieran llamar a la policía si los veían trasladar al Land Rover de Julian lo que parecía un cadáver.

Se subió en el asiento trasero con Ash mientras Talon se quedaba en la zona para seguir patrullando en busca de daimons. Kirian se sentó en el asiento del copiloto y permaneció sumido en un silencio malhumorado. Julian los llevó hacia el Garden District en dirección a la mansión de Kirian, emplazada apenas a dos manzanas de la de Valerio.

Se preguntó si sabían lo cerca que vivían el uno del otro. Prácticamente eran vecinos, pero los separaba un odio insalvable.

Apartó ese pensamiento mientras acariciaba el pelo a Ash. Su textura era esponjosa y muy extraña. Tenía los ojos entreabiertos y el color plateado de sus iris había dejado de moverse. Resultaba aterrador pensar que algo pudiera hacerle algo así y que ninguno de ellos supiera qué había sido ni tampoco si había algo que pudiera devolverlo a su estado normal.

Dios, ¿qué iba a pasar si no lo lograban?

¿Qué iba a pasar con los Cazadores Oscuros si no contaban con Ash para que los liderase? Era una idea escalofriante. Él siempre sabía qué hacer, qué decir. Cómo hacer que las cosas mejorasen para todos.

Se mordió el labio y luchó contra el pánico. Simi conseguiría ayuda para Ash. Era imposible que le fallara.

Una vez que Julian y Kirian salieron del coche, bajaron a Ash y lo llevaron a la casa. Ella los siguió de cerca.

Amanda se levantó de un salto del sofá en cuanto los vio entrar en el vestíbulo.

—¡Dios mío! ¿Qué ha pasado?

—No lo sabemos —respondió Kirian mientras lo llevaban hacia la escalinata de caoba.

—¿Tabby? —la llamó su hermana.

Se encogió de hombros por respuesta y siguió a los hombres.

Amanda se unió a la procesión. Cuando llegaron al descansillo de la planta superior, vio salir a un hombre negro de una de las habitaciones de invitados.

—¿Aquerón? —preguntó con fuerte acento.

—No sabemos qué ha pasado —dijo Kirian como respuesta a la pregunta que no había llegado a formular mientras pasaban junto a él.

—Hola, soy Tabitha —se presentó ella, tendiéndole la mano al Cazador Oscuro que estaba protegiendo a su familia.

—Kassim —replicó él y le estrechó la mano antes de echar a andar tras los demás hacia el dormitorio de Ash.

En cuanto lo dejaron en la cama, Kirian la miró con el gesto torcido.

—¿Por qué no le preguntas a tu hermana por su nuevo amiguito, Amanda?

—Kirian —le advirtió—, o te callas o te doy una patada donde tú ya sabes.

—¿Qué amigo? —quiso saber Amanda.

—Valerio Magno —respondió Julian—. Parecían llevarse muy bien cuando los encontramos esta noche.

—Sí, es verdad —admitió—. Y no es asunto vuestro.

Amanda la miró con expresión airada.

—Tabitha...

—¡Cállate! —exclamó—. En cuanto ayudemos a Ash, te dejaré que me eches el sermón. Pero ahora, voy a empezar a llamar a gente a ver si alguien sabe cómo arreglar esto. Tocaos los huevos todo lo queráis y dejadme como un trapo si os apetece, pero yo no voy a quedarme de brazos cruzados.

Se sacó el móvil, se marchó hacia la escalera y bajó al salón, desde donde llamó a Tia, que no pudo darle ninguna solución.

—Vamos, Tia —le suplicó a su hermana—, tiene que haber algún hechizo que revierta esto.

—No, si no sé qué lo provocó. Ash no es lo que se dice humano, Tabby. Y si me equivoco, podríamos hacerle muchísimo daño.

Gruñó una respuesta a ese comentario y colgó. Amanda acababa de entrar en el salón cuando escuchó que algo golpeaba la puerta de entrada con tanta fuerza que las bisagras crujieron.

Le pasó el móvil a su hermana y se sacó el estilete de la bota.

—¡Akri! —El enloquecido grito de Simi resonó por la casa como un trueno ensordecedor—. ¡Deja que Simi entre, akri!

—¿Qué es eso? —preguntó Amanda con el rostro ceniciento.

—Es el demonio de Ash.

—¿Ese estrépito lo está haciendo Simi? —preguntó Kirian, que acababa de bajar la escalera con Julian.

—Eso parece —respondió ella al tiempo que se acercaba a la puerta.

Kirian se le adelantó.

—¡No! —gruñó—. Podría ser una trampa.

—Los cojones —le soltó—. ¿Simi? ¿Eres tú?

—Tabitha, deja pasar a Simi. No puede ayudar a akri si no lo ve. Simi tiene que ayudar a su akri. Deja entrar a Simi o hará una barbacoa con la puerta. ¡Simi lo dice en serio!

—No puedes, Simi. El hechizo protector te hará daño si lo intentas. Tienen que invitarte a entrar —dijo una voz desconocida con un leve acento desde el otro lado de la puerta.

Tabitha se quedó helada.

—¿Quién está contigo, Simi?

—Una de las *koris* de esa zorra. Las *koris* son las que la sirven en su templo del Olimpo. Katra es buena gente y va a ayudar al akri de Simi. ¡Deja entrar a Simi ya!

—No pasa nada —le dijo a Kirian—. Conozco bien a Simi y sé que es ella la que está ahí fuera.

Kirian le lanzó una mirada amenazadora.

—Sí, y también conoces muy bien a Valerio. Eso no dice mucho a favor de tu buen juicio.

El comentario la irritó.

—Amanda, si tienes cariño a las pelotas de tu marido, te aconsejo que lo quites de mi vista antes de que empiece a cantar como una soprano.

—Déjala que abra la puerta, Kirian.

—¡Y una mierda! —rugió él—. Mi hija está durmiendo en su habitación.

—Su sobrina está durmiendo en su habitación —le recordó Amanda—. Tabitha jamás pondría en peligro a Marissa. Hazte a un lado.

Su cuñado hizo un gesto que dejaba bien claro que le encantaría estrangularlas a las dos, pero se apartó.

Cuando Tabitha abrió la puerta, vio a Simi y a una mujer increíblemente alta y encapuchada.

Ninguna de las dos preguntó dónde estaba Ash, ya que parecían saberlo de forma instintiva.

—No te preocupes, Tabby —dijo Simi mientras la desconocida se encaminaba a la escalinata—. Katra jamás le haría daño al akri de Simi. Ella también lo quiere.

Katra subió la escalera ajena a la cháchara de Simi. No conocía la mansión, pero ningún lugar le resultaba desconocido. Había heredado inmensos poderes de su padre y de su madre, entre los que se contaba la habilidad de captar la esencia y la distribución de los edificios.

Esa casa rezumaba calidez, respeto y amor. No era de extrañar que Aquerón se quedase allí cada vez que iba a Nueva Orleans. Era un hogar maravilloso, y Marissa era una niña muy afortunada por vivir allí. Ojalá hubiera conocido semejante lugar cuando niña.

Abrió la última puerta del pasillo y se encontró a Aquerón acostado en una enorme cama con dosel.

Se detuvo al verlo. Jamás había estado tan cerca de él. A lo largo de los siglos había intentado observarlo a hurtadillas cada vez que iba al Olimpo para ver a Artemisa. Al igual que el resto de las siervas de la diosa, era desterrada del templo cuando él estaba allí.

Ella en particular tenía prohibido acercarse a él. Pero en ese momento...

Llevaba toda la vida esperando ese momento. Esperando la oportunidad de tocarlo. De conocerlo en persona.

De sentir sus brazos mientras la abrazaba, aunque solo fuera una vez.

Cruzó la estancia con el corazón desbocado y se detuvo junto a la cama, demasiado pequeña para su altura. La palidez y el extraño color de su piel no impedían que siguiera siendo el hombre más guapo que había visto jamás.

Aunque había mucho más en él aparte de su belleza exterior.

Incluso paralizado, imponía respeto y temor. Sentía cómo sus poderes se expandían hacia ella. La llamaban.

Aquerón era la encarnación del poder.

Y, sobre todo, era imprescindible para el orden del universo. Si moría...

No quería ni pensarlo.

Cerró la puerta y echó el pestillo utilizando sus poderes; unos poderes que solo se veían superados por los del hombre que estaba en la cama. Acto seguido, se quitó la capucha y se sentó en el borde del colchón. Quería pasar unos minutos a solas con él sin que nadie los observase.

—Eres tan guapo... —susurró mientras trazaba con los dedos el contorno de sus cejas.

Había deseado acariciarle la mano desde que lo vio por primera vez cuando era una niña. Había deseado que la llamase por su nombre.

Y, por encima de todo, había deseado que supiese de su existencia.

Pero era imposible.

Artemisa siempre se interpondría entre ellos. Siglos atrás había ordenado que nadie, mucho menos ella, tocara al sagrado Aquerón.

Sin embargo, allí estaba, sentada en su cama, muy lejos de la atenta mirada de la diosa.

Las emociones que llevaba conteniendo tanto tiempo se apoderaron de ella. Incapaz de contenerlas, se recostó contra él y lo abrazó, deseando con todas sus fuerzas que estuviera despierto para que la reconociera. Para que la sintiera.

Pero no lo estaba.

Jamás sabría que había estado allí. Ni que ella lo había ayudado. Simi tenía prohibido decírselo y en cuanto ella desapareciera, las personas que estaban en la planta baja también se olvidarían de ella.

—Te quiero —le susurró al oído—. Siempre te querré. —Le dio un casto beso en la mejilla antes de apartarse y coger una de sus manos. Se echó a llorar mientras se acercaba la palma a la cara—. Algún día nos conoceremos —murmuró—. Te lo prometo.

Quitó el pestillo de la puerta con sus poderes y después sacó una bolsita de su bolsillo. En el interior había tres hojas del Árbol de la Vida, que solo crecía en el jardín de la Destructora, emplazado en el corazón de su templo, en Kalosis. Era lo único que podía romper el *ypnsi*, el sueño sagrado que Orasia dispensaba antiguamente desde los sagrados muros de Katoteros, cuando los antiguos dioses atlantes regían la Tierra.

Eso era lo único que podía restablecer la fuerza de Aquerón.

Aplastó las hojas para hacer brotar su savia. Las acercó a los labios de Aquerón, las estrujó un poco más y vertió nueve gotas en su boca.

Observó que el color regresaba lentamente al cuerpo inerte de Aquerón, extendiéndose desde sus labios.

Acto seguido, inspiró hondo y abrió los ojos.

Ella desapareció al instante.

Ash sintió que el aire se agitaba a su alrededor. Se irguió enseguida, pero deseó no haberlo hecho en cuanto notó el dolor.

Se humedeció los labios e hizo una mueca de desagrado por el regusto amargo que tenía en la boca.

—¿Akri?

El corazón le dio un vuelco al escuchar la voz indecisa de Simi un segundo antes de que entrara en tromba en la habitación y se abalanzara sobre él.

De pronto, lo recordó todo. Los daimons.

El ataque...

¿Qué coño lo había atacado?

—Simi, ¿qué estoy haciendo aquí?

Su demonio lo abrazó con tal ímpetu que lo arrojó de espaldas al colchón con ella encima.

—Has asustado a Simi, akri. Simi no sabía qué te pasaba. Te pusiste todo gris y feo como las estatuas esas. ¡A ti no te pasan esas cosas! Tú se lo dijiste a Simi.

—Estoy bien —dijo, acunándola—. Creo. ¿Por qué estoy en casa de Kirian... y tú... en forma humana?

—Porque nosotros te trajimos.

Se tensó al escuchar la voz de Kirian. Sin apartarse de Simi, se incorporó muy despacio en la cama.

Kirian estaba en el vano de la puerta con los brazos cruzados por delante del pecho, acompañado de Julian y Amanda.

—¿Estás bien? —le preguntó.

Asintió con la cabeza.

—Eso creo. Un poco mareado, pero respiro. —O al menos lo intentaba, porque Simi se le había pegado como una lapa y no lo soltaba.

—¿Sabes qué te ha pasado? —escuchó a Tabitha desde algún lugar del pasillo.

Por desgracia, sí lo sabía, pero ellos no tenían por qué; mucho menos cuando Simi había conseguido el antídoto y lo había curado. Gracias a los dioses que había entendido su orden.

Si los demás llegaban a averiguar quién y qué era...

Claro que eso conllevaba una pregunta; entre las filas de los daimons, ¿quién conocía su verdadera identidad? ¿Cómo habían averiguado el modo de dejarlo fuera de juego por completo?

Aunque jamás volvería a suceder. Puesto que ya lo esperaba, podría defenderse del ataque.

Ya se encargaría del siguiente gilipollas que volviera a intentarlo.

—Ya vale, Simi —dijo, dando unas palmaditas al demonio en la espalda—. Ya puedes soltarme.

—No, Simi no puede —protestó ella mientras lo abrazaba

con más fuerza—. Te pusiste todo gris, akri. Como una de esas cosas que tenemos en casa. ¡Uf! A Simi no le gusta. Tienes que quedarte así de guapo y rosado, como se supone que eres. O azul. A Simi no le importa cuando estás azul. Pero tampoco le gusta que te pongas triste, ¿vale?

—Vale, Simi —respondió antes de que dijera algo que no debía decir.

—¿Te pones azul? —preguntó Kirian.

—Todo el mundo se pone azul cuando tiene frío —contestó de forma evasiva.

Se levantó de la cama a pesar de que Simi seguía abrazándolo con la misma fuerza. Tenía que salir de la habitación para distraerlos de que había estado en un tris de morir, al menos en el sentido en el que lo hacían los suyos.

Simi se colocó tras él pero siguió abrazándolo con fuerza por la cintura.

—Creo que alguien te tiene un gran apego, T-Rex —dijo Talon con una carcajada.

—Eso parece. —Salió del dormitorio.

—¿Podemos comer helado? —preguntó Simi, soltándolo por fin. Echó a andar hacia la escalera, pero giró de repente y se encaminó hacia la habitación de Marissa para echar un vistazo—. ¡Chitón! —les dijo cuando cerró la puerta y se enderezó—. El bebé está durmiendo.

—Sí, y Tabitha se está escabullendo —apostilló Kirian—. ¿Te largas con Valerio?

Tabitha se molestó al escuchar la pregunta.

—Ash, tengo una duda —le dijo en voz baja mientras se acercaba a él, que ya había llegado a la escalera—. ¿Le importaría mucho a Artemisa que matara a un antiguo Cazador Oscuro?

—No, pero creo que a tu hermana sí.

—Pues será mejor que se haga un seguro —dijo mirando a Amanda por encima del hombro—, porque está a un paso de caer por la escalera.

—No me amenaces, Tabby —le advirtió Kirian—. Me hiciste una buena jugarreta cuando te enteraste de que tu hermana estaba conmigo. Para ser más exactos, intentaste matarme. Y ahora te lías con el ser más inmundo que jamás ha pisado la tierra. Díselo, Ash. Los de su ralea mataban sin escrúpulos.

Tabitha dio media vuelta para enfrentarse a él.

—¿Los de su ralea? ¿Te refieres a los generales de la Antigüedad? Tengo la impresión de que conozco a dos personas que también eran «de su ralea» —replicó al tiempo que lanzaba una mirada elocuente a los dos ex generales.

—Tabitha... —dijo su hermana—. Ya está bien. Sabías lo que Kirian sentía por Valerio. ¿Cómo has podido hacernos esto?

Ash se frotó la cabeza como si le doliese.

—A ver si dejamos tranquila a Tabitha. Fui yo quien le dije que no se apartara de Valerio.

—¿Por qué? —preguntaron Kirian, Julian y Amanda al unísono.

—Tabby, ¿cuál es tu hombre ideal? —le preguntó él a Tabitha, mirándola con sorna.

—¿Lo preguntas de verdad?

Asintió con la cabeza.

—Tú —dijo ella sin vacilar—. Alto, buenísimo, a la última y con un toque gótico.

—¿Y qué te parece Valerio?

Desvió la mirada hacia su hermana antes de contestar.

—Es un estirado, pero me gusta mucho.

Kirian y Julian soltaron un taco.

—Tabitha... —la avisó Amanda.

—No me vengas con esas. Joder, estoy harta de que todos me deis la lata. —Bajó la escalera y se encaminó hacia la puerta.

En cuanto la abrió, se encontró con Nick en los escalones de la entrada. El escudero le sonrió y entró en el vestíbulo. Fue todo tan rápido que ni siquiera se le pasó por la cabeza avisarlo de que Ash estaba en la casa...

Con Simi.

Se dio la vuelta para mirar boquiabierta al grupo que bajaba la escalera.

—¡Hola, Nicky! —lo saludó Simi, sonriendo de oreja a oreja mientras se apartaba de Ash dando brincos.

Tabitha estaba petrificada por el miedo.

Y supo el momento exacto en el que Ash comprendió que Simi conocía a Nick en el sentido bíblico de la palabra. Se le enrojeció el rostro de furia.

Nick se quedó helado antes de quedarse boquiabierto.

Simi parecía ajena al caos que acababa de desencadenar.

—Nicky —le dijo al tiempo que ponía los brazos en jarras y hacía un puchero—, ¿por qué dejaste plantada a Simi?

Nick abrió y cerró la boca varias veces sin decir nada, mientras que Ash soltó un rugido. Cogió a Nick por el cuello y lo estampó contra la pared con tanta fuerza que la atravesó.

Tabitha se encogió en un gesto de solidaridad cuando vio que el escudero intentaba ponerse en pie en medio de la polvareda que había levantado.

—No sabía que era tu novia, Ash —resolló—. Te lo juro.

Los ojos plateados de Ash adquirieron un brillo rojizo.

—No es mi novia, gilipollas. ¡Es mi hija!

Aunque le pareciera increíble, Nick perdió el poco color que le quedaba en la cara.

—Pero es... tan joven... Tú eres tan joven... —Tragó saliva—. Y yo soy hombre muerto.

Los ojos de Ash lanzaban destellos rojos y amarillos. En ese momento, golpeó a Nick con tanta fuerza que lo lanzó contra Kirian, que observaba la escena a unos cinco metros de distancia.

Marissa comenzó a llorar en su habitación.

—Amanda, encárgate de tu hija —masculló Ash con una voz que ni siquiera parecía humana. Era ronca y reverberante. Aterradora.

Aprovechando la distracción, Tabitha se abalanzó sobre él, pero Ash extendió la mano y una fuerza invisible la detuvo en seco.

—¡Akri! —gritó Simi—. ¡No!

Ash echó a andar hacia Nick, pero antes de que pudiera dar más de dos pasos, Simi se interpuso entre ellos.

El agónico grito de Ash hizo que Tabitha se compadeciera de él.

—¡Jamás debías tener contacto carnal con nadie! —le gritó a su demonio.

Al contrario que los demás, que temían por sus vidas, Simi no parecía impresionada por la furia de Ash.

—¿Por qué no? —le preguntó—. Todo el mundo lo tiene.

Ash se pasó las manos por el pelo.

—Joder, Simi, porque ahora serás como todas las demás. La que me ha caído encima...

Simi torció el gesto como si aquello fuera la cosa más desagradable que había escuchado nunca.

—Por favor, akri. Te lo tienes un poco creído, ¿no? Es asqueroso. Llevas demasiado tiempo con esa foca. ¡Uf! A ver, eres guapo, pero no como Travis Fimmel. Él sí que está bueno. Además, a Simi no le gustaron nada esos jadeos y sudores. Demasiado trabajo para tan poco placer. Simi prefiere ir de compras. Es mucho más divertido y luego no hay que ducharse. Bueno, a menos que vayas a un lugar muy sucio, pero hoy en día la mayoría de las tiendas están muy limpias.

Nick abrió la boca como si fuera a protestar, pero Talon lo interrumpió con un gesto de la cabeza.

—Tío —dijo Talon con brusquedad—, alégrate de ser un desastre en la cama y aprovecha la oportunidad que acaba de darte de salvar la vida.

—Sí, Nick —convino Kirian—, mantén esa puta boca cerradita.

Ajeno a la conversación, Ash abrazó a Simi con fuerza, como si temiera soltarla.

El muro invisible que había retenido a Tabitha desapareció. Inspiró hondo mientras el ambiente se tranquilizaba y la tensión se desvanecía.

Sin embargo, cuando Ash miró a Nick vio que todavía tenía los ojos rojos.

—Estás muerto para mí, Gautier. En tu lugar, yo me mataría y así me ahorrarías la molestia.

—¡Oye! —exclamó ella al ver que Ash se alejaba hacia la puerta—. Te has pasado.

—No te metas, Tabitha —rugió Ash—. Simi, vuelve a mí.

El demonio se convirtió en una bruma diáfana antes de colocarse sobre su brazo y convertirse en el tatuaje con forma de dragón.

Ash estampó la puerta al salir. Sin pensárselo dos veces, Tabitha fue tras él.

—¡Ash! —gritó, obligándolo a detenerse en la avenida de acceso—. ¿Adónde vas?

—Me voy antes de que mate a Nick.

—No puedes echarle toda la culpa a él.

—¡Cómo que no! ¡Se ha acostado con mi Simi!

—Bueno, pero si quieres odiar a alguien, ódiame a mí. Fui yo quien los dejó a solas.

La miró echando chispas por los ojos. Literalmente.

—Déjame tranquilo, Tabitha. Ya.

—No —negó con vehemencia—. Si quieres hacer daño a alguien por esto, házselo al culpable. Nick y tú sois muy buenos amigos. No creas que no lo sé. Te quiere como a un hermano y acabas de hacerlo polvo.

—Se acostó...

—Ya te he oído la primera vez. Pero también sé cómo se sintió Nick cuando se enteró de que Simi era tuya. A ver, explícame, ¿por qué no sabía Nick nada sobre ella?

Ash apretó la mandíbula con furia.

—No quería que ningún hombre supiera de su existencia. Sabía que llegaría el momento en el que... —Se encogió como si le hubieran clavado un cuchillo—. No lo entiendes.

—Tienes razón, no lo entiendo. No sé qué te ha pasado esta noche. No sé qué me persigue. No entiendo en qué coño te has convertido hace unos minutos ni por qué tus ojos siguen echando fuego... o eso parece. ¿Qué eres? Porque ahora mismo me estoy preguntando si alguna vez has sido humano.

Los ojos de Ash refulgieron y pasaron del rojo al plata.

—En otro tiempo fui humano —dijo en voz baja.

—¿Y ahora?

—Ahora ha llegado el momento de vuestra muerte.

Apenas había tenido tiempo de asimilar esas aterradoras palabras cuando una abrasadora sensación le atravesó el estómago.

10

Tabitha jadeó, paralizada por el dolor. Nunca había sentido nada parecido. Era como si algo hubiera invadido su cuerpo.

Ash soltó un taco al tiempo que alzaba una mano y le lanzaba una descarga.

El dolor del impacto le arrancó un chillido. Parecía que algo estaba intentando hacerla pedazos.

Incapaz de soportarlo, se dejó caer, pero se dio cuenta de que alguien la sostenía. Estaba apoyada contra un torso muy fuerte.

—Te tengo —dijo Valerio mientras la cogía y la abrazaba con fuerza.

Su proximidad la llenó de alegría. No sabía cómo había logrado llegar hasta ella para cogerla, pero le agradecía muchísimo que lo hubiera hecho.

—Cuidado —le advirtió entre dientes, que había apretado para no gemir a causa del insoportable dolor.

Se le nublaron los ojos de lágrimas al caer en la cuenta de que era muy posible que el fantasma estuviera intentando poseer a Ash o a Valerio.

—Olvídalo —dijo Ash.

El espíritu se echó a reír antes de desaparecer.

Ash llegó a su lado en un santiamén.

—Respira despacio —susurró.

Incapaz de hablar, apoyó la cabeza en el cuello de Valerio y aspiró el cálido aroma de su piel. Jamás había pensado que podía sentir algo así por alguien.

Entre sus brazos se sentía protegida aun cuando no pudiera luchar por sí misma.

—Hay que ponerla a salvo —dijo Val con brusquedad.

Ash asintió con la cabeza.

En un abrir y cerrar de ojos pasaron de la avenida de acceso a la mansión de Kirian al dormitorio de Valerio, que la dejó en la cama con mucho cuidado. Su expresión pareció suavizarse.

—¿Estás bien? —le preguntó Valerio.

—Creo que sí —respondió. El dolor iba remitiendo poco a poco.

Vio su sonrisa antes de que su semblante se endureciera al mirar a Ash.

—¿A qué nos enfrentamos? —le preguntó.

Ash inspiró hondo y pareció debatirse consigo mismo unos instantes mientras decidía qué les contaba.

—Ese fantasma era Desiderio. La buena noticia es que no es corpóreo... todavía.

—Pero yo luché contra él cuerpo a cuerpo —replicó Val—. Cuando me atacó.

—¿Cuándo? —quiso saber ella mientras el terror que la embargaba se multiplicaba por diez—. Yo no lo vi.

—Era el daimon al que protegió el fantasma justo antes de que la lucha concluyera. ¿No te acuerdas?

Negó con la cabeza.

—Ese no era Desiderio. Créeme, recuerdo muy bien la cara de ese cabrón. —Se acarició la cicatriz del pómulo.

—No —intervino Ash, dándole la razón—, era su primogénito. Según Urian, se llaman igual.

Tabitha puso los ojos en blanco.

—Menuda manía teníais en aquellos tiempos. Cuántos nombres teníais, ¿tres? Y los reciclabais una y otra vez a lo largo de las generaciones...

—Era la costumbre —explicó Valerio—. Y me alegro de que

se haya perdido. Créeme, no me hace ni pizca de gracia tener un nombre que recuerda a una canción ñoña y a un tío que hace cosas incalificables en el gimnasio de un instituto. Pero, puestos a considerarlo, «Valerio» no tiene ni punto de comparación con «Newbomb Turk».

El inesperado comentario le arrancó una carcajada. Era sorprendente que hubiera entendido su referencia a la película *Los caballeros de Hollywood*.

—Conociendo a Tabitha, no me atrevo a preguntar —comentó Ash mientras se pasaba una mano por la frente.

De repente, vio que se quedaba petrificado y percibió que el miedo lo embargaba.

—¿Ash?

—¿Qué ha pasado? —susurró Ash sin hacerle caso. Parecía que estuviera hablando con otra persona.

—¿Ash?

—Quedaos los dos aquí y no salgáis de casa esta noche. —Se desvaneció al instante.

Cuando miró a Valerio, comprobó que estaba mucho más perplejo que ella.

—¿A qué ha venido eso? —le preguntó.

—No lo sé —respondió él—, pero tengo la sensación de que no ha pasado nada bueno.

Ash entró en su hogar, en Katoteros, dejando atrás un enorme tornado. Las puertas de madera de roble y de más de cuatro metros de altura se cerraron con un portazo que resonó amenazadoramente una vez que las dejó atrás. En cuanto traspasó el elegante umbral, su moderno atuendo gótico se convirtió en el habitual de los antiguos atlantes. Los vaqueros se transformaron en unos pantalones de cuero que se ceñían a sus musculosas piernas y se ajustaban a ambos lados mediante unos cordoncillos en zigzag. La chupa y la camisa se desvanecieron para dejar paso a una *foremasta* de gruesa seda negra, que no era más que una especie de túnica suelta que flotaba con elegancia en torno a su fibroso cuerpo. En la espalda de la prenda había un emblema bordado: un sol dorado atravesado por tres rayos de plata.

Era su símbolo personal y estaba presente en todas y cada una de sus posesiones.

Siguió caminando sin detenerse por el inmenso vestíbulo de mármol negro y de planta circular, en cuyo centro podía admirarse el mismo símbolo.

La estancia carecía de muebles. La cúpula dorada que coronaba el vestíbulo se alzaba sobre dieciséis columnas formadas por las estatuas de otros tantos dioses atlantes, los más preeminentes.

Unos dioses que en otro tiempo hicieron de ese reino su hogar. En aquellos días se reunían en amor y compaña en ese vestíbulo, desde donde observaban y protegían el mundo de los humanos.

Pero esos días habían llegado a su fin mucho tiempo atrás.

Los propios dioses habían desaparecido.

Ash se encaminó al salón del trono situado frente a las puertas principales. La entrada a la estancia estaba flanqueada por sendas estatuas de Apolimia, la Destructora, y de su esposo, Arcón Kosmetas, un apodo que significaba «orden». En otra época, la pareja gobernaba los dominios inferiores de Katoteros y Kalosis, pero en un arrebato de furia, Apolimia acabó con todos los que moraban allí.

Con todos.

Ni un solo dios atlante quedó en pie después de que ella arrasara el templo, presa de una furia destructora.

Jamás había comprendido qué la llevó a hacer algo así.

Sin embargo, conforme entraba en el salón del trono creyó que por fin empezaba a entenderlo.

—¡Urian! —masculló, convocando a su vasallo.

El aludido apareció en el salón del trono atlante dispuesto a enfrentarse al mismo demonio. Se detuvo en seco al ver a Ash en su verdadera naturaleza, de pie frente al estrado dorado sobre el que se alzaban dos tronos de oro tallados en forma de dragón.

No acababa de acostumbrarse a verlo con ese aspecto. Los ojos rojos que echaban chispas, literalmente, ya eran suficiente para lograr que hasta un semidiós como él se echara a temblar. Pero si a eso se le sumaban las rayas de un azul iridiscente que adornaban su piel blanca como el alabastro...

¡Uf!

No obstante, lo más inquietante de todo era la horrorosa cicatriz que se extendía desde su ombligo hasta la garganta, justo hasta el lugar donde le habían dejado marcada la palma de una mano. Parecía que alguien lo hubiera inmovilizado por el cuello para abrirlo en canal.

Según le dijo Alexion el día que llegó a Katoteros, la marca aparecía y desaparecía sin motivo, pero la cicatriz vertical solo era visible en ese reino y bajo ningún concepto debía hacer alusión a ella.

No si valoraba en algo su vida.

El malhumor de Ash se reflejaba en los rayos y truenos que restallaban al otro lado de las ventanas emplomadas del templo.

Había pocas cosas en la vida que asustaran a Urian, pero la poderosísima criatura que tenía delante era una de ellas.

Ni siquiera los *pterygsauri* que tenía como mascotas saldrían para ir con su amo de ese humor. Al contrario que él, esas criaturas (una especie de dragones alados) tenían el buen tino de mantenerse escondidas.

—¿Qué tienes que decirme? —le preguntó Aquerón con un fuerte acento atlante.

—Básicamente, que se ha desatado el infierno en el infierno.

Esa noticia no lo complació en absoluto. Una nueva andanada de relámpagos restalló al otro lado del ventanal que ocupaba la pared emplazada tras los tronos. Su luz confirió un brillo espectral al cuerpo de Ash. El ominoso trueno que se escuchó fue tan intenso que el suelo del templo tembló bajo sus pies.

—¿Qué está pasando?

Tuvo que morderse la lengua para no replicar con un comentario sarcástico y decirle que en Kalosis el ambiente era tan distendido como allí, en Katoteros. Saltaba a la vista que ese comentario sería un suicidio.

—No lo sé. Desiderio volvió con su hijo hace un rato. Según me han dicho, le contó algo a Stryker que hizo que lo recompensara con la habilidad de reencarnarse. Apolimia, la Destructora, está encerrada en su templo y no permite que nadie entre. Al parecer, alguien cometió un error y la diosa ha soltado a sus perros carontes por todo Kalosis para que atrapen al culpable. Los spati caen como moscas y todos se han meado en los pantalones por temor a la ira de Apolimia.

—¿Y tu padre?

Urian se tensó ante el recordatorio de que Stryker, el líder de los daimons spati al servicio de la Destructora, lo había engendrado.

—No lo sé. En cuanto Desiderio se marchó, se encerró en el salón principal y está destrozando todo lo que encuentra. —Su semblante se endureció—. Grita mi nombre sin cesar y no sé por qué. Tal vez haya descubierto que estoy vivo.

Los ojos de Aquerón se apartaron de él.

—¿Qué significa todo esto, Ash? Sé que lo sabes.

—No. No lo sé. La Destructora guarda silencio. No me ha dicho nada y eso es lo que más me preocupa. Nunca guarda silencio mientras estamos enzarzados en una batalla.

El significado de esas palabras le hizo soltar un taco.

—¿Qué los ha hecho estallar a la vez?

La mandíbula de Ash sufrió un tic nervioso de lo más evidente.

—Creo que Stryker mandó a Desiderio para que me sometiera a una prueba. En cuanto Desi comprobó que era efectiva, informó a Stryker, que no necesitó más confirmación.

—¿Confirmación de qué?

La mirada del atlante lo atravesó.

—Sobre su verdadera relación con Apolimia.

La respuesta le arrancó un quedo silbido.

—Sí, eso lo sacaría de sus casillas. Quizá tengamos suerte y se maten entre sí.

Aquerón le echó una mirada que lo hizo retroceder.

—Lo siento —se disculpó sin pérdida de tiempo.

Vio que Ash comenzaba a caminar de un lado para otro. El fantasmagórico movimiento de la túnica que flotaba a su espalda, sumado al golpeteo que provocaban las suelas de plata de sus botas sobre el suelo de mármol, formaba una espeluznante visión.

—¿Por qué intentó Desiderio poseer el cuerpo de Tabitha?

—¿Qué quieres decir? —preguntó él a su vez.

—Intentó llevársela estando yo delante. Cuando lo obligué a salir de ella con una descarga astral, vino a por mí.

Aquello no tenía sentido. ¿Cómo podía alguien ser tan estúpido? Aunque, claro, estaban hablando de Desiderio...

—¿Por qué intentó hacer algo así a sabiendas de lo que eres?

La pregunta hizo que Ash soltara una siniestra carcajada.

—No creo que Stryker haya compartido esa información con Desiderio. No se atrevería a hacerlo. Si lo hiciera, su autoridad en Kalosis se vería seriamente mermada.

Cierto.

—Así que lo que debemos preguntarnos es quién será el donante de cuerpo.

Vio que Ash ladeaba la cabeza como si acabara de caer en la cuenta de algo.

—Sus objetivos son Amanda y Kirian. Puesto que no ha podido poseer a Tabitha y también ha fallado conmigo, es muy probable que vaya tras alguien a quien ambos conozcan, alguien en quien confíen. Y eso es lo que necesito que averigües. Stryker me ha bloqueado y no percibo nada en lo concerniente a Desiderio.

—Estoy empezando a sentirme carne de cañón. Hay un montón de gente en Kalosis que se alegra del día que Stryker me rebanó el pescuezo. Si alguien descubre que estoy espiándolos, me enviarán de vuelta a pedazos.

Aquerón le dedicó una sonrisa siniestra.

—Da igual. Volveré a recomponerte.

—Gracias, jefe. Pero eso no me tranquiliza. Humpty Dumpty no quiere caerse de la tapia, ¿vale?

El semblante de Aquerón se endureció de nuevo.

—Vete, Urian.

Inclinó la cabeza al tiempo que retrocedía y regresó a Kalosis.

Ash siguió en su salón del trono en silencio y aguzó el oído. Seguía sin escuchar nada procedente del otro lado. En el exterior los relámpagos seguían restallando y el viento azotaba los cristales.

—Háblame, Apolimia. ¿Qué estás haciendo?

Sin embargo, Apolimia guardó silencio por primera vez en once mil años.

Lo único que resonaba en su cabeza era la débil voz de su hermana: «Ten cuidado con lo que deseas, hermanito. Puede hacerse realidad».

Tabitha colgó el teléfono después de hablar con Amanda y advertirle del ataque de Desiderio justo delante de su casa. Al parecer, Kirian y Julian estaban vendándole las costillas a Nick mientras ellas hablaban.

—Estoy asustada, Val —le confesó a este tras soltar el teléfono—. Muy asustada. No dejo de escuchar la voz de Amanda mientras me contaba la pesadilla en la que Kirian y ella morían. Sé que odias a mi cuñado, pero...

—No odio a Kirian, Tabitha. Él me odia a mí.

Asintió con la cabeza mientras él la envolvía en un reconfortante abrazo. Acto seguido y sin apartarla de su pecho, sintió cómo él comenzaba a acariciarle el pelo.

Aspiró el intenso y maravilloso aroma que desprendía. Un aroma que era mucho más reconfortante que sus caricias.

—Aquerón no dejará que tu hermana muera —la tranquilizó—. Y lo sabes.

—Eso espero, pero su visión...

—Las visiones no tienen por qué cumplirse siempre. Aquerón suele decir que el destino está sometido al libre albedrío. Lo que tu hermana vio fue solo una de las muchas posibilidades.

Las lágrimas le provocaron un nudo en la garganta mientras pensaba en cómo sería la vida sin Amanda. La idea le resultaba insoportable.

—No puedo perder a mi hermana, Val. No puedo. Siempre nos hemos tenido la una a la otra.

—Tranquila —musitó él al tiempo que le daba un beso muy dulce en la coronilla—, estoy seguro de que ella siente lo mismo en estos momentos y te juro por mi vida que ninguna de las dos tendrá que enfrentarse a la pérdida de la otra. No mientras yo esté aquí.

La ternura de sus palabras la sorprendió, sobre todo porque él nunca la había experimentado.

Se echó hacia atrás para mirarlo a la cara.

—No entiendo cómo tus hermanos fueron capaces de matarte.

Valerio la soltó de inmediato y se apartó de ella. Por la expresión de su rostro, saltaba a la vista que el comentario le había hecho daño.

—Lo siento, Val. Ha sido cruel por mi parte.

—No pasa nada. Las cosas eran distintas en aquella época.

Esa parecía ser su respuesta para todo, una respuesta que no terminaba de convencerla.

—Llamaré a Otto y le diré que nos traiga la cena. No sé tú, pero yo tengo hambre.

Tabitha asintió con la cabeza, dándole así el respiro que tanto parecía necesitar. Él salió de la biblioteca sin mirar atrás.

—¿Qué has visto en ese cabrón?

La inesperada voz que escuchó a su espalda hizo que se volviera con brusquedad; se encontró con un hombre de la altura de Val que la miraba con cara de pocos amigos. Iba ataviado con vaqueros negros y camiseta del mismo color, y su cuidada perilla, el pelo negro y corto y los ojos de un azul eléctrico le conferían un aspecto impresionante.

—¿Quién coño eres?

—Zarek.

La respuesta la pilló totalmente desprevenida. Así que ese era el infame esclavo que había vivido en Roma con Valerio. Pues a primera vista no había mucho parecido entre ellos salvo por el pelo negro y la altura. Cruzó los brazos por delante del pecho mientras se enfrentaba a él.

—Así que tú eres el antipático de los rayos.

El insulto le arrancó una malévola carcajada.

—Yo me andaría con más cuidado si estuviera en tu lugar. No hay ninguna ley que me impida dejarte tiesa a ti también.

Resopló, negándose de pleno a dejarse intimidar.

—Seguro que la hay. Ash te mataría si me hicieras daño.

—Podría intentarlo, pero dudo mucho que lo consiguiera.

El tono de voz con el que pronunció la frase la hizo sisear.

—Eres un poco arrogante, ¿no crees?

Zarek se encogió de hombros con indiferencia.

—Dispara de una vez, ¿qué haces aquí? —le preguntó ella.

—Os he estado vigilando.

Esa confesión la dejó horrorizada, al igual que la posibilidad de que hubiera disfrutado mientras ejercía de mirón. Se estremeció, asqueada.

—¡Eres un pervertido!

—Ni hablar —replicó él, entrecerrando los ojos de forma muy peligrosa—. Me he asegurado de mirar para otro lado cada vez que os poníais empalagosos. Ya me quedé ciego una vez en la vida y no tengo ganas de volver a pasar por eso.

—Entonces ¿por qué nos vigilabas?

—Por curiosidad, más que nada.

—¿Y por qué has venido?

—Porque me intriga que la cuñada de Kirian se esté follando a alguien como Valerio.

—¿Y a ti qué coño te importa...? —masculló con voz desdeñosa. Sin embargo, la biblioteca de Valerio comenzó a girar a su alrededor y la frase se quedó en el aire.

De repente, la biblioteca desapareció y se encontró en lo que parecía un pasillo cuyas paredes estaban formadas por espejos. Se vio reflejada en ellos, con Zarek a su lado.

—¿Dónde estamos?

—En el Olimpo. Quiero que veas una cosa.

El espejo situado frente a ellos comenzó a brillar y cambió. Ya no se reflejaban en él.

Les estaba mostrando el pasado.

Vio una antigua tienda de lona en cuyo interior se encontraba un hombre ensangrentado y atado a una estructura de madera. Lo estaban torturando. Gritaba y pedía clemencia en latín mientras un hombre lo azotaba con un látigo de púas.

Horrorizada por lo que veía, se tapó los oídos hasta que los azotes pararon y un hombre ataviado con armadura romana se adelantó.

Era Valerio. Un Valerio muy joven. Su rostro moreno necesitaba con urgencia un afeitado y llevaba el peto de la armadura salpicado de sangre. Parecía cansado y desaseado, como si llevara días sin dormir. Sin embargo, se comportaba con su habitual aire de superioridad. Se acercó al prisionero y le arrojó un cubo de agua a la cara.

—Dime hacia dónde marchan.

—No.

Las palabras latinas resonaron en la cabeza de Tabitha mientras Valerio ordenaba que siguieran azotando al soldado.

—Fue tu amante quien me dejó ciego —le dijo Zarek al oído con brusquedad mientras el espejo se nublaba y volvía a despejarse para mostrarles a dos niños pequeños.

Uno yacía en el suelo, hecho un ovillo, mientras el otro lo azotaba con un látigo. Uno de los latigazos le dio en el ojo y le arrancó un grito. Intentó cubrírselo con una mano muy sucia.

—Yo soy el que está en el suelo —siguió Zarek—. Valerio es el que me está azotando sin piedad, y tú te lo has tirado.

Incapaz de soportar la atroz imagen, echó a correr, pero se

dio de bruces con alguien. Forcejeó para apartarse hasta que alzó la vista y descubrió que era Ash, con cara de pocos amigos.

—¿Qué estás haciendo, Z?

—Le estoy mostrando la verdad.

Ash meneó la cabeza.

—No puedo creer que estés casado con una ninfa de la justicia y no hayas aprendido nada de ella. Cada recuerdo tiene tres versiones, Z. La tuya, la de los demás y la verdad, que se encuentra entre las dos anteriores. Solo le estás enseñando a Tabitha tu punto de vista. ¿Por qué no le muestras la imagen completa? —En ese momento la giró hacia el espejo—. No voy a mentirte, Tabby, ni voy a intentar influir en ti. Estos no son ni los recuerdos de Zarek ni los de Valerio. Es la verdad absoluta y objetiva de lo que sucedió entre ellos.

Volvió a ver a Valerio de niño mientras se acercaba a él un hombre ataviado con una toga que guardaba un enorme parecido con Zarek. Debía de ser el padre de ambos.

Le dio unas palmaditas a Valerio en el hombro.

—Eso es, hijo mío. Golpea siempre en el punto débil. Algún día serás un magnífico general.

Vio que Zarek, el niño, los observaba con una mirada asesina. Su padre le arrebató el látigo a Valerio y comenzó a azotarlo de nuevo.

Con el rostro demudado por el horror, Valerio salió corriendo entre sollozos.

Parecía a punto de vomitar mientras avanzaba a trompicones por un antiguo patio romano hasta que se dejó caer junto a una fuente emplazada en el centro del atrio. Colocó los brazos en el borde, los cruzó y apoyó la frente en ellos.

—Lo siento, lo siento, lo siento —repetía una y otra vez mientras lloraba.

Su padre salió corriendo de la casa y se acercó a él.

—¡Valerio! —gritó—. ¿Qué estás haciendo?

Él no le contestó. Su padre lo levantó por el pelo sin miramientos.

El espanto que reflejaba la cara del niño la conmovió hasta lo más profundo de su alma.

—Eres un gusano patético —se burló el hombre—. Debería haberte llamado Valeria. Pareces una mujer en lugar de un hombre.

Al instante, lo abofeteó con tal fuerza con el dorso de la mano que el sonido reverberó por el atrio y algunos pajarillos alzaron el vuelo. Valerio perdió el equilibrio a causa del golpe y cayó al suelo. Sangrando por la nariz y por un corte en la mejilla, intentó ponerse en pie, pero antes de que pudiera lograrlo su padre le dio un latigazo en la espalda. Volvió a caer.

Los azotes siguieron.

Valerio se cubrió la cabeza con los brazos mientras una lluvia de latigazos caía sobre su cuerpecito.

—Levántate —masculló su padre después de haberle asestado veinte latigazos.

El niño lloraba tanto que ni siquiera podía hablar.

Su padre le dio una patada en las costillas.

—Maldito seas, levántate si no quieres que te dé otros veinte.

Tabitha no comprendía cómo pudo lograrlo, pero Valerio consiguió ponerse en pie a pesar de que temblaba como una hoja. Tenía la ropa hecha jirones y la cara manchada de barro y sangre.

Su padre lo agarró por el cuello y lo estampó contra una pared de piedra sin enlucir que dañó aún más su ya dolorida espalda.

La imagen hizo que Tabitha se encogiera mientras intentaba imaginar cómo era posible que un niño tan pequeño pudiera soportar semejante brutalidad sin derrumbarse.

—Vas a quedarte aquí de pie toda la noche y como se te ocurra doblar las piernas para descansar, te azotaré todos los días hasta que aprendas a controlar el dolor. ¿Me has entendido?

Valerio asintió con la cabeza.

—¡Marco! —gritó su padre.

Un chico que se parecía muchísimo a Valerio salió corriendo de la casa. Saltaba a la vista que era varios años mayor que él.

—¿Sí, padre?

—Vigila a tu hermano. Si se sienta o se mueve, me avisas.

El recién llegado sonrió como si le acabaran de hacer un regalo.

—Sí, señor.

El padre se dio la vuelta y se marchó. Tan pronto como desapareció, Marco comenzó a reírse de Valerio.

—Pobrecito, Val —se mofó—, me pregunto qué te hará padre si te caes... —Y le asestó un puñetazo en el estómago.

Valerio gruñó de dolor, pero no se apartó de la pared. Su actitud enfureció más a Marco que, con un gruñido, comenzó a golpearlo con saña. Valerio intentó defenderse, pero fue en vano. Su hermano no tardó en lograr que cayera al suelo de nuevo.

—¡Padre! —gritó, corriendo hacia la puerta por la que este había desaparecido—. ¡Se ha caído!

Tabitha dio la espalda al espejo, asustada por el castigo adicional que el padre de Valerio debía de haberle infligido. Ella le había visto la espalda. Había acariciado las cicatrices que con tanta dignidad y resignación llevaba.

Debía de odiar a su padre y, sin embargo, jamás había dicho nada en su contra ni en contra de sus hermanos. Se limitaba a seguir con su vida mientras sufría en silencio y guardaba en su interior esos dolorosos recuerdos.

En su opinión, era un hombre admirable.

Miró el espejo, pero vio que se había oscurecido.

—Eso no cambia nada —dijo Zarek, haciendo una mueca—. También lo golpearon, ¿y qué? No se me ha escapado que no has dicho nada sobre el detalle de que estuviera torturando a...

—A un soldado griego que formaba parte de un ejército que había asolado una aldea romana —lo interrumpió Ash—. Encerraron a las mujeres y a los niños en el templo de Minerva y después le prendieron fuego. Valerio iba tras ese ejército con la intención de detenerlos antes de que siguieran asesinando a inocentes.

—No todos eran tan inocentes... —masculló Zarek.

—Cierto —convino ella con un nudo en la garganta—. Pero Valerio fue general en un período muy violento.

—Sí —reconoció Ash en voz baja—. E hizo lo que tenía que hacer.

Zarek resopló antes de protestar:

—Sí, claro. Valerio se pasó toda la vida intentando complacer a su padre, intentando que ese bestia se sintiera orgulloso de él.

Ash también corrigió su tergiversada opinión.

—Cuando erais niños, le tenía tanto miedo a vuestro padre que tartamudeaba siempre que estaba en su presencia.

—Nunca titubeó cuando cometía una crueldad para complacer a su familia.

—¿Nunca?

Tabitha clavó la mirada en el espejo cuando apareció una nueva imagen de Valerio. Todavía era un niño de unos ocho años y estaba en la cama, profundamente dormido. La dulzura de la imagen le aceleró el corazón.

Hasta que alguien abrió de golpe la puerta del dormitorio.

Valerio se incorporó al tiempo que la luz de un candil lo iluminaba.

Su padre lo sacó de la cama de un tirón y lo arrojó al suelo. Él lo miró un instante antes de desviar la mirada hacia el portador del candil. Era Marco.

—¿Qué es esto? —le preguntó su padre al tiempo que le arrojaba una manta.

Valerio se quedó pálido.

—¿Qué es esa manta, Zarek? —preguntó Ash.

Los ojos azules de Zarek se tornaron gélidos.

—Una manta vieja de algún caballo que ese cabrón me dio una noche, y por la que volvieron a golpearme.

—¡Valerio! —gritó su padre al tiempo que lo abofeteaba—. ¡Contéstame!

—Man...manta.

—Vi cómo se la daba al esclavo, padre —aseguró Marco—. Y Mario también lo vio. No quería que pasara frío.

—¿Eso es cierto?

Valerio parecía aterrado.

—¿Es cierto?

—Tenía frí...frío —tartamudeó, tragando saliva.

—Pues ya está bien calentito —se burló su padre con voz desdeñosa—. En fin, mejor que sufra un esclavo a que sufras tú, ¿no? Tal vez vaya siendo hora de que aprendas esa lección.

Antes de que Valerio pudiera moverse, su padre le arrancó la ropa, lo levantó por el brazo sin muchos miramientos y lo sacó a la fuerza del dormitorio. Lo llevó al exterior completamente desnudo y lo ató a un poste. Hacía tanto frío que sus alientos se condesaban.

—Por...por fav...

La súplica fue interrumpida por un nuevo revés de la mano.

—Somos romanos, muchacho. No suplicamos clemencia. Ese error te costará unos azotes en cuanto amanezca. Si sobrevives a la noche.

Temblando de frío, Valerio se mordió el labio para impedir que le castañetearan los dientes.

Marco soltó una carcajada.

—Creo que estás siendo demasiado benévolo, padre.

—No pongas mis decisiones en tela de juicio a menos que quieras acompañarlo, Marco.

Las carcajadas cesaron al instante. Padre e hijo regresaron a la casa sin decir una palabra más y sin mirar atrás, dejando solo a Valerio.

El pobre niño se postró de rodillas mientras intentaba zafarse de la cuerda que le ataba las muñecas. Fue imposible.

—Juro que seré un buen romano —susurraba en voz muy baja—. Lo seré.

La escena se desvaneció.

—No lograrás que cambie de opinión, Ash —dijo Zarek con voz carente de emoción—. Sigo creyendo que es un cabrón inhumano que no merece ni el suelo que pisa.

—A ver qué te parece esto...

Cuando el espejo se iluminó de nuevo, Tabitha vio una versión seriamente desfigurada de Zarek que perseguía a su padre, visiblemente más viejo, a través de la misma casa romana que ya había visto en las anteriores ocasiones.

El hombre de mediana edad estaba sangrando; su rostro estaba destrozado como si hubiera sido golpeado.

El padre de Zarek entró en lo que parecía ser un comedor, donde Valerio, ataviado con su armadura, estaba sentado a un escritorio. Cuando vio a su padre frunció el ceño y abandonó la carta que estaba escribiendo para ponerse en pie.

Su padre se acercó a él y lo agarró por las hebillas metálicas del peto de la armadura.

—¡Por Júpiter, ayúdame, muchacho! ¡Sálvame!

Zarek se detuvo en seco cuando vio a Valerio pertrechado con la armadura. La luz de las velas arrancaba destellos dorados al metal, creando un marcado contraste con el rojo de la capa.

Valerio apartó a su padre y desenvainó la espada muy despacio como si estuviera a punto de retar a Zarek. La estampa era bastante aterradora.

—Eso es, muchacho —dijo su padre con una malévola carcajada—, enséñale a este despreciable esclavo todo lo que has aprendido de mí.

—Vamos, cabrón —masculló Zarek con voz desafiante—, estoy aquí para vengarme y no puedes matar a quien ya está muerto.

—Nada más lejos de mi intención —replicó él sin más.

—Valerio —gruñó su padre—, ¿qué estás haciendo, muchacho? Tienes que ayudarme.

Con semblante estoico, Valerio miró a su padre como si fuera un completo desconocido.

—Padre, somos romanos, y hace mucho tiempo que dejé de ser un muchacho. Soy el general que tú has hecho de mí, y me enseñaste muy bien que jamás suplicamos clemencia.

Dicho eso, le ofreció la espada a Zarek, tendiéndosela por la empuñadura. Una vez que este la cogió, lo saludó, salió de la estancia y cerró la puerta.

Los gritos de su padre resonaron por el pasillo mientras él se alejaba con paso tranquilo.

Tabitha respiraba con dificultad mientras contemplaba la tragedia que había marcado la vida de los dos hermanos. Por un lado no podía creer que Valerio hubiera dejado morir a su padre de ese modo, pero por otro lo entendía perfectamente.

Pobre Valerio. Pobre Zarek. Ambos habían sido víctimas del mismo hombre. Despreció a un hijo por ser un esclavo y al otro, porque no era frío ni cruel. Al menos no lo fue hasta ese preciso momento que acababa de presenciar.

Miró a Zarek, en cuyos ojos aún se percibía el odio y el sufrimiento de su pasado.

—Si odiabas tanto a Valerio, ¿por qué no lo mataste también?

—Aunque la broma sea mala, resulta que el ciego andaba corto de vista aquella noche.

—No —susurró ella—. Tú lo sabías, ¿verdad? Sabías quién era merecedor de tu odio y quién no.

El rictus de los labios de Zarek se tornó aún más gélido mientras los miraba con expresión amenazadora.

—Esto no cambia nada. Valerio no merece tener paz. No merece nada salvo desprecio. Es el hijo de su padre.

—¿Y qué eres tú? —le soltó ella—. A mí me parece que eres tú quien lleva en su interior la corrosiva carga del odio que no te deja vivir en paz. Valerio no va por ahí haciendo daño a la gente. Jamás lo haría. En mi opinión es mucho mejor hombre que tú.

La mirada de Zarek la taladró.

—¡Vaya! Te crees muy especial... Y piensas que Valerio merece que lo defiendan. Pues deja que te diga una cosa, guapa. Si te interesa saber a quién ama Valerio de verdad, pásate por el solárium que tiene en su mansión. Imagina hasta qué punto quiso a Agripina que lleva arrastrando su estatua de un lado para otro durante dos mil años.

—Zarek... —gruñó Ash a modo de advertencia.

—¿Qué? Sabes que es cierto. —Se alejó de ellos un poco y Tabitha tuvo la impresión de que intentaba desaparecer—. ¿Qué coñ...?

Los ojos de Ash estaban clavados en él con cierta sorna.

—Tenlo muy presente, Zarek. Si le haces daño a Tabitha, te mataré. Estoy hasta los cojones de los dioses.

Zarek abrió la boca como si tuviera intención de protestar, pero desapareció antes de que pudiera decir nada.

En un abrir y cerrar de ojos, Tabitha estaba de vuelta en la biblioteca de Valerio, en el mismo lugar donde estuviera antes.

—¿Tabitha? —la llamó él mientras entraba en la estancia—. ¿Has oído mi pregunta?

Extendió un brazo y tocó la estantería más cercana para comprobar que estaba realmente allí. Sí, había regresado. Aunque de repente se sentía rarísima.

—No —contestó—. Lo siento, no te he oído.

—Otto quiere saber si te gustan los champiñones.

—Depende del día.

La respuesta pareció hacerle gracia a Valerio, que la observó un instante antes de transmitir la información a su escudero. En cuanto acabó de pedir la cena, colgó y se guardó el móvil en el bolsillo.

—¿Estás bien?

No. No lo estaba. Su mente se empeñaba en recordar las imágenes que había visto y también lo que Zarek y Ash le habían dicho.

Y quería saber a quién debía creer.

—¿Dónde está el solárium?

La tensión que su pregunta provocó en él fue del todo incuestionable.

—¿El qué?

—El solárium. Hay uno en la mansión, ¿verdad?

—Yo... esto... Sí. Hay uno.

Al menos no le había mentido al respecto.

—¿Puedo verlo?

—¿Por qué? —le preguntó con voz tensa.

—Porque me gustan. Suelen ser muy bonitos. —Salió de la biblioteca y enfiló el pasillo que llevaba al otro extremo de la mansión—. ¿Es por aquí?

—No —respondió él mientras la seguía—. Y sigo sin entender por qué...

—Compláceme. Solo será un momento, ¿vale?

Valerio se debatía consigo mismo. Había algo raro en Tabitha. Lo percibía. Pero no podía esconderse de su pasado. Además, por algún motivo que no atinaba a comprender, no quería ocultarle nada a esa mujer.

Inclinó la cabeza con elegancia y dio un paso hacia atrás en dirección a la escalinata.

—Si eres tan amable de seguirme...

La precedió escaleras arriba, en dirección a la estancia contigua a su dormitorio. Una estancia cuya puerta se abría con un código de seguridad.

Tabitha lo observó mientras introducía el código en el teclado. Se escuchó el chasquido metálico de la cerradura. Acto seguido, Valerio inspiró hondo antes de abrir la puerta.

Cuando vio la estatua que se alzaba en el centro del solárium, se le cayó el alma a los pies. Era una chica preciosa, iluminada por la llama de un candil.

Desvió la mirada hacia Valerio, que no alzaba la vista del suelo.

—Ahora entiendo por qué necesitabas el aceite. Debiste de quererla muchísimo.

11

Valerio contempló la estatua mientras las palabras de Tabitha resonaban en sus oídos. Como siempre, la mirada de Agripina era distante. Inexpresiva. Fría.

Muerta.

La cruda realidad del pasado y la estupidez que había cometido al intentar aferrarse a lo único bueno que había tenido en su vida mortal le provocaron una intensa angustia.

—La verdad es que ni siquiera la conocía —reconoció en voz baja—. Creo que solo hablé con ella en un par de ocasiones mientras vivió; sin embargo, si hubiera podido disfrutar del amor de una mujer, me habría sentido muy agradecido de que fuese el suyo.

La confesión dejó atónita a Tabitha.

—No lo entiendo. ¿Por qué conservas la estatua de una mujer a la que no conocías?

—Soy patético. —Dejó escapar una carcajada amarga—. No, «patético» se queda corto para describirme... Conservo su estatua porque fui incapaz de protegerla. —Su furia y su dolor le atenazaron el corazón.

—¿De qué estás hablando?

Valerio desvió la vista hacia un lado. Parecía muy tenso.

—¿Quieres saber la verdad sobre mí, Tabitha? ¿Quieres saberla?

—Sí.

Con los brazos cruzados delante del pecho, se alejó de ella y clavó la vista en el elegante patio que se veía al otro lado de los cristales, en esos momentos sumido en la oscuridad.

—Fui un error genético impresionante y ni siquiera sé por qué. Me he pasado toda la puta vida intentando comprender por qué cojones me importaban los demás cuando de mí no se preocupaba nadie.

Sus palabras la sorprendieron. No era propio de él utilizar ese lenguaje, aunque le sirvió para comprender lo tenso que estaba.

—Preocuparse por los demás no tiene nada de malo.

—Te equivocas. ¿Qué sentido tiene? Si yo muriera ahora mismo, nadie me echaría de menos. Casi toda la gente que conozco se alegraría.

La veracidad de sus palabras le provocó un nudo en la garganta, pero la simple idea de que muriese...

Le dolía tanto que no había palabras para describirlo.

—A mí me importaría, Valerio.

Él negó con la cabeza.

—¿Cómo va a importarte? Apenas me conoces. No soy idiota. He visto a tus amigos. Ninguno se parece a mí. Ninguno se comporta o habla como yo. Os burláis de cualquiera que vista o se comporte como yo. Ese tipo de gente, tu gente, nos odia. Nos repudiáis. Como soy rico, culto y provengo de una familia patricia romana, dais por supuesto que me siento superior al resto de los mortales y, por tanto, está bien visto comportarse de un modo cruel y distante conmigo. Como no tenemos sentimientos, nadie puede herirlos. ¿Qué coño le importa a un patricio romano lo que le pase a un esclavo? Y, sin embargo, aquí estamos dos mil años después, ella y yo. Un patricio protegiendo a una humilde esclava aterrada por la oscuridad y a la que prometí que jamás tendría que dormir a oscuras.

Sus palabras la conmovieron tanto que se le hizo un nudo en el pecho y la llevaron al borde del llanto.

El mero hecho de que hubiera mantenido una promesa que le había hecho a una esclava...

—¿Por qué le daba miedo la oscuridad?

Valerio apretó la mandíbula.

—Era la hija de un acaudalado mercader que vivía en una de las ciudades que mi padre asoló. La llevó consigo a Roma con la intención de venderla en el mercado de esclavos, pero mi abuela la vio y pensó que sería una acompañante ideal. Mi padre se la regaló a mi abuela. Agripina vivió aterrada desde entonces por la posibilidad de que alguien volviera a buscarla en mitad de la noche y destruyera su mundo por segunda vez. —Su mirada se tornó atormentada—. Sin embargo, descubrió de la peor forma posible que la luz no siempre mantiene a los monstruos a raya. Porque les importa muy poco que los vean.

Eso la hizo fruncir el ceño.

—No te entiendo.

Valerio se volvió para mirarla con expresión amenazadora.

—¿Sabes lo que es el *asterosum*?

—No.

—Es una antigua droga que paraliza por completo el cuerpo, pero que no afecta a los sentidos. Puedes ver, oír y sentir. Los médicos romanos la utilizaban cuando tenían que amputar. —Se encogió como si lo hubiera atravesado un dolor terrible.

Y ella lo sintió en el alma.

—Esa fue la droga que mis hermanos me dieron la noche que fueron a mi villa. —Se abrazó a sí mismo como si de ese modo pudiera protegerse del horror de su pasado—. Yo acababa de tomar Angaracia, un pueblo celta. En lugar de asolarlo y matar a todos sus habitantes como habría hecho cualquier otro miembro de mi familia, negocié la rendición con los celtas. Creí que sería mejor que sus hijos crecieran sin odiar a Roma y sin ansias de vengar a su familia, como tantos otros antes que ellos. —Soltó una carcajada amarga—. Y ese defecto me llevó a la perdición.

—¿Desde cuándo la compasión es un defecto? —le preguntó, sorprendida.

Sin embargo, nada más hacer la pregunta, recordó la imagen

233

de su padre. En el mundo de Valerio, la compasión era un pecado capital.

El romano carraspeó.

—La mayoría de mis misiones se llevaban a cabo en las provincias fronterizas, contra los celtas. Fui el único romano de mi época que consiguió luchar contra ellos de modo efectivo, sobre todo porque los comprendía. Mis hermanos me odiaban por ese motivo. Para ellos, el único modo de conquistar un pueblo pasaba por destruirlo.

—Así que ¿se les ocurrió matarte?

Valerio asintió con la cabeza.

—Fueron a mi villa y me drogaron. Me dejaron tirado en el suelo, indefenso, mientras destruían todo lo que me rodeaba. Después de arrasar el salón, me arrastraron al patio trasero para matarme. Allí descubrieron la estatua de Agripina.

Alzó la vista hacia el rostro de mármol que Valerio tenía tras él.

—¿Por qué tenías su estatua en el patio?

—Al igual que mi abuela, creía que merecía ser salvada. Protegida. Así que encargué la estatua para mi jardín privado poco después de que la llevara a vivir conmigo.

En ese instante y de forma inesperada, sintió celos. Tal vez no había amado a esa mujer, pero saltaba a la vista que le tenía mucho cariño. Sobre todo porque llevaba miles de años manteniendo su promesa.

—¿Cómo es que acabó viviendo contigo? —le preguntó en voz baja.

Valerio tomó una entrecortada bocanada de aire.

—Mi abuela envió a buscarme al campo de batalla porque sabía que se estaba muriendo y temía por el futuro de Agripina. Conocía muy bien a sus hijos y a sus nietos, y Agripina era una mujer hermosa y delicada a la que le había cogido muchísimo cariño. Yo era el único que jamás había intentado meterme en su cama cuando iba a ver a mi abuela. Así que me pidió que la acogiera en mi casa y la protegiera de los demás.

La ternura del gesto le provocó un nudo en la garganta.

—¿Te enamoraste de ella?

—Me enamoré de la idea que tenía de ella. Era la personificación de la belleza. Delicada y amable. Cualidades que no existían en mi mundo. Cuando estaba en casa, me pasaba horas observándola desde lejos mientras atendía sus quehaceres. Recuerdo que solía preguntarme si alguien tan hermoso podría llegar a amar a alguien tan perverso como yo. Después me fustigaba por querer el amor de una esclava. Era un general patricio. ¿Para qué quería el amor de una esclava?

Sin embargo, lo había deseado con todas sus fuerzas. Y ella lo sabía porque así se lo decían sus sentimientos.

Valerio guardó silencio. De no saber que era imposible, habría jurado que tenía los ojos llenos de lágrimas.

—La violaron delante de mí y no pude hacer nada para ayudarla.

—Dios, Val —musitó.

Hizo ademán de tocarlo, pero él se apartó.

—Ni siquiera podía cerrar los ojos ni girar la cabeza. Tuve que quedarme allí tirado, impotente, mientras la violaban. Cuanto más gritaba ella, más se reían mis hermanos, hasta el último momento, cuando Marco la atravesó con mi espada. —Lo confesó con voz ronca y los ojos llenos de lágrimas—. ¿De qué serví? —preguntó entre dientes, resoplando de furia—. ¿De qué le serví al final? Si no la hubiera llevado a mi casa, al menos le habrían permitido vivir.

Cuando por fin accedió a que lo abrazara, ella también tenía los ojos llenos de lágrimas. Intentó no pensar en lo que debió de suceder después de que mataran a Agripina.

Había visto las cicatrices que tenía en las muñecas y él le había dicho que lo habían crucificado. ¡Qué noche tan espantosa! No era extraño que no quisiera recordar el pasado.

Jamás volvería a preguntarle sobre él.

Valerio se quedó rígido unos instantes antes de relajarse y abrazarla muy fuerte, como si no quisiera soltarla.

—¿Por qué siempre que intento hacerle un favor a alguien acabo haciendo daño precisamente a quien necesita mi ayuda?

—A mí no me has hecho daño, y tampoco se lo has hecho a Marla ni a Gilbert.

—Todavía —musitó—. Agripina vivió en mi casa casi diez años antes de que las Parcas decidieran hacerle daño.

—Nadie va a hacerme daño, Valerio, confía en mí.

Valerio le acarició con ternura la mejilla desfigurada.

—Tienes tanto fuego en tu interior... Me calienta cada vez que estoy contigo.

—¿Que te calienta? La mayoría de la gente acaba consumida. Mi ex siempre me decía que era agotadora. También me decía que lo dejaba muerto y que necesitaba al menos un par de días de recuperación por cada hora que pasaba conmigo.

—A mí no me pareces agotadora —le aseguró con una sonrisa torcida.

—Pues tú no me pareces patético.

Eso consiguió arrancarle una carcajada.

—¿Qué es lo que tienes, Tabitha? Te conozco desde hace pocos días, pero tengo la sensación de que puedo hablar contigo de cualquier cosa.

—No lo sé, pero a mí me pasa lo mismo contigo. —Levantó los brazos y tiró de él para besarlo.

Valerio gimió al saborearla. Al sentirla. Entre sus brazos no se veía patético ni estirado. Ella le permitía reír y volver a ser feliz.

No. Nunca había sido feliz, porque ella le estaba enseñando qué era la felicidad. Nadie salvo Tabitha había hecho ademán de abrazarlo.

Sabía que era un estirado y lo aceptaba. En lugar de darle la espalda, se burlaba cariñosamente de él con la intención de que se relajase un poco.

No lo daba por una causa perdida.

Era la única persona que había buscado su amistad a lo largo de su vida. Eso la convertía en la mujer más valiosa de la tierra.

—¿Cuánto tiempo tenemos antes de que Otto aparezca con la comida? —preguntó Tabitha cuando se apartó de él.

Él echó un vistazo al reloj.

—Poco menos de media hora. ¿Por qué?

Tabitha sonrió.

—Con eso nos basta.

Antes de que pudiera seguir preguntando, Tabitha se quitó la camisa y la utilizó para tirar de él después de pasársela por la cabeza a modo de cuerda. Una vez atrapado, le hizo un gesto con un dedo para que la siguiera.

—Venga conmigo, general, voy a poner su mundo patas arriba.

Ella no podía imaginar que ya se lo había puesto patas arriba la noche que la vio luchar contra los daimons y que desde entonces no se había enderezado.

Stryker por fin había conseguido calmarse. Al menos exteriormente.

Porque por dentro estaba hirviendo de furia.

Maldita fuera la Destructora y sus mentiras, y maldito Aquerón Partenopaeo y su sinceridad.

Aunque fuera lo último que hiciese, los borraría de la faz de la tierra. Claro que tendría que actuar con cuidado.

Estratégicamente.

Si la Destructora llegaba a descubrir que fue él quien le había dado el *aima* a Desiderio para que los spati pudieran herir a Aquerón, lo aniquilaría al instante. No, tendría que echar mano de toda su astucia para derrotarlos. Eso haría.

Cuando llegara el momento.

El aire que lo rodeaba crepitó, señal que indicaba que Desiderio requería una madriguera para que los spati pudieran abandonar Nueva Orleans y regresar a Kalosis, el infierno atlante.

Allí no había luz. El lugar estaba sumido en la oscuridad eterna. Sin embargo, jamás le había importado hasta la noche que mató a su propio hijo.

Desde entonces lo hacía.

Levantó la mano y abrió el portal.

Desiderio regresó aún en forma de neblina.

El incompetente daimon le hizo torcer el gesto. En otro tiempo le había tenido en gran estima, pero su fracaso al encargarse de un mero Cazador Oscuro y de su amante humana lo había convertido en un ser despreciable para él.

De no ser porque temía desencadenar la furia de la Destructora, no le habría concedido esa oportunidad de retomar forma corpórea. Sin embargo, a cambio de que hiriese a Aquerón, estaba más que dispuesto a hacer que el daimon se reencarnara.

—Creí que ibas a...

—¿A qué me enfrento? —preguntó Desiderio mientras su esencia incorpórea y carente de rostro oscilaba en la habitación en penumbra.

—Ya sabes a qué te enfrentas.

—No —lo contradijo el daimon—. ¿Qué fue lo que me diste para derrotar al líder de los Cazadores?

—No es asunto tuyo. Tú preocúpate de traerme a la niña.

—No entiendo por qué.

Se echó a reír.

—Ni falta que te hace. Si no me traes a la niña, yo mismo me encargaré de quitarte de en medio.

De no haber sabido que era imposible, habría jurado que el fantasma lo miró con sorna.

—Aquerón me sacó del cuerpo de esa zorra. Y ahora ya están en guardia. Necesito otro cuerpo.

Los gritos que se escucharon al otro lado de la puerta del salón hicieron que guardara silencio un instante. Los demonios carontes de Apolimia debían de seguir buscando al ladrón del *aima*.

No se les ocurriría buscar allí. No se atreverían.

A decir verdad, se había cansado de jueguecitos. Su madre, la Destructora, le había ordenado que esperase.

Pero estaba harto de esperar.

El mismo día que derramó la sangre de su hijo para aplacar a la Destructora comenzó a percatarse de ciertas cosas.

Y cuando su madre le ordenó que le llevara a la hija del antiguo Cazador Oscuro y la hechicera, se percató de otra cosa. La niña, que respondía al nombre de Marissa Hunter, tenía en sus manos el equilibrio del universo.

Quien poseyera a la niña, poseía la llave para controlar el poder más arcano de todos los tiempos.

La niña era el destino del mundo.

La Destructora quería tenerla en su poder para controlar ese destino.

Contuvo una amarga carcajada. Si quería apoderarse de Marissa, tendría que pasar por encima de su cadáver. Llegado el momento, sería él quien controlase el Destino Final. No Apolimia.

—¡Arod, Tíber, Siro, Alegra! —gritó.

Los cuatro comandantes spati aparecieron ante él. Tres hombres y una mujer. Se tomó un momento para contemplar sus cuerpos perfectos. Los cuatro aparentaban poco menos de treinta años... igual que él. Y también como él, deambulaban por la tierra desde tiempos inmemoriales. Alegra era la más joven, y eso que contaba con nueve mil años a sus espaldas.

Entrenados para matar y para apoderarse de las almas humanas a fin de seguir viviendo, sus soldados no tenían parangón.

Había llegado la hora de que la Humanidad los conociese.

—¿Nos has llamado, akri? —preguntó Tíber.

Asintió con la cabeza.

—Desiderio necesita un cuerpo para llevar a cabo mis órdenes.

Los cuatro daimons se miraron entre sí con patente nerviosismo.

—Tranquilos —les dijo—, no os estoy pidiendo que os ofrezcáis voluntarios. Nada de eso. Ni mucho menos. Vais a ser sus guardaespaldas.

—Pero, akri —protestó Alegra en voz baja—, no tiene un cuerpo que proteger.

Aquello lo hizo reír a carcajadas.

—Sí que lo tiene. —Extendió la mano y apareció una imagen en el centro de la estancia. Vestido de negro de los pies a la cabeza, el Cazador Oscuro paseaba solo por las calles de Nueva Orleans—. Ahí tienes tu cuerpo, Desiderio —dijo—. Y ahí tienes tu entrada a la casa de los Hunter. Ahora traedme a esa niña o moriréis todos... para siempre.

Antes de que se desvanecieran, les lanzó una última orden.

—Aquerón me arrebató lo único que he querido en la vida. En recuerdo del hijo que me robó, quiero que sufran los humanos que Aquerón protege. Quiero ver cómo la sangre corre por las calles de Nueva Orleans. ¿Entendido?

Desiderio esbozó una sonrisa perversa.

—Entendido, akri. Lo hemos entendido a la perfección.

Valerio gruñó por la maravillosa sensación de tener a Tabitha contra él. Estaba desnuda entre sus brazos y lo besaba con ardor mientras le acariciaba el miembro desde la punta hasta la base.

En cambio, él estaba vestido y solo tenía la camisa negra desabrochada y por fuera de los pantalones.

—Otto está a punto de llegar —dijo con voz entrecortada mientras ella le lamía un pezón.

Era difícil pensar con claridad cuando su mano lo acariciaba con semejante pericia.

—Pues será mejor que nos pongamos manos a la obra —replicó ella con una carcajada al tiempo que se subía a la cama.

Verla desnuda sobre el edredón negro le cortó la respiración.

Bajo su atenta mirada, abrió las piernas en flagrante invitación.

Acto seguido, le colocó los tobillos en las caderas y tiró de él hacia delante.

Cuando lo tuvo a su alcance, introdujo la mano entre sus cuerpos y le bajó los pantalones lo justo para que pudiera penetrarla. El roce de su mano le arrancó un gemido. Sin pérdida de tiempo, lo llevó a su interior y se arqueó sobre el colchón para sentirlo bien adentro. Ella se retorcía bajo él mientras gemía de placer. Con los pies plantados en el suelo y una mano apoyada en la cama, se hundió en su cálido y húmedo interior sin dejar de mirarla.

—Sí, así —jadeó ella mientras salía al encuentro de sus embestidas.

Embistió con más fuerza, dejando que sus caricias lo aliviaran. Capturó un pecho con la mano libre y se deleitó con la suavidad de su tacto. Con la idea de saborearla se le hizo la boca agua.

Tabitha gimió cuando Valerio bajó la cabeza y comenzó a chuparle el pezón sin detener los envites de sus caderas. Le encantaba sentirlo en su interior. Verlo actuar de forma tan salvaje y primitiva.

Había algo extremadamente erótico en un hombre tan controlado que perdía la cabeza cada vez que la tocaba. Le gustaba verlo bajar la guardia cuando estaban solos.

Y que no la juzgase.

Cerró los ojos y le aferró la cabeza al percatarse de que aumentaba el ritmo de sus caderas. Nada podía ser tan maravilloso como las mágicas caricias de su lengua y la fuerza con la que se hundía en su interior.

Incapaz de soportarlo más, le apartó la cara del pecho para poder besarlo en la boca. Valerio tenía los ojos oscurecidos por la pasión y el rostro un tanto ruborizado por el esfuerzo.

Alzó las caderas para frotarse contra él al tiempo que hundía sus manos en el pelo y le mordisqueaba los labios. Desde allí bajó hasta el mentón y comenzó a subir, dejando un húmedo rastro a su paso hasta llegar al lóbulo de la oreja, que lamió a placer.

Presa de un delicioso escalofrío, Valerio soltó un gemido. Acababa de perder el control. Necesitaba penetrar hasta el fondo en ella.

Se apartó un instante y le dio la vuelta hasta que la tuvo arrodillada y totalmente expuesta a su mirada.

—¿Val?

Le apartó el pelo del cuello al mismo tiempo que la penetraba de nuevo; oyó cómo gritaba de placer cuando penetró en ella por completo.

La parte más recóndita y salvaje de su ser cobró vida. Tomó sus pechos entre las manos y se dejó embriagar por el olor de la pasión.

Ver que Valerio perdía el control la dejó sin respiración. Aunque siguió acariciándole un pecho con una mano, la otra fue descendiendo por su cuerpo, dejando atrás el *piercing* que llevaba en el ombligo hasta enterrarse entre sus piernas.

—Dios, Val —gimió al sentir un placer tan intenso que casi rayaba el dolor. Sus dedos la acariciaban al compás de cada embestida.

La cabeza le daba vueltas.

Jamás se había sentido tan deseable. Tan deseada.

—Me encanta tu olor, Tabitha —oyó que murmuraba junto a su oído.

En ese instante bajó la cabeza y notó el roce de sus colmillos en el cuello.

—¿Vas a morderme?

Fue consciente de su indecisión mientras uno de sus colmillos se detenía peligrosamente cerca de la yugular.

—Nunca he querido morder a nadie —contestó con voz entrecortada.

—¿Y ahora?

Como respuesta, aceleró el ritmo de sus embestidas.

—Quiero devorarte.

Tabitha gritó y se corrió al escuchar esas palabras.

Apretó los dientes al sentir sus estremecimientos. La parte salvaje de su ser seguía suplicándole que la saborease. Que la hiciera suya por completo.

La compulsión era feroz y aterradora.

Le mordisqueó el cuello, pero se obligó a no atravesarle la piel. Lo consiguió con un gran esfuerzo.

Estuvo a punto de ceder a la tentación.

Cuando se corrió un minuto después, escuchó el rugido que soltaba esa parte desconocida de sí mismo.

La abrazó con fuerza hasta que dejó de estremecerse. Totalmente exhausto, la instó a darse la vuelta sobre el colchón hasta dejarla sentada y después se arrodilló entre sus piernas.

Tabitha se quedó de piedra al ver al orgulloso guerrero romano postrado de rodillas a sus pies. Pero la cosa no quedó ahí. Sus brazos la rodearon por la cintura antes de que apoyara la cabeza contra su vientre con mucha delicadeza.

Conmovida por sus acciones, comenzó a acariciarle el pelo.

Valerio levantó la vista y la miró con una expresión interrogante que la abrasó.

—No sé por qué estás aquí, Tabitha, pero me alegro mucho.

Sus palabras le arrancaron una sonrisa.

Sin dejar de mirarla a los ojos, comenzó a mordisquearla justo por debajo del *piercing* del ombligo, una zona muy erógena. Cuando lo vio lamer la luna que colgaba del arito, cerró los ojos y gimió. Sin embargo, no se detuvo ahí. Le lamió el ombligo y la puso a doscientos.

Cuando sintió que la penetraba con dos dedos, creyó que estaba a punto de desmayarse.

—Eres preciosa, Tabitha —le dijo al tiempo que dejaba su sexo expuesto por completo a su vista.

Acto seguido, se inclinó y comenzó a acariciarla con los labios y la lengua. A fin de darle más espacio, separó las piernas y él aprovechó la oportunidad para darle un maravilloso lametón.

Era incapaz de apartar la vista de él. Parecía estar disfrutando de la experiencia tanto como ella.

Y fue muy concienzudo.

—Valerio, ¿estás ahí?

La voz de Otto, procedente del pasillo, hizo que Valerio levantara la cabeza. Sin embargo, uno de sus dedos siguió hundido en ella, renuente a dejar de complacerla.

Mientras la penetraba con otro dedo, se puso lentamente en pie.

—¿Qué me has hecho? —le preguntó al oído con voz entrecortada—. Otto está detrás de esa puerta y lo único que me importa es volver a hundirme en tu interior. Lamerte hasta saborear tu clímax.

La inesperada confesión le arrancó un gemido a causa de la vivaz imagen que se le pasó por la cabeza.

—Deshazte de Otto y soy tuya para el resto de la noche.

Valerio la besó con pasión antes de darle un apretón en el trasero.

—Quédate desnuda. Vas a servirme de bandeja para la cena.

—Trato hecho —accedió, mordiéndose el labio al sentir un estremecimiento.

Valerio se apartó de ella y se apresuró a abrocharse la camisa y los pantalones. Antes de salir del dormitorio y dejarla a solas le lanzó una mirada ardiente, rebosante de promesas.

Cuando Val se fue, apartó el edredón y se metió entre las sábanas de seda negra. Estaban impregnadas con su intenso aroma.

Abrazó la almohada e inspiró hondo.

—¿Qué estoy haciendo? —se preguntó. Estaba en la cama con el enemigo, y se lo estaba pasando en grande.

Pero lo peor era que no quería irse.

Nunca.

—Ese es mi don —refunfuñó. Siempre la atraían hombres imposibles de conseguir.

Debería marcharse y quedarse en casa de Amanda y Kirian, pero era incapaz de dejar a Valerio. ¿Qué iba a hacer sin ella?

Sin embargo, lo más importante era qué iba a hacer ella sin él.

12

Ash se detuvo en seco en cuanto vio a Kirian a través de la puerta entreabierta de su despacho de la planta superior. Ya eran más de las cuatro de la madrugada y, aunque de vez en cuando Amanda y él se acostaban tarde, era raro encontrarse al antiguo Cazador Oscuro a solas.

Ladeó la cabeza y siguió observando a través de la rendija. Kirian estaba inclinado sobre un montón de papeles, atusándose el pelo. Su frustración era evidente.

Dio unos golpecitos en la puerta para no pillarlo por sorpresa. Kirian alzó la vista y se quitó las gafas.

—¡Ah, hola! —lo saludó en voz baja mientras abría un poco la puerta—. Pensé que eras Amanda que venía a suplicarme que me fuera a la cama.

—Ni por todo el oro del mundo —replicó al tiempo que entraba. Se acercó hasta el escritorio negro de estilo Chippendale y con forma de riñón donde se apilaban un sinfín de papeles y notas escritas a mano—. ¿Qué estás haciendo levantado a estas horas?

—No podía dormir. Yo... —Apretó los dientes.

—¿Qué? —lo instó a continuar, preocupado por el que llevaba siglos siendo su amigo.

Kirian dejó escapar un largo suspiro de cansancio.

—No tienes ni idea de lo que es esto, Ash. Lo duros que son los días. ¿Recuerdas lo que se sentía siendo humano?

Dejó la mochila en el suelo después de escuchar la pregunta. Kirian parecía desorientado y al borde de un ataque de nervios.

Por regla general, evitaba contestar cualquier pregunta referida a su pasado, pero su amigo necesitaba consuelo. Y, francamente, después de toda la mierda que había tenido que soportar esa noche entre Nick, Simi, Zarek, Tabitha, la Destructora y los daimons, él también necesitaba que lo consolaran.

—Sí, recuerdo lo que sentía siendo humano, pero hago lo que puedo para no pensar mucho en aquello.

—Te entiendo, pero sin ánimo de ofender, eras muy joven cuando moriste. No tienes ni idea de las responsabilidades que tengo yo.

Tuvo que morderse la lengua para no soltar una amarga carcajada. Si Kirian supiera...

Cambiaría sus responsabilidades por las del antiguo general griego sin pensárselo dos veces.

—Mira esto —siguió Kirian, tendiéndole un papel—. Olvídate de los malditos daimons. Los abogados y las compañías de seguros sí que acojonan. ¡Madre mía! ¿Has visto las estadísticas sobre accidentes de tráfico? Me da pánico llevar a mi mujer y a mi hija en coche. Mi botiquín ha pasado de contener pasta de dientes y gasas estériles a guardar Espidifen, Vicks Spray Nasal, Reflex, Atorvastatina y Benazepril. Tengo hipertensión, el colesterol alto...

—¿Qué quieres que te diga? Te has pasado cuarenta años maltratando tu cuerpo con comida basura.

—¡Era inmortal! —le soltó antes de quedarse pálido—. Voy a morir otra vez, Ash. Pero esta vez dudo mucho de que esté allí Artemisa para ofrecerme un trato. —Se pasó una mano por el pelo—. Mi mujer morirá algún día y Marissa...

—No pienses en eso.

Los ojos de Kirian se clavaron en él al instante.

—¿Que no piense en eso? Para ti es muy fácil decirlo. Tú no vas a morir. Me obsesiona la muerte, sobre todo desde que empezaron las pesadillas de Amanda. Ahora soy humano. No puedo protegerlas como las habría protegido antes.

—Para eso nos tienes a Kassim y a mí.

Kirian negó con la cabeza antes de coger las gafas.

—Y odio esta mierda que tengo que llevar para poder leer la letra pequeña con la que quieren robarme el alma con mucha más eficacia que Artemisa. ¿Qué me ha pasado, Aquerón? Ayer era el merodeador nocturno más peligroso de todos. Los daimons temblaban de miedo al verme. ¿En qué me he convertido? Soy tan patético que tengo que darle dinero bajo cuerda a Nick para que compre *beignets* que como a escondidas porque si Amanda me pilla, me echa la bronca del siglo. Tengo problemas de congestión nasal. Me duele la espalda por la noche si duermo en una mala postura. Tengo las rodillas tan jodidas que ayer, cuando me agaché para coger a Marissa, estuve a punto de caerme. Envejecer es una putada.

—¿Me estás diciendo que quieres regresar? —se burló él.

Kirian apartó la mirada con timidez.

—En ocasiones, sí. Pero después miro a mi mujer y me doy cuenta de que soy un cabrón egoísta. La quiero tanto que me duelen partes que ni siquiera sabía que existían. Cada vez que pienso que pueden hacerle daño, o que pueden hacérselo a Marissa... me quedo sin respiración. Me muero. Me revienta sentirme inútil. Me revienta saber que voy a envejecer y a morir antes que ellas.

—No vas a morir, Kirian.

—¿Cómo lo sabes? —replicó el antiguo Cazador Oscuro.

—Porque no voy a permitirlo.

—Como si pudieras evitarlo... —rezongó Kirian—. Ambos sabemos que no tengo más remedio que morir de viejo... Si tengo la suerte de llegar tan lejos y no me quedo tieso de un infarto fulminante, de un accidente de tráfico, de una intoxicación alimenticia o de un desastre cualquiera. —Hundió la cara entre las manos.

Ver a su amigo así le llegaba al alma. Ser humano era duro. Joder, pensó, vivir sin más ya era duro.

Definitivamente, la vida no estaba hecha para los pusilánimes. Cada vez que las cosas parecían ir bien, algo se torcía. Era ley de vida.

—Amanda está embarazada otra vez —susurró Kirian después de una breve pausa.

Pese al funesto tono con el que hizo el anuncio, percibió la felicidad que lo embargaba. Y el pánico.

—Felicidades —le dijo.

—Gracias. —Kirian clavó la vista en los papeles que había sobre el escritorio—. Estoy intentando redactar mi testamento, por si acaso.

Tuvo que contener de nuevo las carcajadas que le provocaba esa actitud tan fatalista.

—No vas a morir, Kirian —le repitió.

Sin embargo, sabía que no lo estaba escuchando. Estaba demasiado ocupado intentando solucionar las cosas que podían torcerse; y no solo con respecto a Amanda y a su hija, sino también en lo que a él se refería.

—¿Quieres ser el padrino de nuevo? —le preguntó su amigo en voz baja.

—Por supuesto.

—Gracias. Y ahora si no te importa, tengo que acabar esto para llevárselo mañana a mi abogado y a la compañía de seguros.

—De acuerdo. Buenas noches, general.

—Buenas noches, Aquerón.

Recogió la mochila del suelo y cerró la puerta tras salir del despacho. Se detuvo en el pasillo al ver que Amanda estaba en la puerta de su dormitorio, ataviada con un albornoz de color crema. Tenía los ojos llenos de lágrimas.

Se acercó a ella.

—¿Estás bien?

Ella se encogió de hombros.

—¿Les ocurre lo mismo a todos cuando recuperan su alma?

Asintió con la cabeza mientras suspiraba.

—La readaptación es difícil. Se pasan cientos o miles de años convencidos de que tienen por delante, literalmente, todo el tiempo del mundo, de que nada puede hacerles daño y de que no sienten dolor físico más que unas pocas horas y, de repente, se convierten en mortales y se dan cuenta de que les quedan treinta o cuarenta años de vida, eso si tienen suerte. Vuelven a ser vulnerables a la muerte y a las enfermedades como el resto del mundo. Es difícil adaptarse a ello. La primera vez que sufren un arañazo casi todos piensan que van a morir.

Por la mejilla de Amanda resbaló una lágrima. Se la limpió mientras sorbía por la nariz con delicadeza.

—Ojalá lo hubiera dejado seguir con su vida. Ojalá me hubieras dicho que iba a pasar esto.

—¿Que iba a pasar qué, Amanda? —le preguntó—. ¿Que os ibais a amar durante el resto de vuestras vidas? ¿Que ibais a ver crecer a vuestros hijos? Ni Kirian ni tú sois conscientes de lo milagrosa que es vuestra vida. Hay gente que vendería su alma al diablo por tener lo que vosotros. Ríete de Artemisa y de la inmortalidad. Lo vuestro es muchísimo más valioso y difícil de conseguir.

Con el corazón en un puño, sintió rabia de que tanto Amanda como Kirian estuvieran cuestionándose su amor, que estuvieran preguntándose si habían tomado la decisión correcta.

—Yo mismo estaría dispuesto a dar mi inmortalidad a cambio de uno solo de vuestros días. —Cogió la mano de Amanda y la alzó con la palma hacia arriba para que ella pudiera ver la cicatriz que dejó allí el alma de Kirian cuando se la devolvió—. En una ocasión te pregunté si él valía la pena. ¿Recuerdas qué me contestaste?

—Que atravesaría los fuegos del infierno para morir por él.

Asintió con la cabeza.

—Y yo atravesaré los fuegos del infierno para manteneros a salvo.

—Lo sé.

Le dio un apretón en la mano.

—¿De verdad preferirías que hubiera seguido llevando su vida de Cazador Oscuro?

Amanda negó con la cabeza.

—Me moriría sin él.

—Y él se moriría sin ti.

Amanda se limpió las lágrimas con el dorso de la mano mientras le sonreía.

—¡Uf! Es que estoy cansada y embarazada. Detesto este desbarajuste hormonal y emocional. Siento mucho haberme desahogado contigo. Estoy segura de que es lo último que necesitabas. —Se puso de puntillas y tiró de él hacia abajo para poder abrazarlo.

Mientras disfrutaba de la ternura del abrazo, apretó el puño con fuerza sin que Amanda lo viera. Era muy raro que alguien lo tocara de forma amistosa, y era un gesto que valoraba muchísimo.

—Te quiero, Ash —susurró ella antes de darle un beso en la mejilla—. Eres el mejor amigo del mundo.

Salvo para Nick..., se dijo para sus adentros.

Se tensó al recordar la furia que había sentido poco antes. No debería haber hecho lo que había hecho. Por regla general, jamás daba rienda suelta a su ira. Pero Simi era uno de los pocos resortes que siempre hacían que saltara. Hasta que Nick la mancilló, era lo único puro que quedaba en su vida.

En parte odiaba a Nick por lo que había hecho.

Sin embargo, la parte racional y sensata que había en él, lo entendía. Aun así, no podía perdonarlo. Tenía miedo de que hubiera alterado a Simi. De que se transformara en algo...

—¿Nick está bien?

Amanda pareció incómoda por la pregunta.

—Lo has dejado hecho cisco. Intenté llevarlo al hospital, pero se negó. Me dijo que ya se había roto bastantes costillas en su vida y que sabía cómo cuidarse solo. Así que Kirian y Talon lo vendaron y lo mandaron a su casa.

—Échale un ojo —le dijo, asintiendo con la cabeza.

—¿Es que tú no vas a echárselo?

—No puedo. Al menos, de momento. Necesito un poco de tiempo para que se me pase el enfado y no te garantizo que no le dé otra paliza. Cada vez que abre la boca, mete la pata hasta el fondo.

Saltaba a la vista que Amanda estaba de acuerdo con él.

—Sabes que te quiere mucho, ¿verdad?

—Sí, pero las emociones y el sentido común no van de la mano.

—No. Supongo que no.

—Vete a dormir —le dijo, al tiempo que le daba un suave empujón hacia el dormitorio.

Amanda lo obedeció, pero de repente se detuvo y se volvió para mirarlo.

—¿Ash?

—¿Qué?

—¿Por qué has mandado a Tabitha con Valerio?

—Por el mismo motivo que te di el alma de Kirian el día que nos conocimos.

—Pero sabes que jamás conocerán la paz. Nunca. Tabitha no puede incluir a Valerio en la familia. No es justo para Kirian.

—Tal vez. Pero esa no es la cuestión. Si hubieras conocido a Valerio antes de conocer a Kirian, ¿tus sentimientos hacia él serían los mismos? Y si Tabitha se hubiera casado con Valerio y después tú hubieras conocido a Kirian, ¿qué sentirías si ella te pidiera que te alejaras de él?

Amanda desvió la mirada.

—Exacto, Amanda. Para tener un futuro, Kirian necesita enterrar el pasado.

Tabitha inspiró con fuerza entre dientes mientras Valerio lamía la salsa que le había untado en el pecho. Su reacción le hizo reprimir una sonrisa, pero no soltó el pezón que estaba mordisqueando. Alzó la mirada hacia ella.

Se apartó lo justo para coger otra gamba, mojarla con la salsa y acercársela a la boca. Ella la aceptó y le lamió los dedos de forma sensual.

—Creo que estamos batiendo el récord de la cena más larga de la historia.

Valerio sonrió mientras le colocaba otra gamba en el pezón derecho. La salsa resbaló por la curva del pecho; él lamió el reguero antes de ir a por la gamba.

—¿Ves? —le preguntó ella mientras le apartaba el pelo de la cara—. Sabía que los romanos erais increíbles en esto. Tenía razón, ¿verdad?

—Toda la razón del mundo —convino al tiempo que exprimía un limón sobre su estómago.

Cuando lo lamió, la recorrió una intensa oleada de placer.

El áspero roce de su barba le provocó un escalofrío.

—Eres maravilloso —le dijo en voz baja.

Se quedó helado al escuchar esas palabras. Nadie le había dicho eso jamás en la vida.

Absolutamente nadie.

Y en ese momento cayó en la cuenta de algo aterrador. Tendría que dejarla marchar.

La idea hizo que una fuerza desconocida lo golpeara en el pecho, dejándolo sin aliento.

La vida sin Tabitha.

¿Cómo podía afectarle de ese modo si acababa de conocerla? Sin embargo, al pensar que debía regresar a su mundo frío y estéril donde la gente le daba la espalda, se burlaba de él y lo menospreciaba, le entraron ganas de gritar por esa injusticia.

Quería quedarse a su lado.

El deseo de vincularla a él era brutal y no atendía a razones. Lástima que también fuera egoísta y que estuviera mal.

Tabitha tenía una familia que la amaba. Siempre había sido parte esencial de su vida. Él lo había visto con sus propios ojos. El amor. El cariño.

Su familia había sido una pesadilla de celos y crueldad. Pero la de Tabitha...

No podía arrebatársela. No estaría bien.

—¿Valerio? ¿Qué te pasa?

Esbozó una sonrisa torcida.

—Nada.

—No te creo.

Siguió tumbado sobre ella, escuchándola respirar. Tabitha lo abrazó y le rodeó las caderas con las piernas. El roce de su piel era maravilloso. El roce de esa piel sobre su cuerpo desnudo era maravilloso.

Pero no solo estaba desnudo en el aspecto físico. Con ella también había desnudado su alma.

Daría cualquier cosa por retenerla, pero Tabitha era la última persona en el mundo que podría conservar a su lado.

No era justo.

Tabitha acarició la espalda de Valerio mientras percibía sus emociones. La desesperación y la rabia que lo embargaban. No lo entendía.

—Cariño —susurró—. Cuéntamelo.

—¿Por qué me llamas «cariño»? —Su aliento le hizo cosquillas en el pecho.

—¿Te molesta?

—No. Es que nunca me han llamado por un apelativo cariñoso. Y me resulta raro escucharlo de tus labios.

Pasó la mano sobre las cicatrices de su espalda con el corazón en un puño por lo que acababa de confesarle.

—¿Alguna vez te has enamorado? —le preguntó.

Valerio negó con la cabeza.

—Solo tuve a Agripina.

—Pero nunca la tocaste, ¿verdad?

—No. Me acostaba con mujeres que sí tenían la oportunidad de decidir si querían hacerlo o no.

Frunció el ceño al escucharlo.

—¿Pero no estabas enamorado de ninguna?

—No —respondió, ladeando la cabeza para mirarla a los ojos—. ¿Y tú? ¿Has estado enamorada alguna vez?

Suspiró mientras recordaba su pasado y a la persona con la que había deseado compartir el resto de su vida.

—De Eric. Tenía tantas ganas de casarme con él que cuando me dejó, pensé que iba a morir de dolor.

Percibió los celos que sus palabras acababan de provocar en Valerio.

—¿Por qué te dejó? —quiso saber.

Antes de contestar, trazó con un dedo el arco de su ceja izquierda y después hundió la mano en su pelo para juguetear con los mechones mientras hablaba.

—Según él, porque lo exprimí. —Se le llenaron los ojos de lágrimas al recordar el día que Eric había roto la única relación decente que había tenido en la vida—. Me dijo que si con veintipocos años le costaba tanto seguir mi ritmo, no quería ni imaginar cómo sería a los cuarenta. Insinuó que si abandonaba la caza de vampiros y me deshacía de la tienda, tal vez tuviéramos una oportunidad. Pero ¿cómo iba a renunciar a algo que es tan importante en mi vida? Vivo para cazar. Se lo debo a aquellas personas que no pueden defenderse por sí mismas.

Valerio se incorporó y le enjugó las lágrimas con sus besos.

—Eric fue un imbécil.

Sus palabras le arrancaron una sonrisa mientras ese cuerpo musculoso y fuerte se deslizaba sobre ella de forma muy sensual. Mmmm, era delicioso. Toda esa energía, esa fuerza...

De repente se preguntó a por quién había ido después de convertirse en Cazador Oscuro.

—¿De quién te vengaste? —le preguntó en voz baja.

Notó que se tensaba al escuchar la pregunta. Se alejó de ella.

—¿Por qué quieres saberlo?

—Por curiosidad. Yo le rajé las ruedas del coche cuando me dejó.

—No me lo creo —replicó él con expresión horrorizada.

Ella asintió con la cabeza.

—Habría ido un poco más lejos, pero pensé que con eso había descargado parte de mi ira. Llevaba unas Pirelli muy buenas... —confesó.

Valerio se echó a reír mientras meneaba la cabeza.

—Menos mal que no conduzco...

—Estás esquivando la pregunta... —lo acusó, dándole unos golpecitos con el índice en la punta de la nariz—. Cuéntamelo, Val. Te juro que no voy a juzgarte.

Valerio se tumbó de espaldas sobre el colchón junto a Tabitha y dejó que los recuerdos afluyeran a su mente. Por regla general, hacía todo lo contrario y evitaba pensar en sus últimas horas como humano. En su primera noche como inmortal.

Se incorporó un poco para apoyarse sobre un codo y comenzó a trazar círculos alrededor de uno de los pechos de Tabitha. Le encantaba que fuese tan desinhibida con su cuerpo. No tenía el menor pudor a ese respecto.

—¿Val? —insistió ella.

No iba a permitirle que eludiera la pregunta. Respiró hondo y bajó la mano hacia el *piercing* de su ombligo.

—Maté a mis hermanos.

Tabitha le acarició el mentón y sintió el dolor y la culpa que se apoderaban de él.

—Estaban bebiendo y tirándose a sus esclavas cuando llegué. Jamás olvidaré el terror de sus rostros cuando me vieron y comprendieron a qué había ido. Debería haberlos dejado en paz, pero no pude. —Se alejó de ella con una expresión atormentada—. ¿Qué tipo de hombre mata a sus hermanos?

Se sentó y lo agarró del brazo cuando hizo ademán de abandonar la cama.

—Ellos te mataron antes.

—Pero eso no exime mi culpa. Éramos hermanos y los atravesé con la espada como si fueran unos enemigos a los que no conocía de nada. —Se pasó la mano por el pelo—. Incluso maté a mi padre.

—No —lo corrigió ella con firmeza, agarrándolo con más fuerza del brazo—, fue Zarek quien lo mató, no tú.

Él frunció el ceño antes de preguntarle:

—¿Cómo lo sabes?

—Me lo dijo Ash.

El rostro de Valerio se tornó pétreo mientras la fulminaba con la mirada.

—¿Y también te contó cómo lo mató Zarek? Lo atravesó con mi espada. Con una espada que yo le di después de que mi padre me suplicara que lo salvase.

Su dolor despertó en ella la acuciante necesidad de consolarlo.

—No te ofendas, pero tu padre era un cabrón que merecía que lo despedazaran.

—No —discrepó él al tiempo que negaba con la cabeza—, nadie merece algo así. Era mi padre y lo traicioné. Lo que hice estuvo mal. Muy mal. Fue igual que la noche que...

La intensa oleada de culpa que lo asaltó de repente la dejó sin respiración.

—¿Qué noche, cariño? ¿Qué pasó?

Valerio apretó los puños e intentó bloquear los recuerdos de su infancia. Fue imposible. Volvió a ver las violentas imágenes; volvió a escuchar los gritos que seguían resonando en sus oídos a pesar de los siglos transcurridos.

Nunca había sido capaz de bloquear esos recuerdos.

Antes de ser consciente de lo que hacía, le contó lo que nunca había contado a nadie.

—Tenía cinco años cuando Kirian murió, y estaba presente la noche que regresó para vengarse de mi abuelo. Por eso supe qué era Zarek cuando volvió para vengarse de mi padre. Por eso supe cómo invocar a Artemisa cuando morí. Por eso...

Meneó la cabeza para aclarar las ideas. Pero era imposible. Las imágenes de su pasado seguían siendo nítidas e indelebles.

—Mi abuelo insistió en que trasnochara porque quería contarme qué glorioso era el triunfo sobre un digno rival, aunque dicho triunfo fuera gracias a la traición. Estaba con él en el salón cuando escuchamos que los caballos resoplaban como si alguien los hubiera asustado. Había algo malévolo allí fuera. Se palpaba en el aire. Después escuchamos los gritos agónicos de los guardias. Mi abuelo me escondió en un armario y cogió su espada.

Hizo una mueca.

—La madera tenía una grieta y gracias a eso fui testigo de lo que pasó en el salón. Vi cómo Kirian entraba. Lo vi luchar hecho una furia con mi abuelo, que no era rival para él. Pero no se contentó con matarlo. Lo despedazó. Miembro a miembro. Lo fue cortando hasta que no quedó nada que indicara que aquellos restos habían pertenecido a un ser humano. Me tapé los oídos e intenté controlar los sollozos. Quería vomitar, pero me aterrorizaba la posibilidad de que Kirian me escuchara y me hiciera lo mismo que a mi abuelo. Así que me quedé allí sentado en la oscuridad como un cobarde, hasta que se hizo el silencio en el salón. Cuando miré de nuevo, solo vi las paredes y el suelo cubiertos de sangre.

Se pasó una mano por los ojos, como si quisiera apartar las imágenes que aún lo atormentaban.

—Salí del armario, y recuerdo que pasé un buen rato observando cómo mis sandalias se empapaban con la sangre de mi abuelo. Después me puse a chillar hasta quedarme afónico. Pasé años pensando que si hubiera salido corriendo, tal vez lo habría salvado. Que si hubiera salido del armario, podría haber hecho algo.

—No eras más que un niño.

No podía aceptar ese consuelo. Era imposible.

—No era ningún niño cuando le di la espalda a mi padre y lo dejé morir.

Alzó una mano y la llevó al rostro de Tabitha. Era tan hermosa, tan valiente...

Al contrario que él, ella tenía principios morales y ternura.

No tenía derecho a tocar algo tan valioso, tan preciado.

—Tabitha, no soy un buen hombre. He destruido a todo aquel que se me ha acercado y tú... tú eres la bondad personificada. Tienes que seguir viviendo. Por favor. No puedes quedarte a mi lado. Acabaré por destruirte a ti también. Lo sé.

—Valerio —replicó Tabitha, cogiéndole la mano. Percibió el doloroso deseo de tocarla que lo embargaba. El deseo de mantenerla a salvo, de protegerla. Tiró de él y lo abrazó durante un buen rato en silencio, sumidos en la oscuridad—. Eres un buen hombre, Valerio Magno. Eres la personificación del honor y de la decencia, y le daré su merecido a cualquiera que afirme lo contrario... incluso a ti.

Valerio cerró los ojos y se dejó abrazar. Alzó una mano hasta la nuca de Tabitha y se limitó a disfrutar de su calidez y su ternura.

Fue en ese momento cuando cayó en la cuenta de algo que lo asustó más que todo lo que había visto hasta entonces.

Estaba enamorándose de Tabitha Devereaux. Quería a esa desvergonzada y vulgar cazavampiros que estaba como un cencerro.

Pero no había manera de mantenerla a su lado. Era imposible.

¿Qué iba a hacer?

¿Cómo iba a alejarse de la única cosa que valía la pena en su vida? Aunque comprendía que tenía que dejarla marchar precisamente porque la quería.

Tabitha pertenecía a su familia del mismo modo que él pertenecía a Artemisa.

Había jurado servir a la diosa siglos atrás. El único modo de que un Cazador Oscuro se librara de ese juramento pasaba por encontrar a alguien que lo amara lo bastante como para superar la prueba impuesta por Artemisa.

Amanda había demostrado amar a Kirian; Sunshine, a Talon; Astrid, a Zarek.

E indudablemente Tabitha era lo bastante fuerte para sobrevivir a la prueba. Pero ¿podía una mujer como ella amar a alguien como él lo suficiente como para liberarlo?

No obstante, comprendió la estupidez de sus pensamientos en cuanto acabó de formularse la pregunta.

Artemisa no iba a permitir que otro Cazador Oscuro quedara libre así como así. Aun cuando lo permitiera, Tabitha jamás sería suya. Se negaba a interponerse entre su familia y ella.

La necesitaba, sí; pero a fin de cuentas ella necesitaba mucho más a su familia. Él estaba acostumbrado a sobrevivir solo. Ella, no.

Y no era tan cruel para pedirle que eligiera lo imposible cuando lo imposible podía costarle lo que más quería en la vida.

13

Las dos semanas siguientes supusieron el infierno en la tierra en cuanto se ponía el sol. Parecía que la única finalidad de los daimons era burlarse de ellos y atormentarlos.

Nadie estaba a salvo. Desde el ayuntamiento se había intentado imponer el toque de queda a petición de Aquerón, pero como Nueva Orleans era una fiesta las veinticuatro horas del día, les había resultado imposible.

El cómputo de bajas era tan elevado que Tabitha solo había visto algo parecido en las películas, y al Consejo de Escuderos y a Aquerón les costaba mucho ocultárselo a la policía y a las agencias de noticias. Sin embargo, lo más aterrador era la dificultad que les suponía matar a los pocos daimons a los que conseguían atrapar.

Todas las noches regresaba a la casa de Valerio con el cuerpo dolorido por la lucha. Sabía que él no quería que lo acompañara a patrullar, pero aun así no le decía nada al respecto. Se limitaba a pasar un par de horas embadurnándola con pomada antiinflamatoria y vendándole las heridas.

No era justo que él sufriera tan poco; además, los pequeños cortes que se hacía siempre desaparecían a las pocas horas.

En ese momento estaba desnuda entre sus brazos. Valerio estaba dormido, pero seguía abrazándola con fuerza contra su cuerpo como si temiera perderla.

Eso la conmovía como ninguna otra cosa en el mundo. Tendría que haberse levantado hacía horas. Ya casi eran las cuatro de la tarde, pero desde que se mudó a su casa, se había convertido en un animal nocturno.

Tenía la cabeza apoyada en su hombro derecho y su brazo le rodeaba la cintura. Le pasó la mano por el brazo mientras observaba su piel bronceada.

Valerio tenía unas manos muy bonitas. De dedos largos y delgados, fuertes y bien formadas. Las últimas semanas le habían reportado mucho consuelo y placer, tanto que casi no podía respirar por la felicidad que la embargaba cada vez que pensaba en él.

Su móvil sonó.

Se apartó de Valerio para responder.

Era Amanda.

—Hola —dijo con voz insegura. Esas dos últimas semanas habían estado muy tirantes la una con la otra.

—Hola, Tabby, me preguntaba si podría pasarme por ahí para hablar contigo.

Puso los ojos en blanco al escucharla.

—No necesito más sermones, Mandy.

—Te juro que no voy a sermonearte. Son cosas de hermanas. Por favor.

—Vale —accedió en voz baja tras un intenso debate interior. Después, le dio la dirección de Val.

—Hasta ahora.

Colgó y regresó de puntillas a la cama. Valerio estaba de costado, con el cabello revuelto sobre la almohada. Un asomo de barba le ensombrecía el mentón, pero aun así tenía el aspecto de un niño.

Sus músculos eran visibles incluso dormido. El vello negro que salpicaba los contornos de ese maravilloso cuerpo daba a su piel un encanto intensamente masculino y tentador.

Aunque no era solo su belleza lo que la atraía. Era su corazón. Su modo de cuidar de ella sin imponerle restricciones. Sabía que no le gustaba que luchase a su lado, pero no había dicho ni una sola palabra al respecto. Se limitaba a acompañarla y a dejar que librara sus propias batallas. Solo intervenía cuando la veía en una situación apurada.

Solo en esas circunstancias acudía a la carga para salvarla sin hacer que se sintiera incompetente o débil.

Sonrió al verlo dormir.

¿Cómo era posible que en tan poco tiempo se hubiera convertido en alguien tan importante para ella?

Meneó la cabeza y se dispuso a vestirse. Mientras lo hacía, recordó la primera vez que Valerio había visto el tatuaje con forma de triángulo celta que tenía en la base de la espalda.

—¿Qué sentido tiene marcarse intencionadamente? —le preguntó, como si la mera idea lo horrorizara.

—Es sexy.

La respuesta le había hecho torcer el gesto y, sin embargo, le encantaba besar y masajear el tatuaje cada mañana, cuando regresaban de patrullar.

Guiada por un impulso, cogió su camisa de seda negra del suelo y se la puso. Adoraba el intenso olor que dejaba impregnado en la ropa. En su piel.

Se puso los pantalones y bajó para esperar a Amanda.

—Hola, Tabby.

Miró hacia la izquierda al llegar al pie de la escalera y vio que Otto estaba utilizando el ordenador del despacho de Valerio. Era la única concesión tecnológica que había podido encontrar en toda la casa, aparte de la increíble colección de películas en DVD que Valerio tenía escondida en una caja en su despacho y que explicaba su amplio conocimiento de la cultura pop.

—Hola, Otto, ¿qué haces?

—Intento anticipar la amenaza daimon, como siempre. Estoy utilizando el programa de Brax, a ver si soy capaz de encontrar un patrón que nos ayude a predecir dónde estarán esta noche.

Asintió con la cabeza. Otto había acabado por aceptarla y desde que comenzaron los ataques de los daimons vestía de negro riguroso. Ese día llevaba una camiseta de cuello alto, un jersey y unos pantalones. Debía admitir que era bastante guapo cuando no intentaba parecer un hortera.

Había dejado el IROC a favor del Jag con la excusa de que ya no tenía ninguna gracia picar a Valerio porque estaba tan loco por Tabitha que ni siquiera reaccionaba a sus pullas. Como tampoco lo hacía Gilbert.

Entró en el despacho y se colocó tras él para mirar el monitor.

—¿Has encontrado algo?

—No, todavía no hay ningún patrón. No sé a qué viene esto. Si quieren a Kirian, ¿por qué no van a por él?

Soltó un suspiro irritado.

—Están jugando con nosotros. Tú no estabas aquí cuando tuvimos el primer enfrentamiento con Desiderio. Le encanta provocar el pánico y confundirnos.

—Sí, pero me pone enferma el número de muertos. Anoche murieron diez personas y el Consejo las está pasando canutas para ocultar todo esto a las autoridades. La gente comienza a tener miedo, y eso que solo conocen un porcentaje minúsculo de la cifra total.

El comentario le provocó un escalofrío.

—¿Cuántos daimons murieron anoche?

—Solo doce. Val y tú os cargasteis cuatro; Ash, cinco; y Janice, Jean-Luc y Zoe, uno cada uno. El resto se fue de rositas.

—Joder.

—Sí, no me gusta estar en el bando perdedor. Esto es una mierda.

Frunció el ceño mientras recordaba la lista que acababa de recitar Otto.

—No sé cómo lo verás, pero es un poco preocupante que una humana se cargue más daimons que un Cazador Oscuro.

Otto le lanzó una mirada burlona.

—Tú no sales sola.

Le sacó la lengua.

—Para que lo sepas, Valerio es mi ayudante, no al contrario.

—Vale, lo que tú digas.

Se echó a reír por su respuesta, pero entonces se le ocurrió algo.

—¿Y Ulric?

—¿Qué pasa con él?

—¿A cuántos mató?

—A ninguno, ¿por qué?

¿A ninguno? Aquello no cuadraba.

—Y anteanoche tampoco mató ninguno, ¿verdad?

—Tampoco.

Tuvo un mal presentimiento. No, seguro que estaba equivocada.

Era imposible, ¿o no?

—¿Dónde se localizaron la mayoría de las bajas anoche? —preguntó.

Otto pulsó una tecla y cambió la pantalla para que apareciera un mapa del Barrio Francés. Las zonas señaladas en rojo marcaban el lugar donde alguien había muerto. Había una concentración de puntos rojos en el cuadrante nordeste.

—¿Quién patrulla esa zona?

Otto lo comprobó en otra pantalla.

—Ulric.

Se quedó helada.

—¿Y no ha matado a ningún daimon? —preguntó, atónita.

Otto entrecerró los ojos.

—¿Qué quieres decir con eso?

—Desiderio necesita un cuerpo... antes de que todo esto empezara Valerio me dijo que si un daimon se hacía con un Cazador Oscuro...

—Eso son chorradas, Tabitha. Vi a Ulric anoche y estaba bien.

—Pero ¿y si tengo razón? ¿Qué pasa si Desiderio se ha hecho con él?

—Te equivocas. Desiderio sería incapaz de ponerle una mano encima. Era un guerrero medieval. Si hay algo que Ulric sabe hacer, es protegerse.

Tal vez, pensó.

En ese instante sonó el portero de la verja de la mansión.

—Esa tiene que ser mi hermana.

Otto giró la silla hacia la pequeña pantalla que mostraba la imagen del conductor. Era Amanda.

La dejó pasar.

Tabitha fue a recibirla a la puerta, sin poder quitarse de la cabeza que algo andaba mal con Ulric. A pesar de lo que había dicho Otto, quería pruebas de que se equivocaba.

Esa noche iría en busca del Cazador Oscuro y comprobaría si sus sospechas eran fundadas o no; en caso de serlo, lo pulverizaría como a un daimon en un abrir y cerrar de ojos.

Amanda estaba saliendo de su Toyota cuando ella abrió la puerta. Llevaba unos pantalones negros muy elegantes, una camisa de seda verde oscuro y un jersey negro. Era maravilloso volver a verla.

La esperó en silencio en el vano de la puerta.

Amanda la abrazó con fuerza en cuanto estuvo a su lado.

—Te he echado de menos.

—Solo estoy a un par de manzanas.

—Lo sé, pero últimamente no hemos hablado mucho.

Le devolvió el abrazo antes de soltarla.

—Lo sé. Me cuesta mucho hablar ahora mismo.

Amanda le apartó el pelo del rostro en un gesto muy maternal y le sonrió.

—Sin embargo y a pesar de los recelos, estás muy contenta, ¿verdad?

El comentario la hizo fruncir el ceño.

—Empiezas a asustarme. —Miró detrás de Amanda y escudriñó la calle—. ¿Ha cambiado alguien a mi hermana por un robot?

Amanda se echó a reír.

—No, pedorra. Es que estaba muy preocupada por ti.

—Bueno, pues como puedes ver, estoy bien. Tú también estás bien. Todo está bien. ¿Qué te trae por aquí?

—Quiero conocer a Valerio.

La petición la dejó alucinada.

—¿Cómo?

—Ash me dijo unas cuantas cosas hace un par de semanas que me hicieron reflexionar. Y al ver que pasaban los días y que no le dabas la patada a este tío para venirte a vivir conmigo, he seguido reflexionando. Has estado con él día y noche, ¿verdad?

Se encogió de hombros con una despreocupación que no sentía.

—Sí, ¿por?

—Y aun así no he recibido ni una sola llamada de mi gemela homicida diciéndome que le va a cortar la cabeza y a clavarla en una pica si vuelve a repetir esto o lo otro. No es por nada, pero creo que eso es todo un récord para ti.

Era cierto y la culpabilidad hizo que se retorciera las manos. Nunca había estado con un tío a quien no hubiera amenazado con matar día sí y día también por alguna irritante costumbre.

Pero con Valerio...

Todo iba bien, aun cuando hiciera algo que la mosqueara. De todos modos no sucedía a menudo. Hablaban de un montón de cosas y se respetaban mutuamente cuando sus opiniones diferían.

—Lo quieres, ¿verdad?

Apartó la mirada.

—¡Madre del amor hermoso, Tabitha! —susurró Amanda—. Lo tuyo es complicar las cosas, ¿no?

—No empieces, Amanda.

Su hermana le cogió la barbilla y la obligó a mirarla a los ojos.

—Te quiero, Tabby. De verdad. De todos los hombres...

—¡Ya lo sé! —gritó, enfadada—. Ni que me levantara por la mañana pensando: a ver qué hombre consigue alejarme de mi familia para toda la eternidad... voy a por él ahora mismo a ver si me enamoro hasta las cejas. —Inspiró hondo para evitar que la furia se apoderase de ella—. No pretendía enamorarme de alguien como Valerio. Tengo muy claro que tú eres su ideal de mujer. Elegante, refinada... Joder, ¡si hasta sabes qué tenedor utilizar cuando comes en un restaurante! Yo soy esa que se bebió el agua del cuenco para limpiarse los dedos creyendo que era una puta sopa ligera aquel día que fuimos a comer con papá cuando estábamos en la universidad. —Frunció el ceño al caer en la cuenta de lo que estaba diciendo—. Y ya que estamos, ¡mira cómo hablo! Seguro que le pongo los pelos de punta, pero cuando me mira, me derrito.

Las razones por las que no debería seguir con Valerio pasaron una tras otra por su cabeza. Deberían ser absolutamente incompatibles, pero no era así. No tenía sentido. No estaba bien.

Soltó un suspiro.

—La otra noche me llevó al Commander's Palace y nos sentamos a una mesa adornada con un centro muy elegante. Había un montón de verdura y fruta exótica con una pinta estupenda. Así que, tonta de mí, cogí el cuchillo y comencé a cortar cachitos para comérmelo. No me di cuenta de que estaba metiendo la pata hasta que vi que había dejado alucinado al camarero. Le pregunté qué le pasaba y me dijo que era la primera vez que veía a alguien comiéndose el centro de mesa. Estaba tan avergonzada que quería que me tragase la tierra.

—Por Dios, Tabby.

—Ya lo sé. Valerio, que es un trozo de pan, ni siquiera parpadeó. Extendió el brazo y comenzó a comer también antes de echarle una de esas miradas suyas tan arrogantes al camarero, que se largó de inmediato. En cuanto se fue, Val me dijo que no me preocupase. Que se gastaba tanto dinero en ese sitio que si quería, podía comerme el mantel y que si eso no me hacía feliz, compraría el restaurante para que pudiera despedir al camarero.

Amanda se echó a reír.

Ella también se había reído cuando Valerio se lo había dicho, y ese tierno recuerdo seguía provocándole una sensación maravillosa.

Miró a su hermana con el corazón en los ojos.

—¿Crees que no sé que no pego con él ni con cola? Porque

esa es la pura verdad. Para mí, atiborrarme de ostras mientras bebo cerveza directamente de la botella ya es una pasada de cena. Para él, una cena en condiciones consta de quince platos con cambio de cubiertos para cada uno de ellos y sin quitarse la servilleta del regazo.

—Y aun así sigues aquí.

—Y no entiendo por qué.

Amanda le sonrió con ternura.

—Yo solo quería una vida tranquila y normal con un hombre tranquilo y normal. En cambio, acabé con un marido que antes era inmortal, con amigos que son dioses, demonios y animales que adoptan forma humana. Y ni siquiera sé cómo clasificar a Nick. Seamos sinceras, estoy casada con un hombre con el que he tenido una hija capaz de hablar con los animales como si fuera el doctor Dolittle y que puede mover cualquier objeto de la casa con la mente. ¿Y sabes qué te digo?

—¿Qué?

—Que no cambiaría nada de eso por toda la normalidad del mundo. El amor no es fácil. Cualquiera que te diga lo contrario te está mintiendo. Pero merece la pena luchar por él. Créeme, lo sé, por eso estoy aquí. Quiero conocer a este hombre y ver si puedo hacer algo para que Kirian se tranquilice un poco y pueda pronunciar su nombre sin que le dé un ataque.

Se le empañaron los ojos mientras abrazaba de nuevo a su hermana.

—Te quiero, Amanda, te quiero mucho.

—Lo sé. Soy la hermana gemela perfecta.

Se echó a reír ante el comentario.

—Y yo, la loca.

Se apartó de su hermana, la cogió de la mano y la hizo pasar.

Amanda silbó por lo bajo al ver el elegante interior.

—Esto es precioso.

Otto salió al vestíbulo y meneó la cabeza al verlas.

—A Kirian le dará un ataque si se entera de que has estado aquí.

—Y tú te llevarás una buena patada en salva sea la parte si se lo dices —replicó Tabitha.

—No te preocupes. No se enterará por mí. No soy tan estúpido —dijo mientras se acercaba a la puerta—. He quedado con Kyr y con Nick. Vamos a patrullar por nuestra cuenta esta noche, a ver si podemos cargarnos a unos cuantos de esos cabrones.

—Tened cuidado —le dijo.

—Vosotros también. —Se despidió de ellas con un gesto de la cabeza.

—¿Por qué no esperas en la biblioteca? —le pidió a su hermana—. Iré a ver si está despierto.

Amanda asintió con la cabeza.

Echó a correr escaleras arriba hacia el dormitorio de Valerio, donde él seguía dormido.

Levantó la sábana de seda para darle un mordisco en la cadera.

Valerio gimió de placer y giró hasta ponerse de espaldas.

Su cuerpo desnudo la dejó sin respiración. Podría pasarse todo el día mirando a ese hombre.

En particular, le encantaba la zona comprendida entre el ombligo y el vello púbico. Incapaz de resistirse a la tentación, se inclinó para darle un mordisco.

Se le puso dura al instante.

—Tú sí que sabes despertar a un hombre con alegría —dijo él, cogiéndole la cabeza con las dos manos.

Se echó a reír antes de mordisquearle un poco más, pero luego se apartó.

—Arriba. Ahora.

—Ya está arriba —replicó Val, bajando la vista hacia esa parte de su anatomía que se alzaba para saludarla.

—No me refiero a eso —dijo con los ojos en blanco—. Mi hermana está abajo y quiere conocerte.

—¿Qué hermana?

Le lanzó una mirada elocuente.

—No puedo conocerla —le aseguró, pálido.

Pero ella se negó a escuchar sus protestas.

—Vístete y baja. Solo será un momento y luego se irá.

—Pero...

—Nada de peros, general. Te espero en la escalera y como no bajes en cinco minutos, la invito a subir.

Amanda se sentó en un sillón burdeos emplazado junto a una ventana, con voluminosas cortinas. Echó un vistazo a la elegante e inmaculada mansión. A diferencia de su casa, no tenía nada de acogedora. El estilo denotaba un hombre serio, formal, pretencioso y arrogante. Frío. Incluso un poco malévolo y temible.

Todos los epítetos que había escuchado aplicados a Valerio Magno.

¿Cómo se había liado Tabitha con un hombre así? Su hermana no era nada de eso.

Bueno, Tabitha tenía una vena malévola, pero en su caso semejante característica era casi entrañable.

Le pareció que pasaba una eternidad antes de escuchar los pasos de Tabitha en la escalera.

—¡Tabitha! —exclamó una voz en voz baja con tono serio y dominante.

Al ver que su hermana no replicaba con un comentario mordaz, se levantó para investigar. Se quedó entre las sombras, desde donde vio a Valerio y a su hermana en la escalera.

El Cazador llevaba pantalones negros y una camisa del mismo color. Movida por lo que había escuchado sobre él, había supuesto que tendría el pelo muy corto. Así que se llevó una sorpresa al ver que le llegaba a los hombros. Las facciones de su rostro eran marcadas y elegantes. Perfectas.

Exudaba poder y control por todos los poros de su cuerpo. Definitivamente no era el tipo de hombre que solía atraer a su hermana.

Todo lo contrario.

Vio que Valerio fulminaba a Tabitha con la mirada, como si quisiera estrangularla.

—No puede estar aquí. Tiene que irse ahora mismo.

—¿Por qué?

—Porque Kirian se moriría si llega a enterarse de que su esposa ha estado en mi casa. Se volvería loco.

—Val...

—Tabitha, lo digo en serio. Es una crueldad. Tienes que convencerla de que se vaya antes de que Kirian lo descubra.

Se quedó atónita al escucharlo. ¿Por qué iba a importarle que a Kirian le afectara su visita cuando él quería verlo muerto?

—Amanda quiere conocerte. Por favor. Será solo un minuto, después me aseguraré de que se vaya a casa.

Frunció el ceño al escuchar la voz tranquila y racional de su hermana. Por regla general, cuando no se salía con la suya, recurría a la violencia. O, como poco, se ponía a gritar.

Vio que el semblante de Valerio se suavizaba mientras extendía la mano para acariciar la mejilla desfigurada de Tabitha.

—Odio esa mirada tuya. —Le acarició la ceja y esbozó una dulce sonrisa—. Vale. —Bajó la mano para entrelazarla con la de su hermana y se la llevó a los labios para darle un beso.

Tabitha le dio un beso en la mejilla antes de apartarse y echar a andar hacia la biblioteca.

Impresionada por lo que acababa de ver, regresó a la biblioteca para que no supieran que los había visto. Sin embargo, no dejaba de darle vueltas a la escena que acababa de presenciar...

Valerio no podía creer que estuviera a punto de conocer a la esposa de su enemigo.

La hermana gemela de Tabitha.

Jamás en la vida se había sentido más nervioso ni inseguro.

Pero se obligó a no exteriorizarlo. Enderezó la espalda y entró en la biblioteca, donde Tabitha saludó a su hermana.

Se le hacía muy raro escuchar la conversación que mantenían.

Solo era capaz de distinguir sus voces por el vocabulario que utilizaban. Tabitha tenía un modo muy peculiar de hablar mientras que su hermana era mucho más refinada y educada.

Amanda abrió los ojos de par en par al tiempo que lo observaba de pies a cabeza. Sin embargo, no delató de ningún modo lo que pensaba de él.

—Tú debes de ser Valerio —le dijo, dando un paso hacia él y ofreciéndole la mano.

—Es un honor —replicó con formalidad antes de darle un brevísimo apretón de manos y retroceder hasta dejar suficiente distancia entre ellos.

Amanda miró a su hermana.

—Formáis una extraña pareja, ¿no?

Tabitha se encogió de hombros antes de meterse las manos en los bolsillos.

—Menos mal que Valerio es mucho más guapo que Jack Lemmon y yo no tengo la nariz de Walter Matthau.

El comentario hizo que Valerio se tensara todavía más.

Tabitha le acarició el brazo con ternura.

—Relájate, cariño. No muerde. Soy yo la que lo hace. —Le guiñó un ojo.

El problema era que no sabía cómo relajarse. Sobre todo cuando Amanda lo estaba mirando como si fuera algo muy siniestro.

Amanda observó a su hermana y al general romano que había creído que odiaría a primera vista. Para su sorpresa, no era así.

No era muy simpático, eso estaba claro. Se limitaba a mirarla sin relajar la postura y con una expresión arrogante que parecía retarla a que lo insultara. Sin embargo, al fijarse con más atención se dio cuenta de que solo era una fachada. Valerio estaba esperando que lo insultara y solo se estaba preparando para aceptarlo.

De hecho, sus sentidos psíquicos no captaron ni rastro de crueldad en él. Aunque la situación le resultaba muy incómoda, su mirada se suavizaba cada vez que sus ojos se posaban en Tabitha.

Y era imposible pasar por alto el modo en el que esta reaccionaba ante él.

Madre del amor hermoso, estaban enamorados de verdad. ¡Menuda pesadilla!

—En fin —dijo en voz baja—, puedo quedarme aquí haciendo que todo el mundo se sienta incómodo o puedo irme a casa. De todas maneras debería regresar antes de que anochezca, así que...

—Mis disculpas, Amanda —se apresuró a decir Valerio—, no quería incomodarte. Si deseas quedarte y charlar con Tabitha, no tengo inconveniente alguno en dejaros a solas.

Sonrió ante su amabilidad.

—No pasa nada. Solo quería conocerte en persona. Nunca me ha gustado tomar decisiones influida por los demás y quería saber si eras realmente un demonio con pezuñas y todo. Lo más curioso es que pareces un contable.

—Viniendo de ella, eso es todo un cumplido —dijo Tabitha con una carcajada.

Valerio pareció más incómodo que antes.

—No pasa nada —repitió de nuevo—. De verdad. Es que de repente sentí el impulso irresistible de conocer al secuestrador de mi hermana. No es propio de ella que no me llame al menos veinte veces al día.

—No la he secuestrado —se apresuró a replicar, como si la acusación lo ofendiese—. Tabitha puede irse cuando quiera.

Sonrió de nuevo.

—Lo sé. —Miró a su hermana y meneó la cabeza—. El Día de Acción de Gracias será espantoso, ¿verdad? De las Navidades mejor no hablar... Y hasta ahora creíamos que lo de la abuela Flora con el tío Robert era malo.

A Tabitha se le aceleró el corazón al escuchar las palabras de su hermana.

—¿No te importa?

—Por supuesto que me importa. Preferiría morir antes que hacerle daño a Kirian, pero tampoco puedo hacerte daño a ti y no estoy dispuesta a perderos a ninguno de los dos por algo que pasó hace dos mil años. Tal vez tengamos suerte y un daimon se cargue a Valerio antes de que esto acabe.

—¡Amanda! —exclamó.

—Era una broma. En serio. —Le cogió la mano a Valerio y la unió con una de las suyas—. Es cierto que no pegáis ni con cola —musitó antes de ponerse seria—. ¿Vas a pedirle a Ash el alma de Valerio?

La pregunta la descolocó.

—Aún no hemos hablado de ello.

—Ya veo.

Se tensó al escuchar el tono maternal de su hermana.

—¿Qué quieres decir con eso?

Amanda la miró como si no entendiera a qué se refería.

—No quiero decir nada.

—Y yo me lo creo —replicó, cada vez más enfadada—. Conozco ese tono. No crees que vaya en serio con él, ¿verdad?

Amanda resopló.

—No he dicho eso.

—Ni falta que hacía. ¿Sabes? Estoy hasta el moño de aguantar las bromitas de la familia. Nunca he entendido por qué tengo que llevar el sambenito de colgada de la familia cuando Tia baila desnuda en las ceremonias vudú que hace en los pantanos. Y Selena se encadena a verjas. Y Karma se gana la vida inseminando toros. Y la tía Jasmine está intentando hacer un injerto de dinea atrapamoscas con kuzdu para crear una planta carnívora que se alimente de humanos y se meriende a su ex...

—¿Cómo? —preguntó Valerio.

Pero ella no respondió.

—Y tú, mi querida Amanda, a la que todo el mundo adora, tampoco te quedas corta. Primero te lías sin saberlo con un medio apolita cuyo padre adoptivo quería matarte para conseguir tus poderes y después acabas casada con un vampiro al que tengo que aguantar a pesar de que creo que es un petardo insufrible, tieso y pomposo. ¿Por qué soy yo la loca?

—Tabitha...

—¡No me hables así cuando sabes que me sienta como una patada en el hígado!

Su hermana le lanzó una mirada furiosa.

—Vale, ¿quieres saber por qué eres la loca? Porque vas de un extremo a otro en cuestión de segundos. Por el amor de Dios, ¿cuántas veces cambiaste de carrera en la universidad? ¿Nueve?

—Trece.

—¿Lo ves? Eres un culo de mal asiento. Si no fuera porque nos ocupamos de ti, estarías como uno de esos vagabundos a los que das de comer todas las noches. Lo sabes muy bien. Por eso les llevas comida.

—Puedo cuidarme sola.

—Lo que tú digas. ¿Por cuántos trabajos pasaste antes de que Irena te dejase la tienda? Y debes saber que no quería retirarse del negocio. Papá le pagó porque era el único trabajo en el que habías durado más de dos días.

—¡Qué hija de puta! —Se abalanzó sobre su hermana, pero Valerio la detuvo.

—Tabitha, tranquilízate —le dijo mientras la sujetaba.

—¡No! Ya me he cansado de que las personas que dicen quererme me traten como si fuera una estúpida.

—No te trataríamos así si no te comportaras como tal. ¡Madre mía, Tabitha! Mírate y piensa por qué te dejó Eric. Te quiero, de verdad que sí, pero lo tuyo siempre ha sido crear problemas.

—No te atrevas a hablarle así —masculló Valerio al tiempo que se apartaba para encarar a su hermana—. Echaré de mi casa a cualquiera que lo haga, sea quien sea, joder. Nadie le habla así. Nadie. Tabitha no tiene nada de malo. Es generosa con todo el mundo y si no eres capaz de ver sus virtudes, eres tú quien está mal de la cabeza.

Amanda esbozó una inesperada sonrisa.

—Eso era lo único que necesitaba saber.

—¿Era un truco? —preguntó ella, sin dar crédito.

—No —respondió su hermana—, esto es demasiado serio

para andarse con tonterías. Pero antes de hacerle pasar un mal rato a mi marido, tenía que saber que ibais en serio, que Valerio no era otro de tus intentos por volvernos locos a todos.

La miró echando chispas por los ojos mientras sentía el turbulento torbellino de sus emociones.

—Te juro que hay veces en las que te odio, Mandy.

—Lo sé. Pasaos esta noche por casa, a ver qué tal va la cosa.

—No puedo creer que estés haciendo esto por nosotros —dijo Valerio.

Amanda inspiró hondo.

—No te lo tomes a mal, pero lo hago por Kirian. Ash me dijo algo y estoy aquí para asegurarme de que se cumple.

Y con ese último comentario, se dirigió hacia la puerta.

—¿Mandy? —la llamó, deteniéndola antes de que saliera de la casa—. ¿Eso quiere decir que tenemos tregua?

—No, lo que tenemos es una familia muy volátil con tendencias homicidas. Pero al menos nunca nos aburriremos. Hasta esta noche.

Observó a Amanda mientras se marchaba y sintió un nudo en el estómago a causa de un intenso presentimiento. La sensación fue hiriente y horrible. Espeluznante y siniestra.

Como si su instinto la avisara de que una de ellas iba a morir esa noche...

14

Para quien no la conociera, Apolimia parecía un ángel rubio y etéreo allí sentada en su diván, vestida de encaje negro de los pies a la cabeza. Tenía la vista clavada al otro lado de las enormes cristaleras que daban al jardín, donde solo crecían flores negras en recuerdo a su verdadero hijo, que tan cruelmente le habían arrebatado.

Incluso después de siglos, su corazón de madre seguía llorando la pérdida. Seguía anhelando estrecharlo entre sus brazos y sentir sus tiernas caricias con un deseo intenso e inagotable.

¿De qué servía ser una diosa si no podía conseguir el único deseo que ardía en su corazón?

Ese día en concreto el dolor era insoportable. Porque un día como ese había dado a luz a su hijo, precioso y perfecto.

Y también un día como ese se lo habían arrebatado para siempre.

Se le llenaron los ojos de lágrimas mientras se llevaba a la nariz el cojín negro que tenía en el regazo y aspiraba su aroma. El aroma de su hijo. Cerró los ojos y conjuró la imagen de su preciosa carita. Escuchó su dominante tono de voz.

—Te necesito a mi lado, Apóstolos —dijo, a sabiendas de que nadie escuchaba su ruego.

—Está aquí, su benevolencia.

La voz de Sabina, que estaba a su espalda, la dejó de piedra. Sabina era su sirviente caronte de más confianza, dado que

Xedrix había desaparecido la noche que el dios griego Dioniso y el dios celta Camulos habían intentado liberarla de su confinamiento en Kalosis.

Volvió a dejar el cojín en su regazo mientras despedía al demonio alado de piel naranja.

—¿Querías verme, madre? —preguntó Stryker mientras se acercaba a ella.

Se obligó a no delatar que conocía su traición. Stryker se creía muy inteligente.

Tanto que le entraban ganas de estallar en carcajadas.

Nadie podía derrotar a la Destructora. Por eso estaba encerrada. Podían retenerla, pero no destruirla. Era una lección que Stryker iba a aprender muy pronto.

Pero no ese día. Porque ese día seguía necesitándolo.

—Ha llegado la hora, *m'gios*. —El término atlante para «hijo mío» siempre le dejaba un regusto amargo en la boca. Stryker era un pobre sustituto del niño que había alumbrado—. Esta noche es el momento perfecto para atacar. Hay luna llena en Nueva Orleans y los Cazadores Oscuros estarán distraídos.

¡Y ella ansiaba a esa niña humana! Había llegado la hora de poner fin a su cautiverio de una vez por todas.

Marissa Hunter era el insignificante sacrificio necesario para que su hijo recuperase su verdadera forma. Y ella se encargaría de que la recuperase, por lo más sagrado de la Atlántida.

Ninguna otra vida, ni siquiera la suya, valía una ínfima parte de la de su hijo.

Stryker inclinó la cabeza.

—Por supuesto, madre. Ya he liberado a los daimons para que se den un festín. Desiderio regresará con la niña a medianoche. Cuando los daimons vuelvan, no quedará ni un solo Cazador Oscuro en pie.

—Bien. No me importa el número de spati que mueran, ni si muere nadie más. ¡Necesito a esa niña!

Vio que Stryker estaba a punto de marcharse.

—¿Strykerio? —lo llamó.

—¿Sí, madre?

—Sírveme bien y serás recompensado con creces. Traiciónameme y no habrá nada que pueda librarte de mi ira.

Stryker miró a la diosa con los ojos entrecerrados, pero ella se negó a devolverle la mirada siquiera.

—Jamás se me ocurriría traicionarte, madre —dijo, tragándose el rencor que lo corroía.

No, no iba a traicionarla esa noche.

Iba a matarla.

Después de salir del templo de Apolimia, Stryker convocó a los Illuminati antes de abrir un portal que los llevaría a Nueva Orleans. Ellos llevarían a cabo sus órdenes mientras él se ponía fuera del alcance de la Destructora. Había llegado la hora de detener el conflicto ancestral que enfrentaba a humanos y a apolitas.

Era el comienzo de una nueva era, y la Humanidad...

Había llegado la hora de que la Humanidad aceptara su inferioridad.

En cuanto a Aquerón... como estaba al tanto de lo que era en realidad, sabía cómo neutralizarlo.

Al fin y al cabo, ni siquiera el gran Aquerón podía estar en dos lugares a la vez, ni tampoco podía hacer frente a lo que estaba a punto de desencadenarse.

Desiderio se detuvo delante de una tiendecita de vudú. Era extravagante y muy coqueta, y a los ojos de los turistas, igual que todas las demás.

Sin embargo, había algo que la diferenciaba de todos los demás establecimientos dispersos por el Barrio Francés: en su interior presentía un poder real.

Cerró los ojos y aspiró el intenso aroma de dicho poder. Como daimon, necesitaba su alma para vivir, pero al encontrarse en el cuerpo de un Cazador Oscuro...

Mataba humanos por placer, no para obtener sustento.

Esbozó una sonrisa mientras entraba en la tienda en busca de su presa. Le llevó un segundo localizarla detrás del mostrador, donde estaba atendiendo a una turista que quería comprar una pócima amorosa.

—¡Hola, Ulric! —lo saludó su víctima con efusividad una vez que la turista salió de la tienda y los dejó solos.

¡Estupendo!, exclamó para sus adentros. Conocía al Cazador Oscuro. Eso facilitaría las cosas a la hora de matarla.

—Hola —le devolvió el saludo mientras se acercaba al mostrador—. ¿Qué tal estás?

—Estaba a punto de cerrar. Me alegro mucho de que hayas venido. Con todo lo que está pasando por aquí, bueno... me alegra ver una cara amiga.

Desiderio miró por encima de su hombro y vio una fotografía colgada en un calendario que anunciaba velas aromáticas. En ella aparecían nueve mujeres; a dos de ellas las reconoció al instante.

Sus ojos se oscurecieron.

—¿Cómo están Tabitha y Amanda? —preguntó.

—Bastante bien. Teniendo en cuenta cómo está el patio. Mandy tiene miedo de salir de la casa y Tabby... Bueno, seguro que te la has cruzado por la calle.

Sí, Amanda tenía miedo de salir de casa, lo que hacía casi imposible que él pudiera entrar.

Pero sabía el modo de hacer que la bruja saliera de su hogar.

Sonrió a la mujer que había detrás del mostrador.

—¿Quieres que te acompañe a casa?

—¡Eres un encanto! Gracias. Dame un segundo para coger la recaudación y ya haré el papeleo en casa.

Desiderio se relamió los labios. Casi podía saborear su sangre...

La noche estaba extrañamente tranquila mientras Ash patrullaba solo por el cementerio número 1 de San Luis en busca de los daimons que solían aparecer por allí para reclamar las almas de los muertos que se negaban a pasar al otro lado.

Los habitantes de Nueva Orleans llamaban «Ciudades de los Muertos» a esos impresionantes cementerios, un título que les iba al pelo. Como la ciudad estaba por debajo del nivel del mar, era imposible hacer enterramientos sin que el difunto reapareciera...

La luz de la luna llena creaba sombras a los pies de las estatuas que flanqueaban las criptas de ladrillo, piedra o mármol, algunas de las cuales eran incluso más altas que él. Aunque a veces parecían emplazadas al azar, casi todas estaban dispuestas en manzanas que se asemejaban mucho al trazado de una ciudad.

Cada cripta estaba esculpida como un monumento en honor a los restos que contenía. Había tres tipos de tumbas: nichos, panteones familiares y panteones comunitarios que estaban reservados para ciertos grupos, como la tumba circular reservada para la Sociedad Italiana. Era la cripta de mayor tamaño y la que dominaba el cementerio.

La mayoría de las tumbas mostraba signos de su antigüedad, como las esquinas de las lápidas rotas, cruces torcidas, tejados medio derrumbados o la capa de moho ennegrecido que cubría la piedra. Muchas tenían verjas de hierro forjado.

Era una estampa muy bonita. Tranquila. Aunque los agujeros estratégicamente abiertos en los muros, por los que los ladrones entraban y salían a su antojo, eran un recordatorio constante de cómo habían llegado allí algunos de sus residentes.

Extendió el brazo para tocar la tumba de Marie Leveaux, la famosa sacerdotisa vudú de la ciudad. Su tumba estaba llena de marcas, hechas por aquellos que le rendían tributo.

Había sido una mujer extraordinaria. La única humana en once mil años que había conocido su verdadera naturaleza.

El distante sonido de las sirenas le indicó que la policía se dirigía al escenario de un nuevo crimen.

Mientras se volvía, Ash sintió que algo lo atravesaba, debilitándolo. Gimió de dolor y presintió que alguien abría un portal muy delicado y prohibido que rezumaba malevolencia.

Los Illuminati estaban saliendo de Kalosis...

De repente, se le nubló la vista.

Ya no veía lo que lo rodeaba, porque estaba sobrecogido por los gritos y las imágenes de las almas que se retorcían de dolor mientras morían. Un sonido desconocido para los mortales, pero que a él lo atravesaba como un cuchillo.

El orden del universo estaba siendo alterado.

—¡Átropo! —llamó a la diosa griega del destino, la responsable de cortar el hilo de la vida de los mortales.

La aludida, una mujer alta y rubia, apareció a su lado al instante y lo fulminó con la mirada.

—¿Qué? —masculló.

Nunca se habían llevado muy bien; a decir verdad, ninguna de las Moiras lo soportaba. Aunque tampoco le importaba. Él sí que tenía motivos para odiarlas y no al contrario.

Se apoyó en una de las viejas criptas mientras intentaba mantener el dolor a raya.

—¿Qué estás haciendo? —jadeó.

—Yo no estoy haciendo nada —contestó con voz indignada—. Es uno de los tuyos, no de los nuestros. Y está fuera de nuestro control. Si quieres que pare, ya sabes lo que tienes que hacer. —Y con eso se desvaneció.

Se abrazó por la cintura y se dejó caer al suelo. El dolor era cada vez más intenso. No podía respirar. No podía pensar.

Los gritos resonaban en su cabeza hasta llevarlo al borde de las lágrimas.

Simi salió de su brazo sin llamarla.

—¿Akri? —le dijo al tiempo que se arrodillaba junto a él—. ¿Qué te duele, akri?

—Simi —contestó con voz entrecortada, aprovechando un respiro del dolor—. No puedo... no puedo... —dejó la frase en el aire con un gemido.

Simi aumentó de tamaño y abandonó su forma humana para adoptar la de demonio. Tenía la piel y los cuernos rojos, el cabello y los labios negros, y sus ojos amarillos resplandecían en la oscuridad.

Lo apartó de la cripta lo justo para interponerse entre él y la piedra, y lo envolvió con su cuerpo. Sus alas negras los rodearon a ambos como un manto protector.

Le temblaban los labios a causa del dolor y las lágrimas le caían por sus mejillas. Tenía la impresión de que lo estuvieran desgarrando por dentro. Si no bloqueaba los gritos, no podría hacer nada.

Simi pegó la mejilla a la suya y comenzó a canturrear una vieja nana mientras lo acunaba para consolarlo.

—Ya estás con Simi, akri. Ella hará que las voces se vayan.

Apoyó todo su peso en ella y rezó para que tuviera razón. Porque si no lo ayudaba a recuperarse en breve, no habría nadie capaz de reparar lo que estaban destrozando.

Tabitha experimentó un dolor tan espantoso que se detuvo en seco. Jadeó y extendió la mano hacia Valerio, que caminaba a su lado.

—¿Tabitha? ¿Pasa algo?

—Tia —gimió con tanta pena en el corazón que no sabía cómo seguía en pie—. Le ha pasado algo. Lo sé.

—Tab...

—¡Lo sé! —gritó, aferrándose a su camisa—. ¡No, no, no! —Sacó su móvil y marcó el teléfono de Tia aunque ya estaba corriendo en dirección a la tienda de su hermana. Estaba a unas seis manzanas.

No respondió nadie.

Llamó a Amanda con el corazón desbocado y sin dejar de correr. Aquello no podía estar pasando. Tenía que estar equivocada. ¡Tenía que estarlo!

—¿Tabitha? —le dijo Amanda entre sollozos.

—Es verdad, ¿no? ¿Tú también lo sientes?

—Kirian no me deja salir de la casa. Dice que es demasiado peligroso.

—No te preocupes. Estoy en la calle, te llamaré en cuanto sepa algo.

Apretó el móvil en la mano mientras se acercaban a la tienda, que estaba a oscuras.

Todo parecía normal...

Valerio aminoró el paso al presentir la muerte. La tienda estaba rodeada por un halo de maldad. Llevaba siendo un Cazador Oscuro lo bastante como para reconocerlo sin necesidad de habilidades psíquicas.

Tabitha intentó abrir la puerta principal, pero estaba cerrada.

—¡Tia! —gritó al tiempo que llamaba a la puerta—. ¿Sigues ahí?

No respondió nadie.

La siguió hasta el patio trasero. La puerta de atrás estaba entreabierta.

Contuvo el aliento al ver que sus temores se confirmaban. Se percató de que Tabitha aminoraba el paso.

—¿Tia? —la llamó nuevamente.

—Quédate detrás de mí —le dijo él, apartándola de la puerta.

—¡Es mi hermana!

—Y yo soy inmortal. Quédate detrás de mí.

Ella asintió con la cabeza; el gesto lo alivió.

Abrió la puerta muy despacio mientras comprobaba el lugar en busca de alguna amenaza.

No vio ninguna.

En la trastienda todo parecía normal. No había nada fuera de lugar. Estaba igual que hacía un par de semanas, cuando Tia le dio el chocolate.

Sin apartar la mano de la empuñadura de la daga que llevaba en la cintura, se acercó muy despacio a la puerta que daba a la tienda, también entreabierta. La abrió del todo y se quedó helado cuando vio los zapatos al otro lado del mostrador.

Se le detuvo el corazón.

—Quédate aquí, Tabitha.

—Pero...

—¡Que te quedes aquí, joder!

—No soy la puta del campamento, general, ¡ni se te ocurra hablarme así!

Sabía que el causante de su furia era el miedo. Tabitha no sabía cómo asimilar las emociones fuertes.

—Por favor, Tabitha, quédate aquí mientras echo un vistazo.

Ella volvió a asentir con la cabeza.

Se alejó de ella y cruzó la tienda muy despacio en dirección al mostrador. Conforme se fue acercando, vio el resto del cuerpo.

Mierda.

Con el corazón en la garganta, giró el cuerpo de Tia y contempló sus ojos vidriosos. Tenía la garganta destrozada, como si un daimon la hubiera atacado, pero su alma seguía allí. Podía sentirla.

¿Por qué no la había robado?

Cuando extendió la mano para cerrarle los ojos, se dio cuenta de algo. Tabitha no estaba pegada a sus talones.

El pánico amenazó con apoderarse de él. Tabitha no era una persona irrazonable. Se puso en pie al punto y regresó a la trastienda, donde la encontró sentada delante de la pantalla de seguridad, observando las imágenes de la muerte de Tia en blanco y negro.

Estaba sentada, llorando a lágrima viva y tapándose la boca con las manos. Aunque sollozaba en silencio, su cuerpo entero se estremecía.

—Lo siento, Tabitha —susurró justo antes de apagar la pantalla y estrecharla entre sus brazos.

—¡No puede estar muerta! —gritó mientras se aferraba a él—. No es verdad. Mi hermana no. No está muerta. ¡No lo está!

La acunó entre sus brazos en silencio.

Tabitha dejó escapar un grito de dolor antes de apartarlo de un empujón y correr hacia la tienda.

—¡No! —exclamó él, deteniéndola justo antes de que viera el cuerpo de Tia—. No la veas así.

Se revolvió contra él con un grito y lo apartó de un empujón.

—¡Hijos de puta! ¡Sois todos unos hijos de puta! ¿Por qué no me habéis matado a mí? ¿Por qué matar a mi hermana? ¿Por qué...? —Abrió los ojos de par en par, horrorizada—. ¡Dios mío! Van a por mi familia. —Sacó el móvil, sin duda para llamar de nuevo a Amanda.

Mientras ella llamaba a su familia, él sacó su transmisor para comunicarles a los demás lo que había pasado.

—Código Rojo para todos —dijo con voz tensa—. Han asesinado a Tia Devereaux en su tienda. Tenéis que replegaros y proteger a vuestras familias.

Uno a uno, los Cazadores Oscuros y los escuderos respondieron al mensaje: Otto, Kyr, Rogue, Zoe, Jean-Luc, Ulric, Janice, Kassim... incluso Talon, Kirian y Julian. Pero no había ni rastro de Aquerón.

Intentó mandarle un mensaje y después lo llamó directamente. No hubo respuesta.

Se le heló la sangre. ¿Habían conseguido los daimons llegar hasta Aquerón y volver a herirlo?

—Te quiero, Mandy —dijo Tabitha con los labios temblorosos por el dolor—. Ten cuidado, ¿vale? Voy a encontrar a ese cabrón y voy a matarlo esta misma noche.

Valerio clavó la vista en la pantalla a pesar de que estaba apagada.

—¿Conoces a su asesino? —le preguntó.

Ella asintió con la cabeza.

—Es Ulric. Y voy a matarlo.

Nick caminaba por Ursulines Avenue en dirección a la casa que compartía con su madre en Bourbon Street. Después de escuchar el aviso de Valerio sobre la muerte de Tia, había ido directamente a ver a su madre, que trabajaba esa noche en el Santuario.

Dado que tenía pensado montar guardia en los alrededores del bar hasta que terminase su turno, estaba casi en la puerta cuando escuchó el aviso.

Cuando llegó a las puertas batientes del bar, el vigilante Dev Peltier, uno de los osos dueños del Santuario, le dijo que su madre había vuelto pronto a casa porque no se encontraba bien. Se había puesto hecho una fiera con el oso, pero Dev le dijo que Ulric había accedido a acompañarla a casa.

Teniendo en cuenta sus costillas rotas, su madre estaba mucho más segura con el Cazador Oscuro que con él. Aun así, algo le decía que fuera a verla para comprobar que estaba bien.

Llevaban solos toda la vida. A su madre la echaron de casa a los quince años para que se las apañara sola cuando se quedó embarazada de un delincuente reincidente. Lo normal habría sido que lo hubiera abandonado y, sin embargo, no lo había hecho.

«Eres lo único que he hecho bien en esta vida, Nicky, y todas las noches doy gracias a Dios por haberte tenido.»

Por eso la quería tanto.

Nunca había conocido a sus abuelos. Joder, a su padre apenas lo había visto unas cuantas veces y solo recordaba con claridad una de ellas. Por aquel entonces él tenía diez años y su padre necesitaba un lugar donde quedarse durante el período más largo de libertad del que había disfrutado siendo adulto: tres meses.

Como era de esperar, su padre se mudó con ellos. Se mantuvo en un estado de perpetua borrachera de cerveza y las palizas fueron constantes hasta que uno de sus compañeros de celda lo convenció para que probaran suerte atracando un banco. Durante el atraco su padre mató a cuatro personas porque le salió de los cojones. Lo encerraron al poco tiempo y murió un año después durante un motín, con el pescuezo rebanado a manos de otro recluso.

El gusto de Cherise Gautier en cuanto a hombres dejaba mucho que desear, pero como madre...

Era perfecta.

Y Nick haría cualquier cosa por ella.

Escuchó ruido de estática en su transmisor y esperó que fuese Otto, dándole la tabarra de nuevo.

No era Otto.

La voz de Valerio rompió el silencio.

—Nick, ¿estás por ahí?

Justo lo que necesitaba esa noche... Cogió el transmisor mientras hacía una mueca.

—¿Qué quieres? —masculló.

—Quería decirte que Ulric es Desiderio. Ya ha matado a Tia. No sé quién será el siguiente, pero creo que sería mejor que le echaras un ojo a tu madre. —De pronto, la voz de Valerio cambió y se transformó en otra que le heló la sangre—. Vaya, espera... —dijo Desiderio en tono burlón—, ya está muerta. —Se escuchó un ruido, como si chasqueara la lengua—. Mmmm, cero negativo. Mi preferida. Y tengo el enorme placer de decirte que sus últimos pensamientos fueron para ti.

Nick se quedó paralizado un instante; después soltó el transmisor y echó a correr hacia su casa tan rápido como le permitían las piernas.

Entretanto recordó multitud de imágenes de su madre. Sus cariñosas bromas cuando él era pequeño. El orgullo en su mirada cuando le dijo que iba a ir a la universidad.

Las costillas le dolían muchísimo, pero le daba exactamente igual acabar con los dos pulmones perforados.

Tenía que llegar hasta ella.

Cuando por fin llegó a la verja de su casa, temblaba tanto que le costó marcar el código de seguridad.

—¡Joder, ábrete ya! —masculló cuando el primer intento falló.

Volvió a marcar el código.

La verja se abrió lentamente. Otra mala señal.

Resollando por el miedo y el esfuerzo, corrió por el camino de acceso a la puerta trasera.

Estaba abierta. Cuando entró, estaba preparado para la batalla. Se detuvo en la cocina para sacar su Glock 31 del mueble junto a la chimenea. Sacó el cargador especial de diecisiete balas para comprobar que estuviera completo.

—¿Mamá? —la llamó mientras metía de nuevo el cargador—. Mamá, soy Nick, ¿estás en casa?

Solo le respondió el silencio.

Con el corazón desbocado, fue de habitación en habitación a la espera de que lo atacaran.

No encontró absolutamente nada, hasta que llegó a la sala de estar de la planta superior. Al principio creyó que su madre estaba sentada en su sillón, donde solía esperarlo hasta que él llegaba a casa.

Había comprado la casa solo por esa sala. A su madre le encantaba leer novelas románticas y llevaba toda la vida soñando con tener una casa donde hubiera una habitación con la iluminación perfecta para leer a sus anchas. La sala estaba cubierta de estanterías hechas a medida.

Su madre había elegido uno a uno los ejemplares que se alineaban en ellas y los trataba con mucho cuidado.

—¿Mamá? —dijo antes de que se le quebrara la voz. La mano que sostenía el arma comenzó a temblar mientras contemplaba con los ojos llenos de lágrimas la melena rubia que asomaba por el respaldo del sillón de cuero—. Por favor, mamá, dime algo.

Ella no se movió.

Intentó tragarse las lágrimas mientras se acercaba despacio para tocarla. Su madre siguió en silencio.

Gritó de dolor cuando hundió la mano en su suave cabello y vio la palidez de su rostro. La atroz herida que tenía en el cuello.

—¡No, mamá, no! —sollozó, arrodillándose junto a ella—. Joder, mamá, ¡no puedes estar muerta!

Sin embargo, en esa ocasión no encontró el consuelo de sus caricias. No escuchó su dulce voz diciéndole que los hombres no lloraban. Que no mostraban su dolor.

Pero ¿cómo iba a soportar un hombre semejante agonía?

Era culpa suya. Era todo culpa suya. Había sido un estúpido por confraternizar con los Cazadores Oscuros. Si le hubiera dicho la verdad... Su madre no había tenido ninguna oportunidad.

—Mamá —musitó contra su frío rostro mientras la acunaba entre sus brazos—, lo siento mucho. Lo siento muchísimo. No quería hacerte daño. De verdad que no. Por favor, despierta. Por lo que más quieras, mamá, no me dejes.

Entonces se apoderó de él la furia. Corrió por sus venas y se expandió por su cuerpo, arrasándolo todo a su paso.

—¡Artemisa! —gritó—. ¡Te convoco en tu forma humana! ¡Ahora!

La diosa apareció casi al instante con los brazos en jarras y muy mosqueada.

Hasta que vio el cuerpo de su madre.

—¿Qué pasa aquí? —preguntó y torció el gesto como si la visión de la muerte la asqueara—. Eres Nick, el amigo de Aquerón, ¿no?

Nick dejó a su madre en el sillón, se secó las lágrimas con el dorso de la mano y se puso en pie muy despacio.

—Exijo vengarme del daimon que hizo esto y lo exijo ahora.

La diosa gruñó su descontento.

—Puedes exigir todo lo que quieras, humano, pero no vas a conseguir nada.

—¿Por qué no? Le das ese derecho a cualquier gilipollas que te lo pide. Conviérteme en Cazador Oscuro. Me lo debes.

Artemisa ladeó la cabeza y lo miró con una ceja enarcada.

—No te debo nada, humano. Y por si no te has dado cuenta, imbécil, tienes que estar muerto para convertirte en Cazador Oscuro. —Exhaló un suspiro asqueado—. ¿Es que no has aprendido nada de Aquerón?

Artemisa retrocedió un paso, decidida a regresar al Olimpo, pero antes de que pudiera hacerlo, el humano se agachó y cogió una pistola.

—Conviérteme en Cazador Oscuro —le soltó un instante antes de apretar el gatillo.

El disparo la dejó petrificada. La imagen del humano muerto a sus pies le cortó la respiración.

—No, no —jadeó con el corazón desbocado. El amigo humano de Aquerón acababa de suicidarse... ¡delante de ella!

¿Qué iba a hacer?

Comenzó a pensar a toda prisa, presa del pánico.

—Me echará la culpa.

Jamás la perdonaría. Jamás. Aunque no hubiera tenido nada que ver, Aquerón encontraría la manera de echarle la culpa; le diría que tendría que haberlo sabido y haberlo detenido.

Contempló con espanto la sangre que manchaba su túnica blanca. Jamás había visto tanta.

—Vamos, piensa, Artemisa, piensa... —Pero era incapaz de hilvanar sus pensamientos. Solo atinaba a rememorar las palabras de Aquerón mientras le decía por qué Nick y su madre eran tan importantes para él.

«Nunca lo entenderías, Artie. Solo se tienen el uno al otro, pero en lugar de culparse mutuamente por arruinar sus vidas como harían muchos, se unieron aún más. La vida de Cherise ha sido una mierda, pero sigue siendo amable y generosa con todas las personas a las que conoce. Algún día, Nick se casará y le dará un montón de nietos a los que mimar. Bien sabe Zeus que se lo merecen.»

Pero Nick yacía muerto a sus pies.

Se había suicidado... y era católico.

Ya podía oler el azufre.

—¡Aquerón! —gritó, dejando que su voz resonara por todas las dimensiones. Tenía que decírselo antes de que fuera demasiado tarde. Solo él podía arreglar semejante desastre.

No respondió.

—¡Aquerón! —lo intentó de nuevo.

Pero siguió sin obtener respuesta.

—¿Y ahora qué hago?

Tenía prohibido convertir a los suicidas en Cazadores Oscuros. Pero si dejaba que Nick muriese, Lucifer reclamaría su alma y sufriría el tormento eterno en el infierno.

En ambos casos ella saldría perdiendo. Aquerón la culparía por dejar que su amigo sufriese. Creería que lo había hecho a propósito para hacerle daño a él.

Y si salvaba a Nick...

No se atrevía ni a pensar en las consecuencias.

Sin embargo, mientras seguía indecisa, una imagen se abrió

paso en su cabeza. La expresión del rostro de Aquerón cuando le dio la espalda mientras él sufría.

Era lo único de lo que se arrepentía de verdad. Lo único que cambiaría si pudiera hacerlo.

No tenía elección. No podía volver a hacerle tanto daño a Aquerón. Nunca.

Se arrodilló y cogió a Nick entre sus brazos para devolverle el aspecto que había tenido antes de dispararse. Le apartó el cabello del rostro y pronunció las palabras prohibidas en el idioma de una civilización desaparecida mucho tiempo atrás.

La piedra apareció en su mano. Sintió su calor cuando el alma de Nick entró en ella.

Dos segundos más tarde, Nick abrió los ojos. Ya no eran azules, eran negros como el carbón. Gimió de dolor cuando la luz dañó sus ojos, extremadamente sensibles a partir de ese instante.

—¿Por qué no llamaste a Aquerón en lugar de llamarme a mí? —le preguntó Artemisa en voz baja.

—Porque está cabreado conmigo —respondió, con un leve ceceo a causa de los colmillos a los que tendría que acostumbrarse—. Me dijo que me suicidara y le ahorrase el trabajo de matarme él mismo.

Artemisa dio un respingo al escuchar esas palabras. Su pobre Aquerón... Nunca se perdonaría.

Y tampoco la perdonaría a ella.

Nick se puso en pie.

—Quiero venganza.

—Lo siento, Nick —susurró—. No puedo concedértela. Tus circunstancias no se ajustan a la maldición que circunscribe el trato.

—¿Cómo?

Antes de que pudiera decir nada más, levantó la mano y lo envió a una habitación especial localizada en su templo.

—¿Dónde estás, Aquerón? —susurró. El mundo se estaba desmoronando y no había forma de encontrarlo.

No era normal que se comportara de un modo tan descuidado.

Temerosa de que le hubiera pasado algo malo, cerró los ojos y lo buscó.

Desiderio caminaba por la calle como si le perteneciera. ¿Por qué no?

Le pertenecía.

Extendió los brazos y echó la cabeza hacia atrás mientras escuchaba los gritos de los inocentes en su cabeza.

—Tendrías que estar aquí, Stryker —dijo con una carcajada. Solo Stryker apreciaría la belleza de esa noche.

Pero se le agotaba el tiempo.

Tenía que regresar con la hija de Hunter a medianoche o la Destructora le quitaría ese cuerpo.

—¿Padre?

Se volvió al escuchar la voz de su hijo.

—¿Sí?

—Aquerón sigue desaparecido, tal como prometió Stryker, y hemos descubierto la forma de entrar.

Se echó a reír. Por fin se vengaría de Amanda y de Kirian.

Y en cuanto entregara a la niña, podría darse un festín en el que Tabitha sería el postre.

15

Valerio se sentía dividido entre la lealtad y el deber. Como Cazador Oscuro quería encontrar a Aquerón, pero como hombre se negaba a dejar sola a Tabitha, que montaba guardia en la tienda de su hermana hasta que Tate, el forense, llegara.

Había contactado, uno a uno, con sus familiares para asegurarse de que estaban bien.

Sin embargo, titubeó cuando llegó el momento de hacer la última llamada.

—No puedo llamar a mi madre para decírselo —dijo con los ojos cuajados de lágrimas—. No puedo.

El teléfono sonó.

Adivinó quién era en cuanto vio la expresión que puso Tabitha.

Le quitó el móvil de las manos y lo abrió.

—Tabitha Devereaux —dijo en voz baja.

—¿Quién habla? —preguntó una voz femenina muy nerviosa.

—Soy... —Se detuvo antes de decirle su nombre completo, sin duda lo asociaría con el de un enemigo y eso empeoraría su estado—. Soy Val —dijo con voz firme—, un amigo de Tabitha.

—Soy su madre. Necesito saber si está bien.

—Tabitha —la llamó, dulcificando el tono de voz mientras le pasaba el teléfono—, tu madre quiere saber si estás bien.

Ella carraspeó, pero no cogió el móvil.

—Estoy bien, mamá, no te preocupes.

Volvió a llevarse el teléfono a la oreja.

—Señora Devereaux...

—No diga nada... —dijo ella, pero se le quebró la voz—. Ya lo sé. Ahora necesito a mi niña conmigo, en casa. No quiero que esté sola. ¿Podría traerla a casa?

—Sí.

La mujer colgó.

Él cortó la llamada antes de devolverle el móvil a Tabitha, que guardó en un bolsillo.

No sabía qué hacer para mitigar su dolor, y la impotencia era una sensación que aborrecía. Su mente se empeñaba en buscar algo que decirle en semejantes circunstancias, pero sabía por experiencia que no había nada que decir.

Lo único que podía hacer era abrazarla.

—¿Hay alguien por ahí? —preguntó la voz de Otto por el transmisor—. Estoy en la casa de Nick. La puerta principal está abierta y esto pinta fatal. Necesito un recuento inmediatamente.

Kyr respondió a la señal al instante, al igual que Talon y Janice. El siguiente fue Julian, seguido de Zoe y, por último, él.

Esperaron a que los demás dieran señales de vida.

Nadie lo hizo.

—¿Nick? —llamó Otto—. ¿Estás por ahí, cajún? Vamos, tío, respóndeme con alguna insolencia.

No hubo respuesta.

Valerio se quedó helado.

—¿Jean-Luc? —llamó Otto.

Siguieron sin escuchar nada.

—¿Aquerón?

Una atroz oleada de pánico lo atravesó al tiempo que Tabitha lo miraba con expresión aterrorizada.

Ambos sabían cuáles eran los siguientes nombres antes de que Otto hablara.

—¿Kirian? ¿Kassim?

Solo se escuchó el ruido de estática.

Sacó el transmisor del cinturón y cambió de canal para hablar solo con Otto.

—¿Qué ha pasado en casa de Nick?

—Cherise está muerta y no hay ni rastro de él. He encontrado su arma junto a un charco de sangre al lado del cadáver de su madre. Le falta una bala, pero Cherise no ha muerto así.

Apretó los dientes al entender lo que quería decir su escudero.

—¿Ha sido un daimon?

—Sí.

Tabitha soltó un taco y se levantó de un salto de la silla.

—Tengo que ir a ver a Amanda.

—Otto, reúnete con nosotros en casa de Kirian. —Volvió a cambiar de canal para hablar con todo el grupo—. ¿Janice? ¿Talon? ¿Zoe? ¿Podéis comenzar la búsqueda de Jean-Luc?

—¿Quién te ha puesto al mando, romano? —masculló Zoe.

Sin embargo, no estaba de humor para gilipolleces y mucho menos cuando tenía que seguir a Tabitha.

—Cierra la boca, amazona. Esto no tiene nada que ver con que yo sea romano. Tiene que ver con tus compañeros de armas y con sus vidas.

Julian respondió a su llamada.

—Voy a casa de Kirian.

—No, por favor. Quédate con tu mujer y tus hijos. Asegúrate de que están a salvo.

—Muy bien. Pero llámame en cuanto sepas algo.

Tabitha ya estaba sentada al volante de su Mini Cooper. Él se sentó en el asiento del copiloto y cerró la puerta con fuerza.

Tabitha metió la marcha atrás y no se molestó en pararse para abrir la verja de madera. La atravesó sin miramientos y salió pitando.

Tuvo que agarrarse al salpicadero mientras ella sorteaba el tráfico como una posesa en dirección a la casa de su hermana.

Cuando llegaron, tampoco se detuvo para abrir la verja de hierro de la mansión. Así que levantó el brazo para protegerse la cara mientras ella estrellaba el coche contra la verja y arrancaba los barrotes de los pilones de piedra.

Tabitha detuvo el coche justo delante de la puerta principal y salió disparada sin apagar el motor siquiera.

Él no dudó en seguirla.

Desde el exterior todo parecía normal. Las luces estaban encendidas y, una vez que Tabitha abrió la puerta de una patada, les llegó el rumor de una tele encendida en la planta superior.

—¿Mandy? —dijo Tabitha a gritos.

Su hermana no contestó.

—¡Papá! —gritó alguien desde arriba—, tu postre ha llegado.

Artemisa se detuvo a las puertas del cementerio donde presentía la presencia de Aquerón. Se estremeció de asco. Siempre había odiado esos lugares, aunque él parecía tener cierta debilidad por ellos.

—¿Aquerón? —lo llamó mientras atravesaba el muro de piedra.

El terreno era irregular y caminar resultaba dificultoso. De modo que decidió levitar.

—¿Aquerón?

Una llamarada le rozó la cabeza.

La esquivó, estaba a punto de devolver el ataque cuando vio a la mascota de Aquerón. Torció el gesto mientras observaba al demonio, pero en ese instante se percató de que estaba abrazando a Aquerón, que se retorcía como si lo estuvieran torturando.

—¿Qué le has hecho? —le preguntó a la criatura.

El demonio siseó.

—Simi no le ha hecho nada, foca. Tú eres quien hace daño al akri de Simi. Simi no hace daño.

En otro momento se habría parado para discutir esa cuestión, pero Aquerón se retorcía como si estuviera agonizando de dolor.

—¿Qué le ha pasado?

—Son las almas que los daimons se están comiendo. Gritan cuando mueren y hay muchas esta noche. Simi no puede pararlo.

—¿Aquerón? —lo llamó de nuevo mientras se arrodillaba a su lado—. ¿Me oyes?

Él se apartó al instante.

Intentó tocarlo, pero el demonio la atacó.

—¡No toques al akri de Simi!

¡Joder con los carontes! El único que podía controlarlos era... No, había dos criaturas que podían controlarlos.

—Apolimia —dijo a la niebla que la rodeaba—, ¿me oyes?

Flotando en la brisa le llegó el eco de una carcajada siniestra. La diosa atlante no podía abandonar físicamente su confinamiento, pero era tan poderosa que tanto su voz como su voluntad traspasaban las barreras de su prisión.

—Vaya, vaya, ahora me hablas, ¿zorra? ¿Por qué iba a escucharte?

Refrenó su temperamento antes de responder al insulto y provocar de ese modo que la diosa le diera la espalda.

—No puedo ayudar a Aquerón. Su demonio no me deja. Necesito tu ayuda.

—¿Y a mí qué me importa?

—Es que... —Apretó los dientes antes de pronunciar las palabras más difíciles de toda su vida—. Por favor. Ayúdame, por favor.

—¿Qué me darás a cambio de este servicio? ¿Me devolverás a mi hijo?

La simple idea le hizo torcer el gesto. Jamás lo liberaría.

—No puedo hacerlo y tú lo sabes. —Sintió que Apolimia se alejaba—. ¡No! —se apresuró a decir—. Si me haces este favor, liberaré a Katra de mi servicio. Estará a tus órdenes y ya no verá dividida su lealtad.

Volvió a escuchar la risa de la diosa. Aunque se cortó en seco.

—Lo habría ayudado de todas formas, imbécil. Pero te agradezco el regalo.

Cuando la Destructora acabó de hablar, la zona quedó envuelta en un extraño halo rojizo que adoptó la forma de una mano antes de rodear el cuerpo de Aquerón y acunarlo. Él soltó un grito como si estuviera sufriendo un dolor insoportable y acto seguido su cuerpo se quedó rígido.

—¿Akri? —chilló el demonio con el rostro demudado por el pánico.

En ese momento y al tiempo que la neblina se evaporaba, la tensión abandonó a Aquerón.

Artemisa soltó el aliento muy despacio sin quitarle los ojos de encima, temerosa de que Apolimia hubiera empeorado su estado solo por contrariarla. El demonio lo acunó contra su cuerpo y le apartó el largo cabello negro del rostro.

Su respiración parecía tranquila.

—¿Simi? —musitó al tiempo que alzaba la vista hacia el demonio. Su expresión era tan tierna que lo odió por ello al instante.

—No hables, akri, Simi quiere que descanses.

Aquerón se pasó una mano por el pelo y en ese instante se percató de su presencia. La ternura abandonó sus facciones.

—¿Qué estás haciendo...? —Dejó la frase en el aire como si acabara de caer en la cuenta de algo.

Se desvaneció, dejándola a solas con el demonio en el cementerio.

Molesta por sus modales, cruzó los brazos por delante del pecho.

—¡Habría sido todo un detalle que me dieras las gracias!

Aunque sabía que Aquerón no la escuchaba. Tenía una habilidad increíble para hacer oídos sordos a sus palabras.

Su único consuelo fue ver que el demonio parecía tan sorprendido como ella. Sin embargo, vio que abría los ojos de par en par y se transformaba en humana... con cuernos.

—¡Tienen a Marissa! —dijo antes de desaparecer.

Tabitha se abalanzó sobre el daimon, que se rió de ella mientras se hacía a un lado y le asestaba un puñetazo en la espalda. Sintió un dolor espantoso.

Valerio rugió de furia antes de dispararle.

Falló.

El daimon se echó a reír de nuevo.

—Veamos si el general romano muere gritando el nombre de su mujer como hizo el griego.

Esas palabras la dejaron sin respiración. Kirian no estaba muerto. No lo estaba.

—¡Mientes! —gritó.

Se volvió para ver a Valerio enfrentándose al daimon en el mismo momento en el que aparecían más contrincantes por la escalinata. Bajaban como una hilera de hormigas furiosas que salieran del hormiguero.

Dos de ellos la atraparon. Intentó defenderse, pero sus golpes parecían rebotar contra sus cuerpos sin hacerles el menor daño.

Valerio se libró de su oponente y le pasó una de sus espadas.

Una vez que la cogió, se giró para enfrentarse a tres daimons. Ensartó al que tenía más cerca, pero el daimon no explotó. En cambio, la miró con una sonrisa.

—No puedes matar a los siervos de la diosa, humana. Los Illuminati no somos daimons normales y corrientes.

Se obligó a no dejarse dominar por el pánico.

—¿Valerio? ¿A qué diosa se refiere?

—Solo hay una diosa, estúpida. Y no es Artemisa —respondió el daimon antes de clavarle los colmillos en el cuello.

Gritó de dolor.

De repente, algo la apartó de él. Cuando alzó la vista, vio que Valerio los estaba retando.

—¡No la toquéis!

El daimon chasqueó la lengua.

—No te preocupes, Cazador, porque antes de que muera, todos habremos probado su sangre. Lo mismo que hicimos con su hermana.

El dolor la hizo gritar de nuevo.

—¡Cabrones!

Otro daimon la cogió por detrás.

—Por supuesto que lo somos. En un requisito para convertirse en spati. —Le asestó un revés que la tiró al suelo.

Notó el sabor de su propia sangre en los labios, pero no se arredró. No iba a permitir que se fueran de rositas después de lo que habían hecho.

Mientras se alejaba del daimon a trompicones para coger la espada que había salido volando hasta el pie de la escalera, alzó la vista y se quedó helada. Horrorizada.

Kirian estaba junto a la escalinata, con el cuerpo en el descansillo, la cabeza colgando sobre el escalón y el brazo derecho extendido. Una espada griega manchada de sangre yacía más abajo, sobre los escalones. Tenía los ojos abiertos, la mirada vidriosa y un reguero de sangre en los labios. Sin embargo, fue la herida que tenía en el pecho lo que la dejó boquiabierta.

Lo habían matado.

A escasa distancia de su cadáver se veían dos pies de mujer y el borde de un camisón rosa, cerca de la puerta de la habitación de Marissa.

Y en ese momento vio a Ulric, que pasaba por encima del cuerpo de Amanda, en dirección a las escaleras, con la pequeña en brazos.

—¡Papá! —chilló su sobrina mientras intentaba zafarse del daimon para llegar hasta su padre. Los cuadros que adornaban el pasillo cayeron sobre Ulric, pero él ni se inmutó.

—Papi, mami, arriba. —Marissa le tiró del pelo y le mordió—. ¡Arriba!

—¡Amanda! ¡Amanda! ¡Amanda! —Estaba tan aterrada que al principio no supo quién estaba llamando a su hermana a gritos. Después, cuando se quedó sin voz, comprendió que los gritos histéricos habían salido de su boca.

Cogió la espada y comenzó a subir la escalera. Ulric la apartó de un golpe y al resbalarse con la sangre de Kirian, cayó de espaldas.

Valerio la sujetó antes de que rodara escaleras abajo.

—Corre, Tabitha —le dijo al oído.

—No puedo. Es mi sobrina. Prefiero morir a dejar que él se salga con la suya sin haber peleado.

Se apartó de Valerio en el mismo instante en el que una extraña ráfaga de aire penetraba en la casa con tanta fuerza que las lámparas y las hojas de las plantas se agitaron; todos los objetos pequeños acabaron en el suelo.

Los daimons caían sin proferir un solo grito a medida que los rozaba.

Sin soltar a Marissa, Desiderio, que seguía en el cuerpo de Ulric, comenzó a bajar la escalera, hacia ellos.

Ella lo siguió con la intención de recuperar a su sobrina.

—¡Desi! —gritó el daimon cuando vio que su hijo caía al suelo y se desintegraba—. ¡Desi!

—Duele, ¿verdad?

Tabitha se giró al escuchar una voz que conocía muy bien.

La de Aquerón.

Atravesó el umbral tranquilamente, como si no hubiera pasado nada raro.

Marissa dejó de llorar en cuanto lo vio.

—¡Akri, akri! —lo llamó, extendiendo los bracitos hacia él.

—¿Qué cojones eres? —preguntó Desiderio.

Ash extendió la mano y Marissa quedó libre de los brazos de Desiderio. La niña flotó por la habitación hasta llegar junto a Ash, que la cogió y la acunó contra su pecho.

—Soy su padrino, pero mis poderes son un poco más... divinos que los de los Corleone. —Besó a la niña en la coronilla.

—Rissa quiere a su mami y a su papi, akri —balbuceó Marissa mientras lo abrazaba con fuerza—. Haz que se despierten.

—No te preocupes, *ma komatia* —la tranquilizó Ash—. No pasa nada.

Desiderio dejó escapar un alarido y se abalanzó hacia ellos, pero rebotó contra lo que parecía ser un muro invisible.

Valerio se plantó junto a Tabitha mientras Ash se acercaba.

Ash extendió la mano y la espada de Kirian flotó hasta él.

—Date el gusto, Tabitha —le dijo mientras se la ofrecía—. Desiderio es todo tuyo.

—¡Stryker! —gritó Desiderio al tiempo que sacaba lo que parecía un amuleto muy antiguo—. ¡Abre el portal!

—No hay portal que valga —se burló Ash—. Al menos no para ti, gilipollas.

Tabitha sonrió por primera vez en esa espantosa noche.

—Voy a ensartarte como a una aceituna, cabrón. —Y se lanzó contra él.

Valerio acudió en su ayuda. Tabitha no pensaba con claridad dado su estado de ánimo y no iba a permitir que le hicieran daño. Ya había sufrido bastante.

Mientras Tabitha atacaba al daimon, vio que Aquerón subía la escalera y se detenía junto al cuerpo de Kirian.

—Marissa, cierra los ojos y pide que tu papi te abrace.

La niña apretó los ojos con fuerza.

—Papi, abrázame.

Se quedó de piedra al ver que Kirian comenzaba a respirar y parpadeaba. El griego parecía tan confundido como lo estaba él mientras supervisaba la pelea de Tabitha contra Desiderio.

Por el rabillo del ojo, vio que Aquerón le pasaba la niña al antiguo Cazador Oscuro. Ella gritó de felicidad al ver que su padre estaba vivo. En cuanto la soltó, el atlante siguió su camino.

La magnitud de lo que estaba sucediendo se le escapaba, pero no podía pararse a analizar los acontecimientos porque vio que Desiderio se abalanzaba sobre Tabitha.

Obligó al daimon a retroceder.

—Ni de coña —le gruñó.

Desiderio intentó zafarse de él.

En ese momento, Tabitha soltó un grito exultante y atravesó el corazón del daimon con la espada. Él se apartó justo a tiempo y se libró por los pelos de que la punta de la espada lo atravesara tal como había atravesado al enemigo.

Tabitha sacó la hoja y sonrió hasta que vio que la herida de Desiderio comenzaba a sanar.

El daimon se echó a reír.

—Soy un Cazador Oscuro, zorra. No puedes...

Sus palabras se detuvieron en cuanto Valerio asestó la única herida que podía matar a un Cazador Oscuro.

Le cortó la cabeza.

—Nadie puede llamarla «zorra» y vivir para contarlo —masculló cuando el cuerpo de Desiderio cayó al suelo.

La espantosa escena la dejó de piedra. Debería sentirse aliviada por haberse vengado.

Pero no era así.

Nada podría aliviar el dolor que esa noche le había provocado.

Valerio la abrazó y la apartó del cuerpo justo cuando Otto aparecía en tromba por la puerta destrozada. Se detuvo en seco mientras observaba los daños de lo que hasta ese momento había sido una mansión de película.

—¿Pregunto por lo que ha pasado? —susurró.

Ella negó con la cabeza.

—Amanda —musitó afligida mientras las lágrimas resbalaban de nuevo por sus mejillas.

¿Cómo era posible que su hermana gemela estuviera muerta?

—¿Tabby?

La voz de su hermana, procedente de la parte superior de la escalinata, le cortó la respiración. Volvió la cabeza muy despacio, temerosa de que fuera otro espectro.

No lo era.

Amanda estaba allí de pie, con el rostro ceniciento, el cabello revuelto y el camisón manchado de sangre.

¡Pero estaba viva!

Gritó antes de correr hacia ella para abrazarla con fuerza mientras lloraba, aunque en esos momentos fueran lágrimas de felicidad.

¡Amanda estaba viva!, exclamaba una y otra vez para sus adentros.

—¡Te quiero, te quiero, te quiero! —musitó contra el cuello de su hermana—. Pero como se te ocurra morirte de nuevo, ¡te mato!

El abrazo continuó durante un buen rato.

Valerio sonrió al verlas, contento porque Tabitha siguiera teniendo a su hermana.

Sin embargo, la sonrisa desapareció cuando se encontró con la mirada de Kirian, que bajaba la escalera seguido de Aquerón. En los ojos del griego solo había odio.

—¿Dónde está Kassim? —preguntó Otto.

—Está muerto —respondió Ash con voz cansada—. Está arriba, en el dormitorio de Marissa.

Tanto él como Otto se estremecieron.

Tabitha soltó a Amanda al ver a su cuñado.

—Estabas muerto —susurró—. Te he visto.

—Ambos estaban muertos —señaló Ash mientras pasaba junto a las gemelas y bajaba hacia el salón. A medio camino alzó el brazo y apretó el puño.

El cuerpo de Desiderio se desvaneció al instante.

—¿Eres un dios? —quiso saber él, asimilando por fin lo que Aquerón había dicho poco antes.

No obtuvo respuesta. Aquerón no estaba obligado a contestarle.

—¿Por qué no lo habías dicho nunca? —preguntó Kirian.

El atlante se encogió de hombros.

—¿Por qué iba a hacerlo? Mañana por la mañana ni siquiera lo recordaréis.

Tabitha frunció el ceño.

—No lo entiendo.

Ash inspiró hondo.

—El universo es algo muy complicado. Lo único que necesitáis saber es que Amanda y Kirian son inmortales. Nadie podrá matarlos de nuevo.

—¿Qué? —exclamó Amanda, apartándose un poco de ella.

Vio que Ash miraba a Kirian.

—Te prometí que jamás te dejaría morir y estoy obligado por ese juramento.

—¡Espera un momento! —exclamó ella—. Eres un dios. ¡Puedes resucitar a Tia!

—¿Tia ha muerto? —le preguntó, pálido.

—¿No lo sabías?

—No —respondió Ash en voz baja. De pronto, sus ojos adquirieron una expresión distante, como si estuviera escuchando algo que nadie más podía oír—. No estaba escrito que muriera esta noche.

—¡Pues sálvala!

La expresión de Ash era tan sobrecogedora como el nudo que ella tenía en el estómago.

—No puedo ayudarla. Su alma ya ha cruzado. No puedo obligarla a regresar a su cuerpo en contra de su voluntad. Las almas de Amanda y Kirian se negaban a dejar a su hija y llegué a tiempo para devolvérselas.

—¿Qué pasa con mi embarazo? —preguntó su hermana—. ¿Le ha pasado algo a mi bebé?

Ash negó con la cabeza.

—Está bien pero te agradecería mucho que dejaras de beber zumo de manzana. —Ash levantó las manos y la casa regresó a su estado original. Todo volvió a estar exactamente igual que antes de que los daimons hicieran acto de presencia.

No había nada fuera de sitio.

—Ash —le dijo Tabitha, poniéndose a su lado—, por favor, resucita a Tia. Hazlo por mí.

Él le cogió la cara entre las manos.

—Ojalá pudiera, Tabby. De verdad que sí. Solo puedo decirte que ahora mismo te está viendo y que te quiere.

Esas palabras la sacaron de quicio.

—Eso no me basta, Ash. La quiero de vuelta conmigo.

—Lo sé, pero ahora mismo tengo que ver cómo están los demás.

—Pero mi hermana...

Ash le cogió la mano y se la colocó en la de Valerio.

—Tengo que irme, Tabitha. —Miró a Otto—. Jean-Luc está vivo, aunque gravemente herido. Necesito que Nick y tú lo lleváis de vuelta a su barco.

—No sabemos dónde está Nick —dijo el escudero en voz baja—. Su madre ha muerto. Fui yo quien la encontró.

Ash se desvaneció de inmediato.

—Me revienta que haga eso —dijo Kirian, que acunaba a una dormida Marissa entre sus brazos.

Amanda se sentó en el suelo y se echó a llorar, de modo que ella se sentó al lado para abrazarla.

—Menudo día —dijo su hermana entre sollozos—. He visto cómo mataban a mi marido. Y a Kassim... Además, Tia ha muerto... Y ahora Cherise.

—Lo sé —dijo ella—. No tengo muy claro que seamos los ganadores de esta batalla.

—No —la contradijo Kirian mientras se sentaba junto a ellas—. Seguimos aquí y ellos no. Para mí, eso es una victoria. —Apretó a su esposa contra su pecho y la besó en la coronilla.

Tabitha volvió la cabeza y vio que Valerio se marchaba con Otto.

Los alcanzó cuando ya estaban fuera de la casa.

—¿Adónde vas? —le preguntó.

—No queríamos molestar en un momento tan íntimo —contestó él en voz baja—. Tu hermana te necesita.

—Y yo te necesito a ti.

Se quedó pasmado cuando Tabitha se arrojó a sus brazos.

Lo abrazó con fuerza y se aferró a él mientras Otto apagaba el motor del Mini.

—He dejado las llaves puestas. Luego nos vemos. —Se subió a su Jag y se alejó de la casa.

—Gracias —susurró Tabitha al tiempo que metía la cabeza bajo su barbilla—. No habría sobrevivido a esta noche sin ti.

—Siento no haber sido de mayor ayuda y también siento mucho lo de Tia.

Las lágrimas de Tabitha le quemaron la piel a través de la camisa.

—Tu madre dijo que quería que fueras a casa.

Ella asintió con la cabeza.

—Sí, tengo que ir a verla. Nosotras le damos fuerzas. —Se apartó de él cuando Amanda salió al porche—. Voy a ver a mamá.

Su hermana asintió con la cabeza.

—Dile que iré mañana por la mañana. No quiero que me vea así.

Tabitha contempló el camisón empapado de sangre de su hermana.

—Sí, es lo único que le hacía falta.

En ese instante Amanda hizo algo absolutamente inesperado: se acercó a él y le dio un fuerte abrazo.

—Gracias por venir, Valerio, y gracias por mantener a salvo a Tabitha. No sabes cuánto te lo agradezco. —Le dio un beso en la mejilla antes de apartarse.

Jamás se había sentido tan sorprendido. Además, acababa de experimentar una extraña sensación, como si hubiera encontrado su lugar. Era una sensación tan ajena a él que no tenía ni idea de cómo afrontarla.

—Ha sido un placer, Amanda.

La aludida le dio una palmadita en el brazo antes de regresar a la casa.

Acto seguido, ayudó a Tabitha a subir a su destrozado coche y, por una vez, ocupó el asiento del conductor. No dijo ni una palabra mientras ella le daba las indicaciones precisas para llegar a la casa de su madre en Metairie Street.

Aparte de eso, Tabitha se mantuvo en silencio. Se le partía el corazón por ella. Le cogió la mano y la sostuvo en la oscuridad mientras ella miraba por la ventanilla.

Cuando llegaron a casa de su madre, salió del coche y le abrió la puerta.

Tabitha tomó entrecortadamente una bocanada de aire y se

preparó para hacer frente a su madre. El valor la había abandonado por primera vez en su vida.

Valerio le ofreció las llaves del coche.

Lo miró con el ceño fruncido al ver que se apartaba de ella.

—¿Adónde vas?

—Iba a regresar.

—No me dejes, Val. Por favor.

Valerio le acarició una mejilla con ternura y asintió con la cabeza. Con el apoyo de sus manos en los hombros, se dio la vuelta y llamó a la puerta.

Fue su padre quien abrió con una expresión sombría en el rostro. Al verla, su semblante se relajó un poco y se le llenaron los ojos de lágrimas mientras la estrechaba con fuerza entre sus brazos.

—Gracias a Dios que tú estás bien. Tu madre estaba muerta de preocupación por ti.

Le devolvió el abrazo.

—Estoy bien, papá. Amanda y Kirian también lo están.

Su padre la soltó en ese momento y miró a Valerio con los ojos entrecerrados.

—¿Quién eres?

—Es mi novio. Por favor, papá, sé amable.

Lo último que esperaba Valerio era que le mostraran amabilidad, de modo que cuando el padre de Tabitha le tendió la mano se quedó un tanto descolocado.

Se la estrechó antes de pasar al interior, que estaba abarrotado de miembros del clan Devereaux.

Mientras entraba en el salón, experimentó algo que jamás había sentido en toda la vida.

Se sintió como si por fin hubiera encontrado su hogar.

16

Ash entró en el templo de Artemisa en el Olimpo sin anunciarse. La diosa estaba reclinada en su trono blanco, que más bien parecía un diván y que estaba emplazado en el centro de la inmensa estancia flanqueada por columnas.

Sus *koris*, que hasta ese momento estaban cantando y tocando el laúd, se apresuraron a abandonar el lugar. Una de ellas, una rubia muy alta, pasó a su lado, él se detuvo y se volvió para observarla.

—¿Qué estás haciendo aquí? —le preguntó Artemisa con cierta incertidumbre en la voz, cosa poco habitual en la diosa.

Se volvió hacia ella y se colocó mejor la mochila que llevaba al hombro.

—Quería darte las gracias por lo de anoche, pero le he estado dando vueltas al asunto y he caído en la cuenta de que a lo largo de estos once mil años nunca me has hecho ningún favor movida por la generosidad. Y eso me ha puesto los pelos de punta. Así que ya puedes ir soltándolo todo.

Artemisa se rodeó la cintura con los brazos, pero no se levantó del trono.

—Estaba preocupada por ti.

La respuesta le arrancó una amarga carcajada.

—Tú nunca te preocupas por mí.

—Sí que lo hago. Te llamé y no me contestaste.

—Casi nunca te contesto.

La diosa apartó la mirada de él, con un gesto que le recordó al de un niño pillado en plena travesura.

—Suéltalo, Artemisa. Tengo por delante una noche de solucionar marrones y lo único que me hace falta es que tú le pongas la guinda al pastel.

—Muy bien —accedió la diosa con un largo suspiro—. De todas formas, no es algo que pueda ocultarte.

—¿El qué?

—Esta noche se ha creado un nuevo Cazador Oscuro.

La información le heló la sangre en las venas. Literalmente.

—¡Joder, Artemisa! ¿Cómo has podido hacerlo?

Artemisa se levantó del trono, lista para la batalla.

—No había más remedio.

—Sí, claro...

—Estoy hablando en serio. No había más remedio, de verdad.

Ni siquiera había acabado de hablar cuando su mente conectó con la de la diosa y así descubrió las imágenes de Artemisa con Nick.

—¿Nick? —susurró, destrozado por las noticias.

¿Qué había hecho?

—Lo maldijiste —dijo ella en voz baja—. Lo siento mucho.

Apretó los dientes mientras lo embargaba la culpa. Sabía muy bien que en un arranque de ira debía morderse la lengua.

Su voluntad, aunque la expresara de forma inconsciente, siempre se cumplía. Una palabra mal dicha...

Había condenado a su mejor amigo.

—¿Dónde está?

—En el retiro.

Hizo ademán de marcharse, pero Artemisa lo detuvo.

—No se me ocurrió qué otra cosa podía hacer, Aquerón. —Extendió la mano y en ella apareció un medallón de color verde oscuro. Se lo ofreció.

—¿Cuántos latigazos? —le preguntó él con aspereza, creyendo que el medallón era el alma de Valerio.

Vio que por la mejilla de la diosa caía una solitaria lágrima.

—Ninguno. Es el alma de Nick y no tengo derecho a poseer-la —le dijo, colocándole el medallón en la mano con un fuerte apretón.

Aquello lo dejó tan atónito que se quedó sin palabras. Guardó el medallón en la mochila.

Artemisa tragó saliva mientras observaba cómo lo guardaba con sumo cuidado.

—Ahora lo descubrirás.

—¿A qué te refieres?

—A la terrible carga que supone un alma.

—Hace mucho que lo descubrí, Artie —replicó con una mirada burlona.

Y con esas palabras Aquerón se desvaneció del templo y apareció en la prisión de Nick. Cuando abrió la puerta muy despacio, lo encontró tumbado en el suelo en posición fetal.

—¿Nick?

Nick alzó la mirada. Tenía los ojos negros ribeteados de rojo. El dolor y la furia que irradiaba lo atravesaron de golpe.

—Han matado a mi madre, Ash.

Volvió a sentirse culpable. En un arranque de furia y con una sola frase había alterado sus destinos. Había dejado a Nick y a Tabitha sin dos personas que jamás habrían debido perder.

Todo había sido culpa suya.

—Lo sé, Nick, y lo siento mucho. —Más de lo que su amigo jamás llegaría a imaginar—. Cherise era una de las pocas personas buenas que había en el mundo. Yo también la quería.

Quería más de la cuenta a toda la gente de Nueva Orleans. El amor era una emoción inútil que solo le había reportado sufrimiento a lo largo de su vida.

Hasta Simi...

Ash se pasó la mano por el tatuaje mientras se esforzaba por controlar sus emociones.

Cuando consiguió entumecerlas, le tendió la mano a Nick.

—Vamos.

—¿Adónde?

—A casa. Tienes mucho que aprender.

—¿Sobre qué?

—Sobre cómo ser un Cazador Oscuro. Aunque creas saber mucho acerca de cómo pelear y sobrevivir, no sabes nada. Tengo que enseñarte a usar tus nuevos poderes y debes aprender a ver bien con esos ojos.

—¿Y si no quiero hacerlo?

—Morirás, pero ya no habrá vuelta de hoja.

Nick aceptó su mano y, una vez que estuvo en pie, él cerró los ojos y lo llevó a casa.

Nunca le había gustado entrenar a un nuevo Cazador Oscuro, pero a ese en concreto...

A ese, muchísimo menos.

Valerio salió a hurtadillas de casa de los Devereaux una hora antes del amanecer. Tabitha había logrado dormirse y él la había llevado al dormitorio que compartía con Amanda cuando eran pequeñas.

Después de meterla en la cama, pasó más tiempo de la cuenta observando las fotos antiguas que colgaban de las paredes. Las fotos de las gemelas juntas.

De las gemelas con sus hermanas.

Su pobre Tabitha... No estaba seguro de que lograra recuperarse.

Llamó a un taxi para que lo llevase a casa. La mansión estaba completamente a oscuras. No había nadie dentro y de repente cayó en la cuenta de lo mucho que había llegado a depender de Tabitha.

Las últimas semanas...

Habían sido milagrosas.

Ella era milagrosa.

Pero su tiempo juntos había acabado.

Abrió la puerta de la casa y escuchó el silencio. Echó el pestillo y se encaminó escaleras arriba hacia el solárium, donde lo aguardaba la estatua de Agripina.

Estaba vertiendo aceite en el candil cuando comprendió que había sido un imbécil. Tanto en su etapa humana como en la de Cazador Oscuro.

No había sido capaz de proteger ni a Agripina ni a Tabitha del sufrimiento que conllevaba vivir.

De la misma manera que tampoco había sabido protegerse él mismo.

Pero claro, tal vez la vida no consistiera en proteger. Tal vez consistiera en otra cosa.

En algo mucho más valioso.

En compartir.

No necesitaba que nadie lo protegiera del pasado. Necesitaba las caricias de una mujer que con su ternura había alejado esos demonios. Una mujer cuya presencia había hecho que lo insoportable fuera soportable.

A pesar de todos los siglos de existencia, había sido incapaz de aprender la lección más importante de todas.

No había aprendido a decir «te quiero» a otra persona.

Aunque al menos había experimentado el sentimiento en sus propias carnes.

Acarició la mejilla de Agripina con el corazón hecho añicos. Ya era hora de dejar atrás el pasado.

—Buenas noches, Agripina —musitó.

Bajó del pedestal, apagó la llama y salió de esa estancia que había sido el dominio de Agripina para encaminarse al dormitorio que había aprendido a compartir con Tabitha.

Tabitha despertó y descubrió que estaba sola en su antigua cama. Cerró los ojos y deseó poder volver a la infancia. Poder volver a aquellos días en los que todas sus hermanas compartían esa casa con ella. Poder volver a una época en la que su mayor miedo era quedarse sin pareja para el baile de graduación.

Pero el tiempo volaba.

Y no había modo de hacerlo retroceder.

Se giró con un suspiro en los labios y descubrió que Valerio no estaba con ella. Su ausencia la afectó al instante.

Se levantó y se puso un albornoz que su madre debía de haberle dejado allí. Pasó junto a la cómoda y se detuvo en seco cuando cayó en la cuenta de lo que acababa de ver. Volvió sobre sus pasos y clavó los ojos en el anillo.

El corazón comenzó a latirle con fuerza cuando reconoció el sello de Valerio sobre una nota doblada. La cogió y leyó las escuetas palabras: «Gracias por todo, milady. Val».

Frunció el ceño. ¿Eso era una despedida? Sí, claro. Justo lo que le hacía falta en esos momentos.

¿Por qué no?

Estaba al borde del enfado cuando volvió a leerla y se dio cuenta de que no había firmado como «Valerio».

Lo había hecho con el diminutivo que ella empleaba.

Un diminutivo que él odiaba.

Se guardó la nota en el bolsillo con un nudo en la garganta, besó el sello antes de ponérselo en el pulgar y fue a darse un baño.

Valerio estaba soñando con Tabitha. Estaba acostada con él y se reía junto a su oído.

Parecía tan real que casi podía jurar que sentía su mano en la espalda...

No, en el pelo.

Después la movió y se la pasó por una cadera, la bajó por el muslo y al final acabó acariciando su miembro.

Abrió los ojos con un gruñido de satisfacción y se dio cuenta de que no era un sueño.

Tabitha estaba en la cama, a su lado.

—Hola, cariño —susurró.

—¿Qué haces aquí? —le preguntó, incapaz de creer lo que veían sus ojos.

Ella alzó la mano para enseñarle su sello.

—¿Dónde quieres que esté después de la nota tan maleducada que me has dejado?

—No era maleducada.

Tabitha resopló.

—Me faltó un pelo para pensar que me estabas dando largas.

—¿Por qué? Te dejé el sello.

—Creí que era el premio de consolación.

Puso los ojos en blanco al escuchar la absurda conclusión a la que había llegado.

—No. Ese sello significa que el portador vale su peso en oro. ¿Ves? —Lo alzó para que viera la insignia real.

Ella esbozó una lenta sonrisa.

—¿Valgo mi peso en oro?

—Para mí vales muchísimo más —contestó, llevándose la mano a los labios para darle un beso.

—Te quiero, Valerio —le dijo ella con los ojos llenos de lágrimas.

Jamás había escuchado nada que significara tanto para él.

—Yo también te quiero, Tabitha —replicó con voz ronca.

La sonrisa de Tabitha se amplió mientras lo abrazaba con fuerza y le daba un beso que le robó el sentido.

Acto seguido, le arrancó literalmente la camisa, y se deslizó bajo él.

Semejante muestra de impaciencia le provocó una carcajada. La besó en los labios con delicadeza.

Pero Tabitha no estaba para delicadezas. Hicieron el amor con frenesí, como si esa fuera su última oportunidad de estar juntos.

Cuando acabaron, siguieron abrazados en la cama. Mientras contemplaba el futuro que tenían por delante, le preguntó:

—¿Y ahora qué hacemos?

—¿A qué te refieres?

—¿Cómo vamos a lograr que esta relación funcione? Kirian sigue odiándome y todavía soy un Cazador Oscuro.

—En fin... —replicó ella, agotada—. Roma no se construyó en un día. Iremos paso a paso.

El problema era que no sabía que cada uno de esos pasos iba a ser horroroso.

El primero lo dieron la noche del velatorio de su hermana. Valerio la llevó en coche a casa de sus padres, pero se quedó atónito cuando descubrió que estaban Kirian, Amanda, Julian y Grace.

La animosidad se palpaba en el ambiente.

La intención de Tabitha era quedarse al lado de Valerio toda la noche, pero su tía Zelda la alejó de él en un momento dado.

—Ahora vuelvo.

Valerio asintió con la cabeza y se alejó en busca de algo para beber.

Julian y Kirian lo acorralaron en la cocina.

Dejó escapar un suspiro de cansancio y esperó a que llegaran los insultos. Soltó la copa, por si acaso.

Kirian lo agarró del brazo.

Estaba a punto de dejarlo inconsciente cuando se dio cuenta de que no le estaba haciendo daño. En cambio, le había subido la manga para dejar a la vista las cicatrices de su ejecución.

—Amanda me contó cómo moriste —dijo Kirian en voz baja—. No la creí.

Se zafó de él con un tirón y se alejó de los dos sin decir palabra.

Sin embargo, la voz de Kirian lo detuvo.

—Valerio, si te digo la verdad, me dan sudores fríos cada vez que te veo. ¿Te imaginas qué sentirías si yo tuviera el rostro del hombre que te clavó en la cruz?

Soltó una amarga carcajada por la ironía de esa pregunta.

—En realidad sé muy bien cómo te sientes, general. Cada vez que me miro al espejo, veo la cara de mi verdugo.

No eran cuatrillizos, de acuerdo, pero sus hermanos y él se parecían lo bastante como para acordarse de ellos cada vez que veía su reflejo. Por eso agradecía el hecho de que los Cazadores Oscuros pudieran reflejarse a voluntad.

Kirian asintió con la cabeza.

—Sí, supongo que es cierto. Supongo que es imposible sobornarte o coaccionarte para que te mantengas alejado de Tabitha, ¿verdad?

—Ajá.

—En ese caso, tendremos que afrontar la situación como adultos, porque quiero demasiado a mi esposa como para hacerle daño. Ya ha perdido a una hermana y perder a otra acabaría con ella. Necesita a Tabitha. —Hizo una mueca como si aquello le doliera y le ofreció la mano—. ¿Tregua?

Él la aceptó.

—Tregua.

Julian hizo lo mismo cuando Kirian lo soltó.

—Para que conste en acta —comentó el antiguo Cazador antes de salir de la cocina—, esto solo nos convierte en enemigos cordiales.

Tabitha llegó cuando los griegos se marchaban.

—¿Estás bien?

Asintió con la cabeza.

—Kirian ha decidido comportarse como un adulto.

La respuesta la dejó impresionada.

—Supongo que la inmortalidad le sienta bien.

—Eso parece.

Se quedaron en el velatorio hasta medianoche, momento en el que decidieron volver a casa en el maltrecho Mini.

Nada más entrar, se encontraron con Ash en el recibidor.

—¿Qué estás haciendo aquí? —le preguntó él.

Ash se acercó a ellos y le tendió una cajita a Tabitha.

—Ya sabes lo que tienes que hacer. Y recuerda que no debes soltarla.

Tener en las manos la caja que contenía el alma de Valerio la dejó impresionada.

—Hemos decidido que no vamos a hacerlo. No quiero quitarle la inmortalidad.

Ash exhaló un largo suspiro de cansancio.

—Estará al servicio de Artemisa hasta que le devuelvas el alma. ¿Eso es lo que quieres?

—No.

—Pues ya sabes. —Ash echó a andar hacia la puerta, pero se detuvo para mirarlos por encima del hombro—. Por cierto, Tabby, ahora también eres inmortal.

—¿Cómo?

—No sería justo para Amanda que murieras de vieja —respondió, encogiéndose de hombros.

—Pero ¿cómo...? ¿Por qué soy inmortal?

Ash la obsequió con una sonrisa torcida.

—Por voluntad de los dioses. No protestes. —Y con esas palabras se marchó por la puerta y los dejó solos.

—¡Uf! —exclamó mientras abría la cajita y descubría el medallón de color azul marino que descansaba en su interior. En realidad no era de un solo color, sino de un sinfín de matices que giraban en espiral como si tuviera vida. Cerró la cajita—. Bueno, ¿tú qué opinas?

—Que será mejor que no lo sueltes.

No podía estar más de acuerdo con él.

Decidieron intentarlo esa misma noche, un poco más tarde. Sin embargo, cuando llegó el momento de apuñalarlo para que pudiera recuperar el alma, descubrió algo terrible.

Era incapaz de hacerlo.

—Vamos, Tabitha —le dijo Valerio, que estaba sentado en la cama sin camisa—, me apuñalaste la noche que nos conocimos sin pestañear siquiera.

—Sí, pero entonces eras un estirado.

—Creo que acabas de ofenderme.

Las semanas fueron pasando mientras intentaba apuñalarlo, pero todos sus intentos fueron en vano. Incluso fingió que era un daimon.

Tampoco funcionó.

Por no mencionar el detalle de que seguían sin descubrir el modo de mermar sus poderes de Cazador Oscuro para que muriera como humano.

Así que se amoldaron a una rutina muy tranquila y algo extraña. Ella dejó el apartamento, aunque Marla siguió allí, y se mudó a la mansión de Valerio.

Pasaban el día juntos y por las noches cazaban en pareja.

Pero seguía sin poder apuñalarlo. Aunque al menos una tarde hicieron un ligero progreso. Descubrieron cuál era su debilidad: herirla físicamente. Todo fue fruto de un accidente. En mitad de una pelea, Valerio hizo ademán de sacar su espada y le dio un codazo sin querer. Tuvo los ojos azules durante dos horas.

Aun así, fue incapaz de apuñalarlo.

Era inútil.

Hasta que llegó el verano.

Estaban en mitad de una sesión de entrenamiento en el gimnasio de la planta superior cuando sucedió algo impensable.

En un abrir y cerrar de ojos pasó de estar peleando con Valerio a encontrarse en el suelo, ya que cuando Kirian entró en tromba, hizo que Valerio la golpease sin pretenderlo. Los ojos de Valerio se tornaron azules al punto. Antes de darse cuenta de lo que estaba sucediendo, su cuñado agarró a Valerio, lo inmovilizó en el suelo y le atravesó el corazón con una estaca.

—¿Qué estás haciendo? —chilló ella mientras corría hacia Valerio.

Amanda la detuvo.

—No pasa nada, Tabby —la tranquilizó al tiempo que le ponía en las manos la caja que contenía el alma de Valerio—. Kirian se ofreció voluntario cuando le conté que no eras capaz de hacerlo.

—Sí, y con un poco de suerte, a lo mejor se te cae el medallón —replicó el aludido con afán malicioso.

Ella lo miró con el ceño fruncido antes de arrodillarse junto a Val, que jadeaba en el suelo con el rostro cubierto de sudor mientras sangraba sin parar por la herida.

—No te preocupes, cariño, no voy a soltarlo.

Él esbozó una trémula sonrisa.

—Confío en ti.

Verlo morir estuvo a punto de acabar con ella. Agarró el medallón y gritó en cuanto le quemó la palma. Sin embargo, se mordió el labio y lo colocó sobre el arco y la flecha que tenía en la cadera.

—Tranquila —le dijo su hermana para reconfortarla—. Se enfriará en un segundo. Piensa en Valerio.

Y lo hizo, aunque la parte racional de su cerebro le pedía a voz en grito que soltara la piedra incandescente que le estaba abrasando la mano.

Por fin comenzó a enfriarse.

Pero Valerio no se movía.

El pánico amenazó con paralizarla.

—No pasa nada —le aseguró Amanda—. Tarda un minuto.

Aunque pasaron algunos más antes de que él abriera los ojos, que eran de un intenso y permanente color azul. No había ni rastro de sus colmillos.

Sonrió, inmensamente agradecida de que estuviera vivo.

—Creo que no tienes buen aspecto.

Él alzó las manos hasta su rostro.

—Pues yo creo que tú estás preciosa.

—Creo que debería apuñalarlo otra vez, por si las moscas... —intervino Kirian.

—Y yo creo que será mejor que nos vayamos —replicó Amanda mientras se ponía en pie, agarraba a su marido y desaparecían rápidamente.

—¡Vamos! —oía Kirian desde el pasillo—. ¡Deja que lo apuñale solo una vez más, por favor!

—Hola, humano —dijo Tabitha antes de besar a Valerio.

No obstante, se apartó con un grito al caer en la cuenta de un detalle.

Ella era inmortal. Y puesto que Valerio había dejado de ser un Cazador Oscuro, había perdido la inmortalidad.

—¡Madre del amor hermoso! —susurró—. ¿Qué hemos hecho?

Pero la respuesta era muy sencilla. Acababan de condenarla a pasar la eternidad sin él.

17

Monte Olimpo, cuatro meses después

—Tu hermano se casa hoy, Zarek.

Zarek giró sobre el colchón y descubrió que su esposa, Astrid, lo estaba taladrando con esa mirada tan desquiciante que reservaba para cuando estaba irritada con él.

—¿Y a mí qué?

—Es la única familia que tienes, y me gustaría que mi bebé conociera a las dos ramas de su familia.

Volvió a girarse para darle la espalda y fingir que no le hacía caso. Pero era imposible. En primer lugar, la amaba demasiado como para no hacerle caso; en segundo, Astrid jamás lo permitiría.

Sintió su mano en el pelo mientras lo acariciaba.

—¿Zarek?

No contestó. Desde que Ash había vuelto a la tierra con Tabitha, había pasado mucho tiempo en el Peradomatio o Salón del Pasado.

De todos modos, la influencia de Astrid comenzaba a hacer mella en él. Estar casado con ella le había enseñado mucho sobre la justicia.

No, eso no era del todo cierto. Estar con ella hacía que el pasado le resultara más llevadero y desde que se quedó embarazada...

No quería que su hijo naciera en un mundo donde el perdón fuera un concepto desconocido.

—No es fácil enterrar el pasado, Astrid —le aseguró.

Ella lo besó en el hombro, provocándole un sinfín de escalofríos.

—Lo sé, príncipe azul. —Tiró de él para dejarlo tumbado de espaldas y apoyarse sobre su torso.

Él colocó la mano sobre su abultado vientre y sintió los enérgicos movimientos del bebé. Solo faltaban dos semanas para que naciera.

—Entonces... ¿necesito un vestido apropiado para una boda? —le preguntó Astrid en voz baja.

Le apartó la larga melena rubia de la cara para acariciarle la mejilla.

—Te prefiero desnuda y en mi cama.

—¿Esa es tu respuesta definitiva?

—¿Qué pasa, Tabitha?

Tabitha se volvió y descubrió a Valerio tras ella. Estaba elegantísimo con un esmoquin negro, pero claro... ¿cuándo no lo estaba? A diferencia de ella, jamás llevaba un pelo fuera de su sitio. Se excitó en cuanto lo vio tan cerca.

Todavía llevaba el vestido de novia, con escote palabra de honor y sin tirantes, aunque se había quitado los zapatos nada más salir de la catedral. No aguantaba los tacones altos.

—Nada —mintió, ya que no quería que descubriera lo arrepentida que estaba por todos los quebraderos de cabeza que le había ocasionado.

Y por la certeza de que algún día sería la causa de su muerte.

Eso la llenaba de tristeza.

—¿Qué? ¿Te has cansado ya de mí? —le preguntó en broma, aunque tenía un nudo en la garganta.

—Eso jamás, pero hay una multitud de gente en el jardín preguntándose dónde se ha metido la novia.

Hizo un mohín al escucharlo.

—Vale, ya voy —le aseguró, cogiéndolo del brazo.

Valerio la acompañó hasta la ruidosa reunión que formaba su familia.

Había decidido no separar en dos bandos a los invitados en la iglesia, porque de ese modo habría sido dolorosamente evidente que no había nadie presente de parte del novio.

De los siete amigos que tradicionalmente acompañaban al novio, cuatro eran familia de la novia. Solo Ash, Gilbert y Otto habían accedido a estar a su lado ese día.

Todavía estaba furiosa porque ningún otro Cazador Oscuro hubiera aceptado la invitación ni lo hubiera felicitado por el enlace.

Kirian, Julian, Talon y Tad se habían ofrecido voluntarios para completar el número de acompañantes del novio, de modo que sus hermanas, que hacían las veces de damas de honor, no se quedaran sin pareja. Por ese detalle les estaría eternamente agradecida.

Su tía Sophie la apartó de su flamante esposo en cuanto se reunieron con la multitud, pero le prometió regresar antes de que las mujeres la rodearan.

Valerio sonrió al observar la escena y después se dio la vuelta para ir en busca de un par de copas de champán. Las risas de los invitados inundaban el jardín, además de la música de la orquesta que habían contratado para amenizar la fiesta. Tabitha quería que fuese un grupo de gothic metal, pero su madre había puesto el grito en el cielo y se había negado a que los invitados acabaran con los tímpanos reventados.

Echó un vistazo a la alegre y parlanchina multitud. Ash, Otto e incluso Gilbert estaban un poco apartados, charlando con Kirian, Talon, Tad y Julian. Le habría gustado reunirse con ellos, pero sabía que aunque los griegos toleraban su presencia, no les hacía ni pizca de gracia hablar con él.

Era extraño que se sintiera apartado incluso el día de su boda.

Bebió un sorbo de champán y paseó la vista por los invitados hasta dar con su esposa. Estaba con sus hermanas.

Sonrió al verla. Estaba preciosa con la melena cobriza suelta, adornada con florecillas y con algún tipo de brillantina. Parecía un hada dispuesta a seducirlo.

La encargada de la organización de la boda se acercó a él para informarle de que la cena estaba a punto de servirse. Asintió con la cabeza y fue en busca de Tabitha para decirle que los invitados ya podían sentarse a las mesas.

Juntos se encaminaron hacia la mesa de los novios.

Tabitha se echó a reír por lo bajo cuando se sentó sin el menor incidente en la silla que su esposo le había apartado. Por fin le estaba cogiendo el truco, porque la primera vez que Valerio lo hizo... En fin, fue un completo desastre.

Él se sentó a su derecha y Gilbert ocupó la silla de su izquierda.

Los camareros comenzaron a servir los platos y a llenar las copas de vino.

Valerio le cogió la mano y le dio un beso en los nudillos. El roce de sus labios la encendió. Nunca había imaginado que un ser humano pudiera conocer semejante felicidad y sentirse tan asustado al mismo tiempo.

En cuanto la comida estuvo servida, Gilbert se puso en pie para hacer el brindis.

La orquesta dejó de tocar.

Gilbert abrió la boca, pero antes de que pudiera decir nada, lo interrumpió una voz grave y con un extraño acento.

—Sé que la tradición marca que el padrino haga el brindis, pero creo que Gilbert me perdonará si asumo su papel un minuto.

Mientras Zarek se acercaba a la mesa de los novios, sorteando al resto de los invitados, ella tuvo que morderse el labio para no quedarse con la boca abierta.

Notó que Valerio le apretaba la mano con fuerza.

Zarek se detuvo justo frente a ellos y clavó los ojos en su hermano.

—Las bodas siempre me han parecido fascinantes —comenzó—. Es un acontecimiento en el que dos personas se miran a los ojos y se prometen que jamás permitirán que nada ni nadie los separe. Dos personas procedentes de dos familias diferentes que se unen para formar una nueva rama del árbol genealógico. Un acontecimiento en el que se unen dos familias gracias a los corazones de dos personas. Un acontecimiento donde los rencores y los resentimientos deberían dejarse atrás, en el pasado. —Su mirada recorrió a los comensales sentados a la mesa y se detuvo en cada uno de ellos—. Las bodas son un nuevo comienzo. Al fin y al cabo, ninguna persona puede elegir la familia que lo trae al mundo... bien saben los dioses que yo jamás habría elegido a la mía —confesó, mirando a Valerio con una leve sonrisa—. Pero tal como dijo Terencio: «Han surgido grandes amistades después de un mal comienzo».

Alzó una copa hacia ellos.

—Por mi hermano, Valerio, y su esposa, Tabitha. Para que encontréis la felicidad que yo he encontrado en mi matrimonio. Y para que os améis mutuamente como os merecéis.

Tabitha no tenía nada claro quién estaba más sorprendido por las palabras de Zarek. Su familia, ajena a lo extraordinario de la situación, aceptó el brindis con grandes muestras de alegría.

Ellos, absolutamente alucinados, ni siquiera atinaron a tomar un sorbo.

Zarek se acercó a la mesa con una sonrisa torcida y un tanto socarrona.

—Se supone que ahora debéis beber un poco.

Y lo hicieron, pero Valerio se atragantó y olisqueó el contenido de la copa con recelo.

—¿Me has echado veneno? —le preguntó a su hermano en voz baja.

Zarek se llevó una mano a la frente y se la frotó con el dedo corazón.

—No, Valerio. Ni siquiera yo soy tan cruel.

—Es néctar —dijo una voz femenina.

Tabitha se volvió y vio a una rubia, muy guapa y muy embarazada, que le puso una mano en el hombro y se inclinó para darle un beso en la mejilla.

—Soy Astrid, la mujer de Zarek —se presentó en voz baja de modo que nadie la escuchara. Se volvió hacia Valerio para saludarlo con otro beso—. No sabíamos qué regalo de bodas elegir, así que Zarek se decidió por regalaros una eternidad juntos.

—Ajá —convino el susodicho con expresión malhumorada—. Esa es la versión educada de mis palabras.

Astrid le lanzó una mirada risueña antes de prestarles atención de nuevo.

—Felicidades, pareja —dijo al tiempo que le ofrecía a Valerio un pequeño cuenco con algo que parecía gelatina—. Es ambrosía —explicó—. Si te la comes, podrás devolverle los rayos a tu hermano cuando se ponga juguetón.

—¡Oye! —masculló Zarek—. ¡Que de eso no habíamos hablado!

Su esposa lo miró con expresión inocente.

—Supongo que así serás más amable con tu hermano de ahora en adelante.

Tabitha se echó a reír.

—Vaya, creo que mi nueva cuñada me cae muy bien.

Astrid se apartó de ellos para reunirse con su marido, que no parecía muy contento.

—No te preocupes, cariño, me aseguraré de que tengas otras muchas cosas que hacer con tu tiempo libre en lugar de atosigar a Valerio.

El semblante hosco de Zarek se suavizó en cuanto su esposa lo acarició.

Valerio se puso en pie y se acercó a ellos.

—Gracias —les dijo, tendiéndole la mano a Zarek, que la observó con cierto recelo.

Por un momento Tabitha tuvo la impresión de que iba a darle la espalda.

Pero no lo hizo.

Aceptó la mano y además le dio a Valerio unas palmaditas en el hombro antes de soltarlo.

—Tu mujer te quiere más de lo que crees. Y tiene los ovarios muy bien puestos. Supongo que debería haberte regalado un chaleco antibalas o algo así.

Valerio soltó una carcajada.

—Espero que os quedéis a cenar.

—Será un placer —replicó Astrid antes de que Zarek pudiera hablar.

Se sentaron a la mesa que ocupaban Selena y Bill.

—*Bon appétit* —le dijo Tabitha a Valerio ofreciéndole la ambrosía cuando él volvió a sentarse a su lado.

Él se la comió y después le dio un beso.

—Mmmm —musitó ella mientras aspiraba el aroma de su marido—. *Pedicabo ego vos et irrumabo.*

«Esta noche voy a hacerte maravillas.»

Valerio sonrió.

—Soy todo tuyo... —Su semblante se tornó serio mientras la miraba y el amor que sentía por ella lo consumía—. Te quiero, Tabitha.

Epílogo

Un año después

—Mirad al pobre desgraciado —dijo Kirian, que estaba cenando en el Café Pontalba con Amanda, Grace, Julian, Selena y Bill—. Tendría que haberme compadecido de él y matarlo cuando tuve la oportunidad.

A través de la puerta que tenían a la derecha, podían ver a Tabitha y a Valerio caminando en dirección a la Catedral de San Luis.

Las tres mujeres fruncieron el ceño mientras observaban a la pareja.

—¿Qué le pasa? —preguntó Amanda.

—La ha cagado —comentó Bill antes de beber un trago de cerveza—. ¿Qué habrá hecho mal ahora?

—¿De qué estáis hablando? —preguntó Selena.

—Conozco los andares de las Devereaux —le explicó Kirian, meneando la cabeza. Esa forma de caminar con la que se expresan sin necesidad de hablar—: «Esta noche te vas a comer una mierda, chaval, así que no se te ocurra preguntarme siquiera».

—¡Tú lo has dicho! —convino Bill—. Pero tienes la suerte de haberte casado con la única hermana incapaz de lanzarte una maldición en mitad de un cabreo. Muchísima suerte.

—¿Cómo dices? —exclamó Selena, que estaba mirando a su marido echando chispas por los ojos.

Kirian se echó a reír.

—Yo que tú no me reiría tanto —le advirtió Amanda con sequedad mientras observaban cómo Tabitha colocaba su mano en la cara a Valerio para que cerrara la boca. Acto seguido echó a andar de nuevo mientras él la seguía gesticulando de modo conciliador.

—Esa forma de andar me repatea —murmuró Bill.

—Creo que los dos vais a ver muy cerca esos andares esta noche —comentó Julian antes de sacar el transmisor. Buscó el nombre de Otto en el menú y en cuanto lo localizó, pulsó el botón para hablar con él—. ¿Otto? ¿Dónde estás?

—En el Café Du Monde. ¿Por qué?

—¿Ves desde ahí a Valerio y a Tabitha? Creo que van hacia ti por Pedestrian Mall.

Otto soltó un resoplido.

—Sí, ya los veo. Pues ya podrían buscarse una habitación, la verdad.

—¿Cómo dices? —preguntó Julian.

—Que están dándose el lote como dos adolescentes en pleno calentón.

Amanda y Selena lanzaron a sus esposos sendas miradas indignadas.

—No me lo creo —replicó Kirian, que se puso en pie y salió corriendo del restaurante seguido de Bill, que lo imitó al instante.

Cuando doblaron la esquina de la manzana, vieron a la pareja delante de la tienda de Selena.

Sí, estaban dándose un magreo en toda regla.

—¡Oye! —exclamó Bill—. ¿No sabéis que en esta ciudad los comportamientos inmorales en la calle están penados por la ley?

—¿Recuerdas lo que te pasó la última vez que intentaste echarle un sermón a una Devereaux sobre las ordenanzas municipales? —se burló Tabitha.

Bill se quedó pálido.

Ella se echó a reír y después siguió con lo que estaba haciendo antes de que su cuñado la interrumpiera de un modo tan desconsiderado.

¿Te gustan las buenas historias de amor?

Entra en

www.megustaleerromantica.com

y descubre el mundo de emociones y sensaciones,
romanticismo y pasión, que contienen nuestros libros.

 Descarga primeros capítulos,
entrevistas y contenidos multimedia.
Entérate de nuestras novedades y noticias.
Comenta y valora tus libros favoritos.
Apúntate a nuestra newsletter.

¡Y mucho más!